季節はうつる、メリーゴーランドのように

岡崎琢磨

角川文庫
20547

目次

プロローグ

ドアに差した鍵《かぎ》をゆっくり回すと、その奥に世界の片側を閉じ込めた気がした。

十二月の夜道は冷えていた。コートのポケットに両手を突っ込み、少し背中を丸めて歩く。住宅街に並ぶ建物すべてを力ずくで押さえつけるような、重たげな雲のせいで星は見えない。電柱に備えられた電灯が、アスファルトの路面を気まぐれに照らしていた。

僕はいま、近所の公園へ向かっている。

何の変哲もない、特徴もない、ありふれた小さな公園へ。

目的がある。一本の電話をかけるため。長いあいだ連れ添った心の一部を、今宵《こよい》のうちに切り離すため。

――ひとつの恋に、決着をつけるため。

公園までは、ゆっくり歩いても五分とかからない。視界の端を流れる景色に意識を寄せると、ふいに彼女と過ごしたいくつもの季節を、一からたどり直しているような感覚に襲われた。

出会いから始まる高校時代の記憶。離れて過ごした空白の時間。そして今年、冬に始まりまた冬に戻るまでの、四季の一巡。思い返すほどに心が膨れて手に負えなくなると知っているのに、どうしても僕はそこから逃れられない。

振り切りたくて早足になる。ほどなく、目指す公園が見えてきた。そこで待っててくれ。目を奪うほどの思い出の中に閉じ込めないでくれ。言えずにいたことを打ち明けるため、いますぐそっちへ向かうから——。


けれどもそこに到達する前に、僕は世界を見失ってしまった。

いつの間にか住宅街は消え、僕ひとり暗がりの中に立ち、跳ねる馬や豪華な馬車に囲まれて呆然《ぼうぜん》としている。陽気な音楽ときらびやかな電飾に知覚を刺激され、もはや現実と幻想の区別さえつかない。

——あそこで手を振っているのは誰だろう。この光景は、いったいどこで目にしたんだったか。

やがて、いくつもの季節を乗せたメリーゴーランドが、目の前でくるくる回り始めた。

第一話　冬——記念写真小考

1

　冬子《ふゆこ》が間もなく大学を卒業するというので、その前に神戸へ遊びにいくことになった。

　彼女との出会いは八年前、高校一年生のときにまでさかのぼる。入学と同時にクラスメイトになった二人はその後、何の因果か二度のクラス替えを経ながら、卒業までの三年間を同じ教室にて過ごした。ひと学年につき十クラス四百余名の生徒を抱える公立校での話だから、まぁ腐れ縁と称しても大げさではあるまい。だからと言って必然でもないが、結果的に僕らはすぐに打ち解け、淡雪の降り積もるように親交を深めていった。

　腐れ縁というのが、単なるクラスメイトにとどまらない。あちらの名前が、もっとも寒い季節を表す一字を授かって冬子といえば、こちらは暑い季節にあやかって夏樹《なつき》と申すのである。たとえばこれが夏樹チャンなら、冬子とは唯一無二の大親友にでもなれたかもしれない。とわざわざ断りを入れるからには、当然こちらは夏樹クンなのであり、夏と冬とが決して寄り添えないように、二人の間には性別という越えられない壁が存在している。時としてそいつに直面しながら、それでも冬子とは、まずまず楽しくやってきた。

　しかしそれも、ひとまずは多感な十代までのことである。地元福岡にある高校を卒業し、別々の大学に進学して新しい環境に身を投じてしまうと、せっかく積もった雪があっけなく解けるように二人は疎遠になった。冬子がかよっていた大学は神戸に、僕の大学は京都にあったから、その気になれば会えない距離ではなかったのだ。が、格別の必要を生じることもないままに、僕らは連絡さえ取り合わなかった。冬子の名前になぞらえるなら、二人の仲は冬眠してしまったのである。

冬眠と呼ぶからには雪解けがある。それは高校時代に積もった雪がすっかり解けたかに見えた、昨年の夏に突如訪れた。きっかけは僕の誕生日というたわいもないものだったが、とにかく冬子から久々にメールが届いた。いまさら知らない仲ではないのでいったん接点を持つと遠ざけるのも難しく、その後も電話などを通じて二人は、あれよあれよという間に元の関係性を取り戻していった。

そうして再会を果たしたのが、今年の正月のこと。すでに大学を卒業して全国に支社を持つ企業に就職し、地元に配属された僕と、語学留学のために大学の卒業が一年遅れ、学生としての最後の年越しを実家で過ごす冬子とが、福岡の地で落ち合うことになった。

その晩、良心的な価格設定のもつ鍋《なべ》屋に入った二人は、灰色の空が溜《た》め込んだ雪を一気に解放するように、思い出話に花を咲かせ、冗談に身をよじって笑い、将来について真剣に語り合った。親しかった時期よりも長いブランクが嘘のように以前と変わらぬ調子で、変わったことと言えばテーブルに並ぶようになったお酒くらいか。盛り上がりすぎて気づけば終電を逃し、カラオケボックスの個室にて始発を待つというありさまだったが、そんな一夜に交わされた幾千幾万という言葉のどこかに、

「神戸かぁ。大学生のあいだに、一度くらい遊びにいけばよかったな」

「いまからでもいいじゃん。おいでよ、わたしが卒業する前に。案内するよ」

「ほんと？　じゃあ行く行く」

といったやりとりがあったことは確かである。

もちろんそれはほんの軽口のつもりで、福岡で働いているこちらとしては真に受けるべくもなかったが、冬子は上機嫌で手帳を取り出して自分の空いている日を挙げ始めた。元よりこちらも大学を出てからというもの、数ヶ月に一度の割合で関西を訪れていたので、抵抗があったわけでもない。ちゃんと日取りを決めて連絡してね、と冬子に念を押されると、まぁいいかとでも思うしかなかった。

かくして僕は、神戸へ遊びにいくことになった。そして二月の第一月曜日にあたる今日、ひとり新幹線に揺られているというわけである。

新神戸《しんこうべ》駅に着いたころには、約束の午後一時が迫っていた。

改札を抜けて少し進むと、ある一点でふいに空気の流れが変わるのを感じた。知らない町を散策していて、いきなり見覚えのある景色に出くわしたときのような、あの感じ。すぐに、それが親しみを込めた視線の作用であることに気がついた。発信源はと首をめぐらせ、構内の一角、待合コーナーの壁に背をあずけて立つ人の姿を認める。膝丈《ひざたけ》のスカートラメ入りの白いニットの上に、黒のダウンジャケットを重ねている。

はモスグリーン、レギンスはグレー。マフラーの下にのぞく、浅葱《あさぎ》の石をあしらったペンダントがさりげなくも効いている。

八年前から見知った顔でも、見知らぬ土地での出会いとなれば、まるで無人島に自分以外の漂着者を発見したようで感慨もひとしおだ。冬子はダウンのポケットに両手を突っ込み、まっすぐこちらを見つめていた。

「人が悪いな。ひと声かけてくれればいいのに」

そんな言葉を発しながら近づいて、気取ったままの彼女の正面に立ち、まずはご挨拶《あいさつ》。

「久しぶり、でもないか」

正月に会ってひと月かそこらだから、再会と呼ぶには短いスパンだ。

彼女は両足を軸にして、揺れるように体を左右に回す。と、次の瞬間、僕の視界は彼女の突き出した何かで埋め尽くされた。

携帯電話だ。画面には一時間ほど前に、僕が送ったショート《S》メッセージ《M》サービス《S》の文面が表示されていた。

〈いま、小倉駅を通過したところです〉

僕は面食らってのけぞる。すると冬子は、物陰から顔をのぞかせるようにして携帯電話の向こうで首を傾け、本日の第一声を放った。

「――キセツ、しないとね」

2

――奇妙な出来事に、説明をつける。

その言葉の起源は、僕が高校に入学した日までさかのぼる。

校門へ続く坂道を、示し合わせたように咲いた路傍の桜が彩っていたことを思い出す。期待で軽い右足と、不安で重い左足とを交互に動かしてたどり着いた学《まな》び舎《や》は、無知なる侵入者を取り込んで自分の色に染め変える魔窟《まくつ》のようにも見えた。

昇降口に貼り出されたクラスごとの名簿に自分の名前を発見したとき、ようやくここにいることを許された気がした。教室までは迷わずにたどり着けたけれど、引き戸を開けたとき、きれいに並んだ席の五割ほどを占める生徒たちがいっせいにこちらを振り向いたので、僕は束の間、逃げ帰りたい衝動に襲われた。

古びた木の机にはそれぞれ一枚ずつ、生徒の氏名を記した紙が貼ってあった。黒板に向かって一番左の列より、前方から後方へと出席番号順に並んでいるようである。教室の左半分が男子の、右半分が女子の席になっているのは、男子から先に出席番号を割り振られる決まりになっているからだろう。

規則性がわかったところで僕は、ここでも自分の名前を探して席につく。緊張でここったような息を吐き出し、何気なく右隣に目をやると、そこには女子生徒が座っていた。彼女の異変にはすぐ気がついた。椅子に深く腰かけ、机にしがみつくように両手を伸ばし、中途半端に開いた足を前に投げ出している。うつむき加減の横顔は真っ赤で、頬が小刻みに震えていた。

「何でかな、困ったな。どうしてなのかな」

耳を澄ませば、そんなことをつぶやいている。

声をかけたのは決して、彼女が整った顔立ちをしていたからではない。僕はのちにそれを知ることになるのであり、そのときに相手の器量を確かめる余裕などはなかった。

「どうしたの。何かあったのかい」

顔を上げた彼女は、しばし口ごもる素振りを見せた。いきなり話しかけてきた僕が、信頼に足る人間かを測りかねたからだろうが、どのみちいまそれを見定めることはできない。結局、彼女はとつとつと、恥じらいながら目下の窮状を訴え始めた。

「スカートが……制服のスカートがね、今朝、急に短くなってたの」

ためらわれる気持ちが生じるより一瞬早く、僕は机の下、彼女の太もものあたりを見ていた。膝頭《ひざがしら》がわずかに露出するという程度の丈は、それだけでは別段、短すぎるようにも思われない。ただし、周囲と比べればその差は歴然だった。ほかの女子生徒は全員、椅子に座っていても膝がすっぽり隠れ、いささか野暮ったい印象を受けた。

「ちゃんと採寸して、出来上がったものも試着して、ちょうどいいサイズになっていたはずなの。昨日も一度、着てみたんだよ。そのときは短すぎるなんてことなかったのに、今朝着替えたらこの丈になってた」

彼女はスカートの裾《すそ》を引っ張るが、努力も空《むな》しく丈はわずかに一センチほど下がっただけだった。

「どうしよう、このあとクラス写真の撮影があるって聞いてる。そのときほかの女子と並んだら、スカートの丈が短いことなんてすぐ先生に見つかっちゃうはず。怒られるかも、入学初日から不良生徒だと思われるかも。はぁー」

ますます頬を赤くして、彼女は再びうつむいてしまった。

クラス写真の撮影があるというのは初耳だが、いずれにしても些細《ささい》なことである。しかし彼女にとってはそれこそが一大事なのだろう。

助けてあげようか。そんなことを考えたのはたぶん、ほんの気まぐれだったと思う。

「奇妙な出来事には、説明をつけてやらないとな」

僕の発言に、彼女は口をぽかんと開けた。

「確実に言えるのは、きみは自分の意思でスカートの丈を短くしたのではない、ということだ。かと言って《こびとのくつや》じゃあるまいし、寝ているあいだに短くなってました、では通用しないだろう。つまるところ、きみのスカートに何が起きたのかを解明できれば、いざ先生にとがめられた場合にも、その事情を説明することで訓戒を免れられるかもしれない」

「でも……解明するって、いったいどうやって」

「いったん整理しよう。試着したのは昨日のいつごろ？　そして今朝、着替えたのは？」

　質問すると、彼女は口元に手を当てて答えた。

「えっと、昨日は寝る前だった。今朝は家を出る直前に着替えて、そのときに気づいたからもう、どうしようもなかったの」

　入学式を翌日に控え、高揚して制服を試着する気持ちも、洗顔や朝食を寝間着ですませて最後に着替えるという生活様式も、理解の範囲を超えるものではまったくない。

「それじゃ、間違いなく一晩のあいだに丈が短くなったわけだな。どこかへ持ち出したこともなかった」

「うん。ずっとわたしの部屋にあったよ。ハンガーにかけて、壁のフックにぶら下げてた」

　ひとまず丈が短くなったという現象だけに着目したとき、考えられる線はふたつだ。

　そのうちのひとつを潰《つぶ》すつもりで、僕は訊《たず》ねる。

「裾の部分、縫い目はどうなってる？　あるいは、折り返した生地の端とかさ」

　要するに、裾上げされたのではないかということだ。

　彼女は制服をどこにも持ち出していないと言う。一晩のうちに裾上げされたのなら、おこなったのは同居人であり、その中に縫製のプロでもいない限りは素人だろう。縫い目や生地を切った端などに、粗が出るのではと考えたのだ。

彼女はこちらの意を酌み、指先の小さな動きで裾をあらためてから答える。

「きれいだよ。業者の人がやったとしか思えない……あ、でも」

「でも？」

「一ヶ所、ほつれてるところがあるみたい。やっぱり裾上げされたのかなぁ」

「だけど、縫い目自体はきれいなんだろ？」

さすがに、スカートの裏側を見せてくれとは言えない。

「そうだね。縫い糸が切れて、仕方なくほつれちゃったって感じ」

ならば、やはりもうひとつの線だろう。元より僕は会話の端々から、こちらの可能性が高いと考えていた。

「もしかして――きみにはお姉さんがいるんじゃないのかな」

僕は立てた人差し指を彼女のほうに傾ける。

「この高校を卒業していて、きみより少し背が低くて、たぶんいまもきみと同じ家に住んでいる……」

「何で知ってるの！」

彼女は薄い二重のまぶたを大きく開いた。

落ち着いて考えれば、驚愕《きょうがく》するほどのことでもないとわかるはずである。僕はまず、現象から説明していくことにした。

「きみのスカートは、お姉さんがかつて着ていたものと交換されていたんだよ。きみが眠っているあいだ、もしくは朝ごはんを食べている隙にでもこっそり、ね」

着古された制服であっても、元の持ち主がそれほど無茶していなければ、見た目には新品同様と言える場合もあるだろう。ただし縫い糸には過ぎた時間のぶんだけ負担がかかっていたために、一ヶ所ほつれてしまっていたのだ。

昨晩から今朝にかけて制服が交換されたのなら、おこなったのはやはり同居人に違いない。この点、必ずしもスカートの元の持ち主である彼女の姉が犯人とは限らないが、すでに着なくなった制服がいまどういう状態で、どこにあるかを知っている点などから、その疑いは強いと考えていた。

ちなみに彼女に上のきょうだいがいるというのは、「このあとクラス写真の撮影があるって聞いてる」という発言から察しがついていた。僕はそんな話を聞いていない。彼女がどこでその情報を仕入れたのか、断定はできないが、もっとも単純なのは同じ高校に入学した経験を持つ兄や姉から聞いたというケースだ。

「そういうことかぁ。くぅ、萌々香《ももか》姉ちゃんめ……でも、どうしてそんなことしたんだろ」

彼女が納得したのは一瞬で、またも首をかしげてしまった。萌々香というのが、問題の姉の名前らしい。

「嫌がらせってことはないのか。最近ケンカしたとか、そもそも仲が悪いとか」

試しに言ってみるも、彼女は即座に否定した。

「ありえないよ。むしろ仲はいいと思う」

「一緒に洋服を買いにいったりするほど？」

「洋服を？　まぁ、そういうこともあるね。お姉ちゃん、大学生でお洒落《しゃれ》にはうるさいから、わたしに似合う服を選んでくれるんだ」

ならば、考えられる理由がひとつある。

「お姉さんはきみに、クラス写真にかわいく写ってほしかったんじゃないかな」

そう言うと、彼女はきょとんとした。「クラス写真？」

「クラス写真と言えば、ある意味では一生モノだ。けれども入学式当日、制服を正しく着た姿で写るのは——」悪いと思いつつ、僕は周囲の女子にさりげなく目をやってから、彼女に耳打ちした。「はっきり言って、ダサい」

膝がすっぽり隠れる丈のスカートを見て、野暮ったいと思うのは僕ひとりの感性ではあるまい。断言したっていいが、いまはきちんと制服を着ている女子生徒たちも、大半がじきにスカートを腰で折り曲げてはくようになる。

「みずから洋服を選んであげるくらい、妹にかわいい姿でいてほしいと思っているお姉さんなら、かつてクラス写真に写る自分を見て恥ずかしく感じた経験から、妹には同じ轍《てつ》を踏ませたくないと考えたって不思議じゃない。かと言って、腰で曲げてはくようアドバイスしても無意味だということをお姉さんは知っていた。それこそ先生に注意されるから、またはそんなことをしない程度に真面目な妹の性格を把握しているから、といったところだろう。そこで、お姉さんはどうしたか――元々丈の短いスカートをはかせることで、強制的にかわいい姿でクラス写真に写るよう仕向けたんだ」

教室の机の並びから考えて、彼女は女子の中でも出席番号のかなり若いほうだ。クラス写真の並びがどのようになるかはわからないが、彼女がスカートの写る前列に位置する公算は大きい。少なくとも、同じ苗字《みょうじ》を持つ彼女の姉はそうだったのだろう。

実を言うと僕にも姉がいるので、姉というのがそういうおせっかいをはたらきたがる人種であることを知っている。えてして本人にとってはありがた迷惑だったり、または単に迷惑だったりするのだが、それでも妹を人形か何かのようにかわいがり、制服であってもうまく着こなしてほしいと願うのは、傍目《はため》には微笑ましく感じられる。

彼女もやはり、それが悪意から出た行動ではなかったと知って、何とも言えない表情になった。

「思い出した。お姉ちゃん、ちょっと前に話してたよ。最初の印象がクラスでの立ち位置に、ひいては三年間の高校生活に重大な影響を及ぼすって。わたしはそういうのどうでもいいって言ったのに、出だしが肝心なんだって繰り返し熱弁してた」

なるほど。クラス写真だけにとどまらず、彼女の高校デビュー全体を支援していたというわけか。

「ま、とにかく真相がはっきりしてよかったじゃないか。もしこのあとの写真撮影で先生に怒られそうになったら、間違えて姉の制服を着てきたとでも言い訳すれば、きっと難を逃れられると思うよ」

「そうだね、ありがとう。助かったよ。――ねぇ、名前、教えてくれる？」

にこりと笑う彼女の顔に、思わず見入ってしまったのは秘密だ。

「名前……そうだな、苗字で呼び合うのもまどろっこしいし、夏樹って呼んでもらえれば」

「へぇ、夏樹くんっていうんだ。奇遇だね、わたしの名前は――」

「冬子さん、だろ」

「何で知ってるの！」

彼女は数分前と同じ台詞《せりふ》を叫んで目をみはったが、何で、なんて言うまでもない。彼女の氏名を記した紙が、机に貼ってあったからである。

さて、ここからは余談になる。

その日の晩、冬子が姉を問いつめたところ、姉は僕の唱えた説のとおりに白状したそうだ。かくして自分の制服を取り戻した冬子はその後、しばらくは丈の長いスカートをはいていたものの、数ヶ月も経つと周囲に合わせてスカートを腰で折り曲げるようになった。およそ僕の断言したとおりになったわけだ。

そんな冬子の姿を見て萌々香さんはさぞかし満足したことだろう。彼女の作戦がどのように影響したかはさておき、冬子は誰とでも仲良くしつつ特定のグループには属さず、気ままに振る舞える存在としてクラスでもそれなりの地位を築いたようである。

3

「——懐かしいなぁ。その、キセツって響き」

僕は破顔せずにいられなかった。こちらがSMSを送った狙いを、こうも的確に読み取ってくれるとは。

入学式の日に言葉を交わして以来、冬子とは主に、奇妙な出来事に説明をつける試みを通じて親睦《しんぼく》を深めた。その営みは二人のあいだだけで徐々に、《キセツ》と縮めて呼ばれるようになった。したがって、漢字をあてるなら《奇説》となるのだろうが、これはこれで別の単語になるし、もちろん二人の名前に共通する《季節》ともかかっているので、表記はカタカナで統一していた。解明することを《キセツする》というほか、その過程において双方が唱える仮説を《キセツ》と呼ぶこともあるなど、完全なる造語である。

言うなれば、これは高校生活を送る僕らにとって一種の遊びだった。おかしな言動を取った者を見かければ、二人でその真意を想像する。不思議な現象が発生すれば、原因を探る。あるいは、どちらかがクイズを出す感覚で、奇妙な出来事を紹介することもあった。

答え合わせはできることもあればできないこともあったが、事実のとおりであるかというよりも、論理的に説明を導き出すことに主眼が置かれていた。それでもたまには真相をぴたりと言い当てることもあり、サッカーで言えばゴールを決めたときのようなその快感に、いつしか二人は病みつきになっていったのだ。

初めは必要に迫られて——縮んだスカートのことである——始めたそのキセツも、確かに青春時代の一部として、何気なく過ぎる日々にささやかな彩りを加えてくれた。ただ、それも高校にいるあいだだけだったから、キセツというフレーズを口にしなくなってはや五年が経つ。それでも冬子は、二人で体験したキセツの数々をちゃんと憶《おぼ》えてくれていたようだ。あのころの楽しさが甦《よみがえ》るようで、僕はうれしくなった。

もちろん先のSMSは、彼女の目に奇妙に映るよう、僕が仕組んだものである。冬子は右手に持った携帯電話を軽く振りながら、真剣な面持ちで語った。

「一時間前にこの、〈いま、小倉駅を通過したところです〉と記されたSMSが届いたとき、わたしは夏樹が遅刻してくるんだろうと思った。なぜなら最速の新幹線のぞみでも、小倉《こくら》駅から新神戸駅まではおよそ二時間かかるから。わたし、もうちょっとで家を出る時間を遅らせるところだったよ」

おぉ、それは危ないところだった。

「ところが夏樹はちゃんと約束を守って、一時にこの新幹線改札に現れた。確認だけど、嘘はついてないよね？」

「もちろん。そういう決まりだからな」

どちらかが出題する場合は、絶対に嘘をつかないのがルールだ。言うまでもなく、それでは問題として成立しないからである。ただし、たとえばペットを《家族の一員》と称して人間だと思い込ませるといったように、嘘ではない言葉を用いて積極的に相手を誤認させることは許される。

「なら、このSMSはわたしへの挑戦状よね。夏樹はどうやって、小倉駅を通過してからたったの一時間で新神戸駅にたどり着けたのか。言い換えれば、新幹線のぞみよりも早く、小倉から新神戸まで移動できる方法はあるのか。――ところでこのSMS、《小倉駅を通過した》とあるけど、《新幹線で》とは書いてない。だいいち、新幹線は必ず小倉駅に停まるでしょうから、通過とはあまり言わないよね」

小倉駅を出たとか、せめて過ぎたと書くのが普通だと言いたいらしい。

着眼点は悪くない。むしろ、五年のブランクをものともしない、と称賛してもいいくらいだ。久方ぶりのキセツなのだから、一発で言い当てられるというのも華々しい感じがして、それはそれで出題者冥利《みょうり》に尽きる。

などと思っていたら、冬子は続けてあさっての方向に暴走を始めた。

「ということは、夏樹は小倉駅を新幹線で通過したのではなかった。上空を、飛行機に乗って通過したんだ！　そうして福岡空港から神戸空港まで飛んだのちに新神戸駅へ移動、入場券を買って新幹線改札をくぐり、あたかもたったいま新幹線に乗って到着した風を装ったってわけ。どうだ！」

冬子はびしっと人差し指を突きつけてくる。そして、絶句した僕を見て得意げに、ふふんとあごを持ち上げた。

「わたしが衰えをまったく感じさせないものだから、驚きのあまり声も出ないみたいだね」

僕は薄目で彼女を見つめる。

「相変わらず、自信だけは一丁前だな。とりあえずその指をしまえよ」

冬子はうろたえ、震える指先を引っ込めない。

「じ、自信だけとは失礼な」ほかにも一丁前のところはいっぱいあるし……じゃなくて、わたしのキセツに何か問題があったとでも」

「まず、福岡空港と神戸空港を結ぶ直行便はない。かつては存在した時期もあったらしいけど、現在は就航していない」

「そ、そんなの知らない……あ、じゃあ伊丹《いたみ》空港に到着したっていうのは？　そのあと新大阪《しんおおさか》駅から新神戸駅に移動したなら、まさしく新幹線に乗ってきただろうし」

「無理だな。伊丹空港から新大阪まで、確かバスで二十五分だろ。さらに新神戸まで十五分ほど新幹線に揺られるなら、乗り換えの時間なんかも加えれば、それだけで一時間近くかかる」

「でも、福岡から大阪までのフライトなんてあっという間だから、《いま通過したところ》と言ったって多少のずれは許容範囲でしょう。着陸の時間が近くなってから、さっきのSMSを送ったのだとすれば……あっ」

ようやく、冬子は人差し指を引っ込めた。もっとも根本的な誤りに気がついたようである。僕は腕を組み、逆に勝ち誇るようになって言った。

「そもそも電話回線を介して送受信するSMSは、飛行機の中からじゃ送れない。神戸だろうが伊丹だろうが、空港に降り立ってから《いま小倉駅を通過したところ》と送ったのでは、いくら何でも嘘の範疇《はんちゅう》だろう。もちろん僕はそんなことしちゃいないし、嘘をつかないというルールに従うならば、冬子の提示した方法は現実に取りえないものなんだ」

冬子は依然、不服そうに唇をとがらせている。あきらめの悪いところが昔と変わっていなければ、衰えを感じさせないというのも見方によってはそのとおりだ。高校生のころのキセツにおいても、彼女がとんちんかんな説を唱え、僕がそれを訂正するというのがありがちなパターンだったのである。

飛行機じゃないとしたら……というところまでは一応、冬子も考えをめぐらせてみたようである。しかしその方向で検討していては、まず正解にたどり着けない。結局のところ、彼女は次のように口にするしかなかった。

「……降参。どういうことなのか教えて」

予定では神戸市営地下鉄に乗り、三宮《さんのみや》へ移動することになっていた。エスカレーターを通って地下鉄の改札に向かいながら、僕は彼女に種明かしをする。

「大したことじゃないんだ。実は、せっかく関西に行くということで、週末のうちにこっちへ来て一足先に奈良を訪れていたんだよ」

「え、奈良？」

「大学のクラスメイトが奈良にいるんだ。在学当時は県内の実家から京都までかよってて、いまは奈良市内で働きながら独り暮らしをしているんだけどさ。僕は昨晩までそいつのところに泊めてもらって、今朝は近鉄の大和西大寺《やまとさいだいじ》駅を出発してここまでやってきたんだよ」

僕のかよっていた京都の大学には、隣県である奈良出身の学生も多く、アクセスが良好なので実家から電車通学というのはめずらしくなかった。また、大和西大寺駅は奈良市内に位置し、近鉄の複数の路線が乗り入れる交通の要所なので、通勤にそれらの路線を使う人などが周辺に多く住んでいる。僕のクラスメイトもそのうちのひとりというわけだ。

冬子は腑《ふ》に落ちた、といった調子で口を開く。

「だから月曜日にしたんだね。わたし、何で夏樹はわざわざ有給休暇を取ったんだろうと思ってた」

冬子は卒業間近の学生だから融通が利くだろうし、平日のほうがゆっくり回れる。そう言って、日取りを決める際に月曜日を希望したのは僕のほうだった。一日しか有給を取っていないので今夜には福岡に帰る、ということも彼女にはすでに伝えてある。

「でも夏樹、それにしては荷物が少ないよね」

「荷物なんて抱えてたら、日帰りじゃないのがわかっちゃうからな。泊まってたクラスメイトの部屋に置かせてもらってきたよ。また来るからと言って」

「ふぅん、そこまで……だとしても、わからないな」

最後のエスカレーターを降りながら、冬子はつぶやく。

「奈良に行っていたのならなおさら、どうしてあの時間に小倉駅を通過できるの」

「《こくら》駅、じゃないんだよな」

答えを教えても、彼女はまだ首をかしげていた。

「近鉄京都線、大和西大寺駅と京都駅のあいだに、同じ字で《おぐら》駅というのがあるんだよ。京都は宇治《うじ》市内にあって、急行だと通過するような駅がさ。そこから京都駅までは十五分程度、京都・新神戸間はのぞみで三十分。乗り換えの時間も含めて、およそ一時間で来られたってわけだ」

たとえば沿線の住人なら、僕のSMSを見ても何ら奇妙だと思わなかったに違いない。が、冬子は僕と同じく福岡出身であり、《小倉》という字を見れば自動的に《こくら》と読むことは織り込み済みである。その思い込みを利用した、《奇妙な出来事》だったのだ。

ところで僕が今朝たどってきた経路、実は新幹線を使わずに最短経路で電車を乗り継いだ場合と比べ、所要時間は十五分程度しか変わらないのに料金は三倍以上にも跳ね上がるという、およそ実用に供さないものである。しかも、新幹線を使わずに新神戸に向かうには三宮で地下鉄に乗り換えなくてはならないので、初めから三宮で待ち合わせにしておけば時間を短縮することもできた。つまり、僕のやったことは完全なる交通費の無駄遣いである。

しかし、そんなことはどうでもよい。冬子と待ち合わせ場所を決める段階で、駅名の一致が奇妙な出来事の演出に使えると気づいてしまった瞬間から、僕はそれを成立させることしか頭になかった。そして冬子が乗っかってくれたことにより、二人はキセッというフレーズを、五年の月日を経て現在に復活させたのだ。

「はぁー、そんなのわかるわけないよ！」

冬子はぐっと伸びをしたあとで、地下鉄の改札をくぐった。僕も彼女にならい、相互利用のICカードを取り出して自動改札機に当てる……が。

改札は勢いよく閉まり、ピンポーンという電子音が耳を衝《つ》いた。

「しまった、忘れてた」

「うん、閉まったね」

「違う、そうじゃないんだ。チャージしなきゃいけないんだった」

改札をはさんでとぼける冬子を尻目《しりめ》に、僕は券売機へ向かう。京都駅から新幹線に乗る前に、ICカードの残高がなくなったことには気づいていたものの、乗り継ぎの時間が限られていたのでとりあえずチャージを後回しにしたのだ。

ちょうどそのとき、下方から電車の到着する轟音《ごうおん》が聞こえてきた。電光掲示板に表示された到着予定時刻から察するに、僕らが乗りたかった三宮方面に向かう電車のようだ。

こちらが焦っているからだろうが、券売機の反応はいやに緩慢に感じられ、とてもじゃないが到着する電車に間に合う気はしない。申し訳なさからくるため息をつき、僕は改札の内側にいる冬子のほうを振り返った。

「ごめん冬子、次の電車にしよう……あれ」

僕は見た。ホームに降りる階段のあたりから上半身だけをのぞかせ、にこやかにこちらに手を振る冬子を。そしてそのまま階段を下り、ホームへと消えていく彼女の姿を。

――あいつ、さてはキセツできなかったことを根に持ってるな。

自信以外にも、冬子には一丁前なことがある。彼女は生粋の負けず嫌いなのだ。いつもとんちんかんなキセツばかりするくせに、自分がすっきりできないと、悔しがって幼稚な腹いせを試みたりするのである。

僕がチャージを済ませてホームに降りると、すでに冬子の姿はなかった。信じがたいことに、彼女は本当に僕を置いていったのだ。おかげで僕は、次の電車が来るまでの数分間と、三宮までのひと駅を、込み上げる呆《あき》れと闘いながらひとりで過ごすはめになった。

4

「で、これからどこへ行くんだ」

三宮駅の改札で合流したところで、僕は冬子に訊ねた。案内してくれるという彼女のお言葉に甘え、本日のプランはすべてまかせてあった。

「そうだね、まずは中華街へ向かおうかな」

冬子は答えて歩き出す。口ぶりから察するに、しっかりと予定を練っているわけでもないようだ。気心の知れた間柄なので、それで困るということもない。

日本全国のあらゆる都市部で見かけるような、ブティックや飲食店などが軒を連ねるアーケード街を抜けると、大型のデパートやオフィスが建ち並ぶ繁華街に差しかかる。その洋風の外観に、僕のよく知る福岡や京都の街並みと比べても洗練された印象を受け、神戸は瀟洒《しょうしゃ》な街だという先入観を裏切らない。

徒歩十五分ほどで、南京町《なんきんまち》というエリアに到着した。近代的なビルにはさまれた牌坊《はいぼう》をくぐると空気は一変し、朱や黄の色彩を多くちりばめた中国風建築の並ぶ通りは、あたりを見回しながら歩くだけでも異国にいるみたいで楽しい。

冬子はここで、豚まんを買うのだと言う。有名だという目当てのお店は、石像やあづまやの立つ小さな広場のそばにあった。店内に入ると、奥に注文用のカウンターがあるほか、フロアは食堂のようになっていて、ここで食べていくこともできるらしい。

「豚まん四つ、くださいな」

わざわざ僕を連れていこうというくらいだから、初めての来店ではないのだろう。冬子は慣れた様子で注文し、店のおじさんから商品を受け取った。時間を節約するために食べ歩きに興じることにして、手のひらに収まる小ぶりなサイズの豚まんをふたつ、僕も冬子からもらう。

中華街はそれほど長くなく、抜ければ港を近くに臨み、潮風が吹きつける。熱々の豚まんはカイロ代わりに持ってこいだ。両手で包んで温かさを堪能《たんのう》してから、口元に運んでかぶりつくと、口の中に肉汁がじわりと広がった。

「うまいなぁ、これ」

率直な感想を述べると、冬子は得意げになる。

「でしょお。夏樹にも食べさせてあげようと思って」

「これだけでも、神戸に来た甲斐《かい》があったな」

「それだけで満足してもらっちゃ、こっちは案内の甲斐がないんだけど」

続けて僕らは港を目指し、メリケンパークにたどり着く。踊る鯉を模したオブジェ《フィッシュ・ダンス》、落書きだらけのランドマーク《オルタンシアの鐘》、大きな船のような形をした神戸海洋博物館や神戸ポートタワーなど、港町神戸を象徴するいくつもの景色の中を練り歩く。海端の風はことのほか冷たく、冬子は目に沁《し》みると言ってぽろぽろ涙をこぼしていた。

ウミエ・モザイクに足を踏み入れたころには、午後二時半を回っていた。

ウミエ・モザイクは、ファッションにレストランに映画館に占いと、何でもありの複合商業施設だ。僕が大学生のころは神戸モザイクと呼ばれていた記憶があるが、近年になって周辺の施設と統合される形で改称したらしい。

駐車場になっている一階から、二階へ上がる。西洋の街角を模したような洒落た小径《こみち》には、草花を植えたプランターや木製のベンチが随所に置かれている。各店舗の扉はその小径に面しており、移動のためには屋外に出なくてはならない構造だ。僕は青空を見上げながら、風は冷たいけれども雨が降ってなくてよかった、と思った。

いくつかの店をひやかしながら、のんびり奥へ進んでいく。途中、冬子は雑貨店で髪留めのゴムを買っていた。肩まである髪を振り乱しながら歩くことに耐えられなくなったらしい。宙に渡された通路の下をくぐり、海に向かって張り出したテラスへ抜けたところで、僕らは思わぬものを目にした。

「……そういや、そんな季節だよな」

テラスの中央でかわいく飾りつけられた、ピンクの巨大なツリー。根元をぐるりと取り囲むように簡素なベンチが設けられ、手前には英語で《ハッピー・セント・バレンタイン》と記されたプレートが掲げられていた。

「このツリー、クリスマスの時期にもあった。使い回しだ」

冬子が何とも興醒《きょうざ》めなことをつぶやく。

ここまでずっと歩きどおしだったので、どちらからともなくベンチに腰を下ろした。ツリーが潮風をさえぎる形となり、寒さはそこまで感じない。遠くのほうで、貨物船の出航を告げる汽笛が勇壮にぶぉーと鳴り響いた。

「で、どうなんだ、そっちは」

探りを入れると、冬子はきょとんとした。「何が?」

「バレンタインだよ。チョコレート、あげるあてはできたわけ」

「さぁ、どうかな」

あらぬ方を見てはぐらかそうとする。何もなければ、素直に《ない》と白状するところではなかろうか。僕はそれ以上、突っ込んだことを訊《き》けなくなった。

——正月に、福岡の居酒屋で冬子と会ったときのことだ。

彼女は前に交際していた男性から、復縁を迫られて困っているという話をした。彼女から恋愛相談を受けるのは、高校生のころにもしばしばあったことである。

「別れたきっかけっていうのがね、彼氏の無神経な発言だったわけ」

冬子は語気を荒らげ、酒に強くもないのにチューハイをあおる。

「無神経な発言?」

「去年の春ごろ、就職活動中のことだよ。わたしね、最終的には希望した企業から内定をもらえたけど……」全国規模で名の通った企業である。「まわりの友達に比べると、けっこう長いこと、就職先が決まらなくてね。月並みだけど人格ごと否定されたような気分になってさ、ひどく落ち込んで、彼氏に弱音を吐いたことがあったんだ」

　その彼氏というのが、大学のひとつ上の先輩らしい。冬子が就職活動に励んでいたころ、すでに大学院に進学していた。つまり、就職活動は経験していない。

「そしたら彼氏、何て言ったんだ」

「──身の丈に合った仕事を探せよ、って」

　それはよくない。僕にも就職活動の経験があるから想像しうるが、そのときの冬子が必要としていたのは、何よりも自分という人間を肯定し、受け入れてくれる存在だったはずだ。彼氏の発言は、そんな冬子の心の支えとなるどころか、反対に追い打ちをかけるものでしかない。

「別にわたしも、自分に足りないところがなかったとは思ってないよ。でもさ、激励するにしても、言い方ってものがあるじゃない。意味するところは同じでも、もっとぴったりの仕事がきっと見つかるよ、とかならわたしだって、彼氏にありがとうって返せたはず。だけど、身の丈ってのはあんまりでしょう。それでわたし、かっとなっちゃって」

　我に返ったときにはもう、有無を言わさず別れを突きつけていた。

「二年近くも付き合ったわりには呆気《あっけ》ない最後だったなと思うけど、わたしの身の丈をその程度だと見込んでいたことがわかって、彼氏には心底がっかりしたから、別れたことはまったく後悔してないの。なのにいまさら復縁してほしいだなんて、いったいどういうつもりなんだろ。戻れるわけないじゃない、恋人になんか」

酔った勢いもあるのだろう、たいそうおかんむりの様子である冬子に、僕はこくこく
とうなずきながら同調する。

「そうだそうだ。断じてよりなど戻すべきではない」

「べきではない!」

双方の持つグラスが合わせられ、キン、と高い音を立てた。

——というやりとりを踏まえての、バレンタインにまつわる会話なのである。

「いい天気だねー」

冬子の強引な話題の転換は白々しかったが、つられて見上げた空は先ほどよりも広く、雲ひとつなく晴れ渡っていた。僕から冬子に訊ねることはあっても、彼女が同種の質問を僕に投げ返したことはない。彼女はいつだって、僕の恋愛事情にこれっぽっちも興味を示さない。

背後に聞こえる波の音が心地よい。と、その音に混じって突然、人の声がした。

「すみません。写真、撮ってもらえますか」

振り返るより先に、視界に声の主が現れた。男性で、僕らに向かって携帯電話を差し出している。

四十歳前後といったところか。撫《な》でつけた短髪に、えらの張った輪郭、眼鏡は細い銀

縁である。上背のある体にグレーのスーツとベージュのコートをまとい、頑丈そうなビジネスバッグを抱えている。どこにでもいるサラリーマン、といった風情だ。

　彼から数歩下がった地点には、小柄な女性が立っていた。男性と同年輩と見え、黒のコートの中に上品なクリーム色のアンサンブルを着ている。首元に一連のパールのネックレス、足元は黒のパンプス。片手にハンドバッグと淡い緑の紙袋を提げ、もう片方の手には小型のキャリーバッグを引いていた。

「海の向こうに見える、あのホテルが収まる形で撮っていただきたいのですが」

　男性が指差したのは、海面から山がにょきっと顔を出したかのようにそびえ立つ、半月形の豪奢《ごうしゃ》な建物である。このホテルもまた神戸を代表する景観の一部なのだという説明を、僕はメリケンパークを歩いた際に冬子から聞いていた。

　携帯電話は僕が受け取った。ベンチから立ち上がって離れると、立派なツリーを正面に、その脇にホテルを収める角度でカメラを構える。ところが、男女は明らかにツリーを避けるようにして、横に数歩ずれた。

「あ、お荷物あずかりましょうか」

　素早く歩み寄った冬子に、女性は恐縮しながら紙袋とハンドバッグを渡した。男性は手のひらを向け、遠慮している。

「この角度だと、ホテルが西日を反射してきれいに写らないかも……」

　携帯電話の画面を見ながら、僕はひとまず弱めに主張した。しかし男性には届かなかったようで、彼はきょろきょろしながら何事かをつぶやいている。距離があるので、何と言ったのかまでは聞き取れなかった。

「あの、せっかくだからそちらのツリーの前でどうですか」

僕はあらためて、今度ははっきりツリーの正面に立つよう二人をうながした。西日の角度といい、写真の構図といい、そちらのほうがよいのではと考えたのだ。ところが、

「いえ、ここで結構」

男性もまたはっきり拒絶の意を示し、二人は頑として動かない。仕方がないので、こちらがちょうどいいポイントを探してぴょこぴょこ動き回らなくてはならなかった。

「ではいきますよ。はい、チーズ」

手元で模造のシャッター音が鳴り、撮影は済む。どことなく笑顔の硬い二人が印象に残った。

携帯電話を男性に返し、撮影した画像に問題がないことを確認してもらう。そのあとで男性は、柔らかな笑みを浮かべて言った。

「ありがとう」

その表情を、写真を撮るときに見せればよかったのに、と思った。

男性から携帯電話を見せられたあとで、女性はあずけていた荷物を冬子から受け取り、丁寧にお辞儀して礼を述べる。去り際に、彼女はこんな言葉を残した。

「ごめんなさいね、デートのお邪魔して」

いえいえ、と手を振った冬子が否定したかったのは、《お邪魔》の部分か、それとも《デート》の部分だったのか。

「寒くなってきたね。ちょっとお茶でもしよっか」

いまの出来事に関する一切の言及なしに、冬子は提案する。そして僕の返事を待たず、テラスに面したカフェに入ってしまった。

月曜日の昼下がり、店内は客もまばらである。店員が通してくれた窓際の小さなソファー席は、外に向かって冬子と横に並ぶ形になるので、港の風景が一望できる。美しいながめに感嘆していると、冬子が隣でささやいた。

「また、カップルに間違われちゃったみたいだね」

なるほど、こういう席を普通はカップルシートと呼ぶのだろう。

温かいコーヒーを二杯、それと冬子が勝手に二人分のチーズケーキを注文する。店員が遠ざかったところで、彼女はこんなことを言った。

「さっき写真を撮ってあげた二人も、カップルだったのかな」

「カップル？　夫婦じゃなくて、か」

冬子は答えず、無言で海をじっと見つめている。

そのうちに注文の品が運ばれてきた。白い皿に載ったチーズケーキを見て、僕は驚愕した。

「何だ、これ」

それはチーズケーキの概念を完全に覆していた。ふわふわのスポンジの上でとろりと溶けたチーズがふつふつ泡を立て、皿にまで落ちかかっている。明らかに熱を持ったその食べ物を、ケーキと呼ぶのならそれでもかまわないが、見た目はスイーツというより食事に近い。

「おいしそうでしょ。神戸名物、観音屋のデンマークチーズケーキだよ。夏樹にも食べさせてあげようと思って」

その台詞を聞くのは本日二度目である。得意げな表情も先ほどと変わらない。

僕はフォークでケーキを小さく切り、ぱくっといく。濃厚なチーズのコクとスポンジの爽《さわ》やかな甘さがとてもよく調和し、これまでに食べたどんなケーキともまったく異なる味わいをもたらしてくれる。これは人に薦めたくなるのもうなずける。

「うまいなぁ、これ。神戸に来た甲斐があったよ」

「ちょっと、それしか言えないわけ。本当に案内の甲斐がないなぁ」

《自分も同じ台詞を用いたじゃないか》とは、案内を乞《こ》う身では言い返せなかった。

直径十センチに満たない円形のケーキは、あっという間に食べ尽くされた。冬子は口のまわりを拭《ぬぐ》いながら、さて、と息をつく。

「さて、と来ればもう行きますか」

そう応じはしたものの、もう少しゆっくりしていきたいような気もする。

ところが冬子もまた、座り心地のよいソファーから立ち上がるつもりはないようだった。彼女は使用済みの紙ナプキンをきれいに折りたたんでテーブルの上に置くと、高らかに宣言したのである。

「――キセツ、しないとね」

5

「キセツ……ねぇ」

「何のこと、なんて言わないよね。夏樹ともあろう人が」

こうして冬子ににらまれる覚えはない。が、奇妙な出来事には心当たりがないこともなかった。

「記念写真の件だろ。あの二人はなぜ、バレンタインのツリーの前に立つことを嫌ったのか」

「そういうこと」

冬子は満足げに微笑んでいる。

「だいたいわかったと思うけど、あのツリーは――」少し距離はあるが、いまも窓越しに見えているツリーを冬子は指差す。「手前に人が並んで写真撮影することを想定して設置されてるの。男性が写真に収めてほしいと言った、特徴的な形のホテルが神戸の代表的な景観を構成する要素のひとつであることは、すでに説明したよね。つまりこのテラスは、そんな景観をバックに記念写真が撮れる絶好のスポットなんだ。もちろんツリーは景観の邪魔をせず、かつ双方が引き立つようバランスを考えた配置になっている。でも、それだけではないの」

どうやらツリーひとつ立てるにも、いろいろと細かい配慮がなされているようだ。

「実はあのツリーは、奥に見えるビル群をすっぽり覆い隠す役目も果たしているのね。せっかく美しい港をバックに写真を撮るのに、味気ないビルなんかが中途半端に写り込んじゃったら、がっかりしちゃう人もいるでしょ。それを巧みに見えなくするのがあのツリーなんだ」

「要するに、ツリーの正面に立って写真を撮ってもらえば、ツリーと被写体、そして神戸の代表的な景観と海とを絶妙な按配《あんばい》で収めた、最高の記念写真が撮れる──と、冬子は言いたいわけだな」

「そのとおり！」

親指を立てる仕草にも力がこもっている。それだけあの男女の行動が、冬子の目には奇異なものに映ったということだろう。

「でもさ、さっきもそんな話をしたけど、何もあの二人が恋仲だったとは限らないだろ。単なる知人といった程度なら、バレンタインのツリーなんて避けるかもしれないじゃないか」

「じゃあ、夏樹はわたしと記念写真を撮るとして、わざわざあのツリーの前を避ける？」

　ストレートな質問に、図らずもどぎまぎしてしまった。

「いや、まぁ、避けないかな。たぶん」

「そうでしょ。たいていの男女なら、撮影者がうながすのを断ってまで、あえて避けたりはしないはずだよ。それと、キャリーバッグを引いていたことから、少なくともあの女性は遠方より来ていたことがわかる。記念撮影をするくらいだもの、それは当然よね。加えて、緑の紙袋」

「中身、わかったのか」

　女性から紙袋をあずかる冬子の姿を想起しながら、僕は訊ねた。

「薄い箱が入ってたよ。上の面しか見えなかったんだけどね、和紙で包装されていて、箱に印刷されている茶舗のロゴが透けてた。緑茶と言えば、お土産の定番でしょう。このことからも、女性が遠方から来たのは確実よね」

　神戸市近郊に有名なお茶どころがあっただろうか、とは思ったが、それは単に僕が知らないだけだろう。冬子の言うように、緑茶はお土産の定番ではある。

「となると、二人そろって神戸へやってきたにせよ、女性がこの街に住む男性のもとを訪ねたにせよ、二人は相当に親しい間柄であることが推察される。すなわち」

　冬子はしっかりと、僕の目を見つめてきた。

「二人はツリーの前に立って写真を撮るのが自然な関係にあった、ということ」

いのだろうか。

ずいぶん気合いが入っているようだ。それほどまでに、《小倉駅》の無念を晴らした
事実のとおりであるかはさておき、冬子もここまではまずまず筋の通った推論を展開している。《小倉駅》のキセツでの着眼点といい、決して調子は悪くないようだ。昔の冬子はとかく論理的思考にロマンチックな妄想を絡めたがる傾向があり、まるで見当違いのキセツを堂々と披露しては僕に、《自信だけは一丁前だな》と揶揄《やゆ》されるのがオチだった。彼女もこの五年のあいだに、それなりの成長を遂げたということか。

などと感慨にふけっていたら、冬子はさらに話を進めた。

「それでわたし、考えたんだけどね」

「考えたって、もうキセツできたのか」

「だって奇妙な出来事を提示したとたん、さっさと夏樹に言い当てられたんじゃつまらないもの。自分なりに考えをまとめてから、夏樹に話したかったの」

いまさらのように話し始めたのには、そんな事情があったらしい。

「とりあえず、話してみなよ」

「オーケー。まず、女性が遠方からやってきたことはすでに説明したとおり。でも、男性のほうはこの界隈《かいわい》にお勤めしているんだと思うの」

「根拠は？」

「服装だよ。男性はスーツを着用のうえ、ビジネスバッグを抱えていた。プライベート

と見るにはちょっとね。それに、今日は月曜でしょう。一概には言えないとしても、仕事のある人が多いのは確かだよね」

抵抗なくうなずける程度には、正しいことを言っているように感じられる。

「一方で、これも一概には言えないけれど、女性は男性に比べるとまだ、平日に自由が利く人もいると思うの。あの女性の恰好《かっこう》にしたって、きちんとしてはいたけれど、仕事着というよりはよそ行きに近かったんじゃないかな。でね、ここからが結論——あの女性、男性の元恋人とか、あるいは昔の不倫相手とか、そういう身の上だったんだよ」

……そら、ロマンの香りが漂ってきたぞ。冬子の瞳《ひとみ》に際どい光が宿る。

「彼女は男性と離れ離れになったのち、これまで身を切るような寂しさにじっと耐えてきた。けれどもこの冬の寒さにあてられ、積もり積もった感情がついに爆発してしまう。いても立ってもいられなくなり、男性の暮らす街を訪れたはいいけれど、あいにく彼の住所を知らされていない。やむなく彼女は無礼を承知で彼の職場を訪問し、話だけでもと訴えてどうにかわずかな時間、彼を連れ出すことに成功したというわけ」

眉根《まゆね》を揉《も》む。「それ、証拠はあるのか」

「あるよ。夏樹がシャッターを切った瞬間の、二人の表情。夏樹も見た？」

「あぁ、見たよ。何とも言えない、微妙な表情をしていた」

「かつての恋仲となれば、双方の複雑な心境は推して知るべし、でしょう。それに撮影を頼んできたときも、ツリーの正面に立つことを拒否したときも、主導権を握っていたのは男性だった。女性は終始、一歩下がって小さくなってたの。彼女にとってはかわいそうだけど、男性にはいまや満たされた生活があって、きっと迷惑してるんだよ。あんなツリーの前でツーショットなんて誰かに誤解されてはかなわないと、男性はそう考えたんじゃないかしら」

過去に関係のあった女性との写真を残すこと自体は満更でもないのに、ツリーを避けたがるというのはいったいどういう心境だろうか。親切に解釈してあげるとしたら、女性が身を引く代わりに最後の記念として写真を強く要求したので、そのくらいなら、と男性が折れたなんてこともあるかもしれない。

それを考慮しても、だ。どうだとばかりに僕の顔をのぞき込み、反応をうかがおうとする冬子に、僕はこう返すしかなかった。

「……本当に、自信だけは一丁前だよな」

「失礼な!」冬子は唐突に、テーブルをバンと叩《たた》いた。「なら、夏樹はどう考えてるっていうの」

否定したからには、こちらも何かしらの推論を示さなくてはならないだろう。コーヒーのカフェインが体内をめぐるにつれて、頭に浮かんできたひとつのアイデアを、僕はここで放出することにした。

「たぶん、逆じゃないかな」

「逆?」

「つまりさ。遠方から来たのは女性じゃなくて、男性のほうだったってこと」

冬子はぐぐっと眉根を寄せる。皺《しわ》になるぜ、とは言えなかった。

「もう少し、ちゃんと説明してくれる」

「だから、あの男性が、女性のことを思い慕っていたんだよ。今回、神戸を訪れる機会を得た男性は、スケジュールの合間を縫って愛する彼女のもとへ赴いたんだ」

「わたしの話、聞いてなかったの。キャリーバッグを引いていたのは、女性なんだよ」

対決姿勢を崩さない冬子の反論を、僕は正面から迎え撃つ。

「想像してみろよ。右手にビジネスバッグを、左手にキャリーバッグと紙袋を持った男性の姿を。誰だってちょっとは気を遣って、片方持ちましょうか、ぐらい言うさ」

「女性に荷物持ちなんてさせるかなぁ。まして、夏樹の話によれば、彼女は男性にとって愛する人だったわけでしょう」

「愛する人の見せた優しさだからこそ、断りきれないこともあるだろ。段差さえなければキャリーバッグを引くのは大した負担にならないし、ハンドバッグや紙袋は上に載せて一緒に運べばいい。少なくとも、あの頑丈そうなビジネスバッグを持たせるよりはよほど気が楽だったはずだ」

しかし、冬子はまだ引き下がらない。

「だったらスーツはどうなるの。それに仕事は」

「それらを総合して考えたら、答えは自明じゃないか。彼が神戸を訪れたのは仕事、すなわち出張だったんだよ」

もしも必要に迫られて訪れることになった街に、自分の好きな人が暮らしていたとしたら。可能かどうかは別にして、会いにいきたいと思うのが人情ではなかろうか。

「そもそも女性が遠方から来たんだとしたら、キャリーバッグを引いているところを見ても、宿泊を前提としていることは間違いないわけだから、仕事中なんて難しい時間を狙ったりせず、男性が退社するころに会社の外ででも張っていればよかったんだ。でも、会いにきたほうが出張の最中となれば話は違う。どうにか捻出《ねんしゅつ》した短い空き時間で会うのが精いっぱいだったんだろうし、それでも会社にばれたらきっと、あとあと問題になるような状況だったんじゃないか」

「言われてみれば……でも、それじゃ結局、ツリーを避けたのはどうしてなの」

ようやく冬子は、僕の唱える説に心を動かされ始めたようだ。波頭きらめく眼前の海には目もくれず、どちらの推論がより真相と呼ぶにふさわしいかを真剣に吟味している。

「それはやっぱり、出張中だったからじゃないかな。正面のプレートに刻まれた文字、冬子も見ただろ」

「ハッピー・セント・バレンタイン、だったね」

「そんなもんが写真に写っていたら、撮影時期は一目瞭然《りょうぜん》だ。万が一にも、写真を会社の同僚に見られたりなんかしたら、即座に今回の出張中の出来事であることが発覚してしまう。彼にとって、それはまずいことだったんだ。ツリーさえ写っていなければ、プライベートで神戸を訪れた際に撮影したものだと言い張れる」

「なるほどね。よくわかったよ」

冬子は感心したような声を洩《も》らし、まだ中身が残っていたらしきカップに口をつけた。

なんだ、意外と素直じゃないか。これも五年間の成長の証《あかし》か——などと一瞬でも考えた僕は、甘かった。

「今回は、わたしの勝ちね」

虚を衝かれ、僕は硬直する。

持ち上げたカップの下から、冬子は意地悪くにやりとゆがめた唇をのぞかせた。

「な……何でだよ。冬子のキセツを否定しながら、僕の考えがもっともらしいことを説明していっただろ」

思わぬ展開に、僕は動揺してしまう。冬子はそんなこちらの様子を、愉快そうにながめていた。

「うん、なかなかおもしろかったよ。でも残念ながら、いまの話は間違い。実はわたし、最後の切り札を隠してたんだ」

何？

「意図的に情報を伏せていたというのか。フェアじゃないな」

「何とでもおっしゃい。さっきのキセツの意趣返しよ」

わざとらしいくらいに勝ち誇るような口ぶりだ。

嘆息せざるを得ない。素直な冬子など、この世に存在するはずもなかった。あれだけの負けず嫌いが、たった五年やそこらで矯正されるはずもないのだ。

「わかったから、さっさと聞かせてくれよ。その切り札とやらを」

「えっとね、夏樹はあの男性が遠方から来たと推察したけど、やっぱり彼はこの近辺で働いている人だよ。土地柄を考えれば……そうだね、貿易会社勤務といったところじゃないかな」

「いやに具体的だな。どうしてそうなる」

「だってね。わたし、聞いちゃったんだもん」

下あごを持ち上げてつんと気取った冬子のしたり顔ときたら、届かぬ葉にまで首を伸ばすさもしいキリンのようである。さすがにそれは、負け惜しみになりかねないので口に出さなかったが。

「夏樹が携帯電話を構えたとき、光の具合を気にしていたでしょう。ほら、ホテルが西日を反射して、とかって」

確かにあのとき、最初の構図ではホテルが西日を反射してまともに写らず、僕はそのことを被写体の男女に伝えようとしたのだった。

「実はその夏樹の指摘を受けて、男性がある言葉をつぶやいたの」

「あぁ、そう言えば。こっちには、内容までは聞こえてこなかったけど」

「近くにいたわたしには、はっきり聞き取れたんだよね。それでわたしは確信した。彼はこの港湾の周辺に数多《あまた》ある、日常的に英会話を用いる企業に勤務しているんだって」

「英会話？　男性は何て言ったんだよ」

するとと冬子はもったいぶって間を取った。そして人差し指を立て、教えてくれたのだ。

「あの人ね、こう言ったんだよ。『サンはどっち』――つまり、太陽はどっち、って」

6

普段から英語に慣れ親しんでいると、何気ない日常会話にもつい英単語を混ぜてしまうものなのだろうか。そのあたりのことは、カナダに一年間語学留学をしていた冬子なら、実体験に即した形で知るところだろう。彼女がそういうこともあると主張すれば、英会話が堪能でない僕に反論する術《すべ》はない。

「夏樹が日光の反射を気にしていたから、彼は太陽の方角を確かめようとしていたんだよ。どう夏樹、これが交易の盛んな港町ならではの切り札だということがわかったでしょう？」

冬子はなおも勢いづく。彼女はもはや、自信が服着てチーズケーキを食らうようなものだ。

「……いや、わからないよ、全然」

だから僕は、その自信を引っ込めさせることにした。

「サンはどっち、だもんなぁ。冬子、いくら何でもそりゃないよ。やっぱりちゃんと聞き取れてなかったんじゃないのか」

「そんなことないもん！　わたし、この耳でしかと聞いたんだから」

軽くあしらわれたことが心外だったのか、冬子はむきになって言い募る。説得を試みてもいいが、こちらが一歩譲ったほうが丸く収まるかもしれない。

「仮に冬子の言うとおりだったとしても、その台詞だけで男性がこの辺に勤めていると決めつけるのは早計じゃないか。このご時世、英会話を必要とする職業なんてごまんとあるし、それは何も港町に限った話じゃないよ」

「うぅん、そう言われると……」

冬子は再び、考え込んでしまった。自説を補強する手段を探しているようだが、彼女はすでに持ち駒を使いきってしまった感がある。そこに固執する限り、おそらく新たな発見はないだろう。

時計を見ると、すでに四時が近かった。ずいぶんこのソファー席で粘った気がする。僕は膝に手をついて、立ち上がりながら告げた。

「そろそろ行こうか」

「待ってよ。まだ勝負はついてない」

冬子は僕のセーターの裾をつかんで引き止めようとする。

「真相を確かめようがないのだから、このうえ議論を重ねたって仕方ないよ。今回は引き分けってことでいいんじゃないか」

おもしろくなさそうにしている冬子に、僕は言い足す。

「でも、楽しかったよ。冬子の感性が昔とちっとも変わってなくて、うれしかった」

「……そうだね。昔に戻ったみたいで、楽しかった」

彼女が照れ隠しに浮かべた笑みが、二人の対立を一瞬にして解消してくれた。

港を離れ、続いて冬子に連れていかれたのは、レンタカーのお店だった。

「いまから車を借りるのか」

「そうだよ。予約は済ませてあるから大丈夫」

冬子はそう言って自動ドアをくぐり、スタッフとやりとりしながら手続きを済ませていく。ややあって、僕らは店舗の前に停車していた軽自動車へと案内された。派手なピンクの外装に僕は、まさか冬子の趣味じゃないよな、と独《ご》り言つ。

冬子がわれ先に運転席へ乗り込むので、僕は自動的に助手席へ。

「車でしか行けないような場所に向かうってことだよな」

「うん。山に登るんだよ」

シートやルームミラーを調整しながら、冬子はずいぶん呑気《のんき》な口調だ。

「山？　このあたりは二、三日前に雪が降ったばかりじゃなかったか。冬子、運転は慣れてるんだっけ」

「うぅん。二年前に免許を取って以来、公道を走るのは今日が初めて。久々に運転したくてうずうずしてたんだ」

次の瞬間、エンジンが大きなうなりを上げて、車は後ろ向きに発進した。車線に入ると、冬子は目の前の交差点をウィンカーも出さずに左折する。後方から来る自転車の、甲高いブレーキ音が空気を裂いた。

「かっ、代われ冬子――僕が運転するから！」

たまらず僕は悲鳴を上げる。冬子は状況を的確に把握していれば確実に場違いであるはずの、鼻歌など交えつつ答えた。

「だめだよ、夏樹はお客さんなんだから。ゆっくり休んでて」

街路を抜け、雪の残るつづら折りの山道を走って目的地に着くまで、片時も休まらないドライブが続いた。

目指したのは摩耶山《まやさん》山頂の展望広場、掬星台《きくせいだい》である。《星を掬《すく》う》という洒落た名前の示すとおり、眼下に広がる夜景の美しさで知られ、函館《はこだて》や長崎とともに日本三大夜景のひとつにも数えられる――と、冬子が熱っぽく説明する。

駐車場の白い枠に車を斜めに止めると、冬子は助手席で息も絶え絶えの僕に告げる。

「さ、降りて。ここから少し歩くよ」

震える足で地面に降り立つと、ようやく人心地がついた。

冬子の運転の恐怖からは解放されたものの、体の震えは止まらない。標高約七百メートルの山上は海端よりもいちだんと気温が低く、想像を絶する寒さだった。時刻は五時半、夜景を見るには少し早いくらいの薄暗さだったが、夜が更けてさらに気温が下がればとても耐えられる気はしない。

前もって教えてくれればもっと厚着してきたのに、と僕は毒づく。冬子はダウンジャケットの前を合わせながら、

「カナダでオーロラを見たときの寒さは、こんなもんじゃなかったよ」

比較されても、と思った。

少しでも体を温めるため、自然と二人は早足になる。最後の階段を上りきると、自動販売機があった。冬子が真っ先に駆け寄り、五百円玉を投じてホットの缶コーヒーを買う。僕も財布を取り出そうとしていたところ、彼女は続けておしるこを買い、僕に差し出した。

「はい、夏樹。これはわたしのおごり」

「……ありがとう」

と言って受け取るしかない。にこにこしている彼女を見るにつけ、これが一種の嫌がらせであることはすぐにわかったが、刃向かうと相手の思うつぼである。キセツのこと、いつまで根に持つつもりだろうと思いながら僕は、熱々の缶でかじかんだ指先をほぐした。

展望台へ足を向ける。中途半端な時間だからか、まわりに人はいなかった。水面に映

した星空のようにぼんやり光る遊歩道に導かれ、張り出した柵《さく》のほうへそっと身を寄せた。

「うわぁ――」

冬子が発したごく短い音は、そのときの心情をもっとも如実に表したものだったかもしれない。

胸を衝く情景が広がっていた。切り開かれた山の端に立てば、視界いっぱいにパノラマが展開する。眼下にちりばめられているのはおびただしい数の光、光、光。じっとそこにたたずむものもあれば、一定の間隔で明滅を続けるもの、列をなして駆け回っているものもある。そのさまは、圧倒的な闇に負けじと立ち向かう勇士の儚《はかな》さのようでもあり、母親の体温に包まれて泣き出す赤子の安堵《あんど》のようでもあった。

寒さも忘れて夢中で見入った。どうしてこんなにも、美しいと思えるのだろう。近くで見れば、味気ない人工の光でしかないのに。

「きれいだねー」

飾らない言葉で感想を述べる冬子の唇から、白い息が流れていくのが見える。その動きに目がつられたままで、僕は彼女に返した。

「うん、きれいだ」

すると夜景を見つめる彼女が、わずかに身を硬くしたのがわかった。冷たいだろうに柵に両手をかけ、寒さのせいか紅潮した頬が小刻みに震えている。

刹那《せつな》、八年前に初めて目にした冬子の姿が、現在の彼女にオーバーラップした。入学式の朝、困り果てた彼女にかけたひと声は、その後の僕の生活において重大な意味を持った。勇気を振り絞って及んだあの行為に、後悔の念は微塵《みじん》もない。

ならば今日、ここでもう一度勇気を振り絞って放つ言葉が、後悔をもたらすことはないと信じたい。何の考えもなしに神戸へやってきたのではない。自分なりに、いろいろな覚悟を決めてここまで来たのだ。

ふいに渇きを覚え、僕はおしるこの缶を開けるが、喉《のど》を湿すにはちっとも役に立たなかった。それから僕は息を深く吸い込み、この展望台から飛び降りるような気持ちで切り出した。

「あのさ——」

「あのね、夏樹」

ところが、僕の言葉をさえぎるようにして、冬子に声をかけられてしまった。

「……ごめん夏樹、いま何か言いかけたよね？」

「あ、いや、大丈夫。そっちからどうぞ」

冬子もまた、思いきって何かを伝えようとしたらしかった。その様子に僕はたじろぎ、先を譲ってしまう。

「そう。じゃあ、聞いてね」

彼女の緊張が、こちらまで伝わる。何を打ち明けられるのかは見当もつかなかったが、そこにわずかの期待も抱いてなかったと言えば嘘になるだろう。冬子は僕の顔さえ見ようとしないまま、輝く街にささやきかけるようにして、告げた。

「実はね——よりを戻したの。前の彼氏と」

「なるほど、よりを……嘘だろ」

あまりの衝撃に、僕は本当に展望台から落ちるかと思った。

「嘘じゃないよ。つい先週の話なんだけどね」

「だって先月会ったとき、それはまずないって冬子が」

「そうなんだけどさ。何度となく復縁を乞われているうちに、わたし、思っちゃったんだよね。この人は本当にわたしのことを愛してくれてるんだなぁ、この人ほどわたしのことを深く愛してくれる人なんて世界中どこ探してもいないかもしれないなぁ、って」

そんなことはない、絶対にない。思っても、口にはできない。

「どうでもよくなったっていうのかな。いい加減、断り続けるのにも疲れてたんだよね。それで、とりあえずやり直してみようかなって」

はにかむ冬子を前に、僕は言葉を失っている。一度は赦《ゆる》せないと思った相手を再び受け入れてしまうことに、第三者としてはあまり肯定的な感情を持てない。しかし、それを態度に出すわけにはいかなかった。渋々といった体を装うその奥で、彼女がとても幸せそうにしていたからだ。

「わたしから話しておきたかったのはそれだけ。ところで、夏樹は何を言いかけたの？」

冬子はすっきりした表情で、こちらに順番を回した。だがすでに状況は大きく変わり、勇気も覚悟も完全に消滅してしまっている。とはいえ展望台から飛び降りるようにして踏み出した足を、違う着地点に向けるのならともかく、なかったことにして引っ込めるのは非常に難しい。

僕はことさら明るい調子で、大した話ではなかったということを冬子に印象づけようとした。

「冬子はさっき、嘘じゃないって言ったよな。こっちは嘘の話なんだ」

「嘘の話？」

眼下に転がる無数の光のうち、海沿いに灯《とも》るそれらをたどる。昼間、自分たちがいたのはあのあたりだろうか、などと想像しながら僕は、彼女についた嘘を告白した。

「カフェで話した、男女の謎に対する僕のキセツ――あれ、まったくの嘘だったんだ」

7

「……どういうこと？」

冬子は首を大きくかしげている。ピンときていないらしい。

話の運び方を誤れば、取り返しのつかないことになりかねない。慎重に言葉を選びつつ、僕は冬子に釈明する。

「あの二人がツリーを避けたのは、男性が出張中だったからだって言っただろ。でも僕は、自分でもそんな説、全然信じていやしなかったんだ。ほかにもっと納得のいく真相を思いついていて、ただ詳細を見極めかねたうえに確証もなかったから、冬子に話を合わせる形でそれらしきことを語っただけなんだよ」

われながら、あのときはずいぶん都合よく掌中の情報をつなげたものだと思う。しかし、出張中に私用で人と会ったことを隠したいならそもそも写真を撮るべきではないし、写真に写る姿がスーツにビジネスバッグではプライベートだと言い張るのも難しい。

男性が女性にキャリーバッグを引かせることはじゅうぶん考えられる。だが、もう片方の手にはハンドバッグを提げていた女性に、紙袋まで持たせるのはどうか。やはり冬子の言うように、遠方から来たのは女性のほうだったと見るべきだろう。

「間違ってるとわかってて、あえて嘘のキセツを主張したってわけね。じゃあその、納得のいく真相ってのを聞かせてよ。いまの口ぶりだと、わたしの唱えたキセツも正しいとは考えていないんでしょう」

幸いにも冬子は、僕がなぜ偽りの推論を披露したのか、という点については追及してこなかった。

「順を追って話していこう。冬子がキセツだって言い出した時点で、真相にはぼんやり察しがついていた。それを確信に近づけてくれたのが、冬子が教えてくれた、緑の紙袋の中身だよ」

「中身というと、お茶のことだよね」

あまり行儀のよろしいことではないが、冬子は女性から荷物をあずかった際に、紙袋の中身をチェックしていた。包装紙を透かして、箱のロゴまでも見ていた。

「そう。あれはたぶん、お土産ではなかった。緑茶と言えば贈答品として一般的だけど、ことにある種の行事に際してしばしば用意されることがある」

冬子ははっとした。その言葉だけで、僕が言わんとしていることを理解したようだ。

「もしかして、仏事ってこと？」

僕は小さくあごを引く。

元々は中国の僧侶《そうりょ》が万病の薬として日本に持ち込んだお茶を、健康に対する感謝の証として仏壇に供えるようになったことから、仏事にお茶という慣習が広まったと聞いた覚えがある。平日にあんな場所にいたことを踏まえれば、男女は年忌法要などではなく葬儀に参列し、即日返しの品として緑茶を受け取ったのだろう。

「それじゃ、紙袋の中身を知る前からぼんやり察しがついていたというのは……」

「服装だよ。女性が身に着けていたパールのネックレスや黒のコート、パンプスは、いかにも喪服に合わせたものだった。おそらくキャリーバッグの中に、着替えた喪服が入っていたんだろうな」

もっとも男女そろって喪服ではなかったことから、葬儀そのものは昨日のうちにでも執りおこなわれ、時間などの関係で女性は今日まで神戸にとどまったものと思われる。男性がスーツを着ていたのは、女性を見送ったあとで職場に顔を出すつもりだったというところか。

「なるほど。それならツリーを避けたのも、シャッターを切る際の微妙な表情も納得がいくね」

冬子はあごに手を添え、うなずいている。

「女性は遠方から来たんだし、帰る前に名所に立ち寄って記念写真を撮るくらいのことはするかもしれないけど、あんなピンクのツリーの正面に立つのはふさわしくないし、満面の笑みで写るわけにもいかないもんね」

「あぁ。そういうわけで、僕は早い段階から、男女が葬儀に参列したことを理由にツリーを避けた可能性に思い至っていた。ただ、冬子を説き伏せるにはまだじゅうぶんでないとも考えていたんだ。せめてもうひとつ、自説を補強する材料が欲しかった」

「そして、いまはわたしを説き伏せようとしている。てことは、もうひとつの材料が見つかったんだね」

「ご明察だよ。その材料となったのが、冬子が切り札と呼んだ、男性の台詞だったんだ」

すると、冬子は目をぱちくりとさせた。

「サンはどっち、のこと？　夏樹、そんなこと言うもんかって一笑に付してたじゃない」

「違うんだ。あのときも指摘したように、冬子は男性の台詞をちゃんと聞き取れていなかったんだよ。正確には、音としては正しく聞き取ったけれど解釈を誤った——もっと言えば、ほかにも聞こえたはずの言葉を、不必要なものとして省いてしまった」

「ほかにも聞こえたはずの言葉……どうしてそれが、離れていた夏樹にわかるの」

「わかるんだよ。聞いたことを忘れるのも無理はないと思うような、短い呼びかけの言葉を直前にひとつ足すだけで、男性の台詞は明確な意味を持ったものに変わるのだから」

ここまで話したところで、冬子は急にぶつぶつ独り言を言い始めた。すべて説明し尽くされる前に、自分で答えを見つけ出したかったらしい。

「何だろう、呼びかけ……あの、サンはどっち。違うな……おい、サンはどっち。さぁ、サンはどっち。ねぇ、サンはどっち——姉さん、姉さんはどっち！」

はぁー、という冬子の叫びが彼方《かなた》の冬山にこだました。

「ま、男性はあたりを見回しながら発言していたから、おおかた不自然なところで言葉を区切りでもしたんだろう。それを冬子は単なる呼びかけと誤解し、忘れてしまったんだ」

「それじゃ、あの男女は姉と弟だったんだ。そして弟さんは、西日の反射とは関係なしに、並んで写真に写るお姉さんの立ち位置が自分の右か左か、確認したかっただけなんだね」

「そういうこと。最初は夫婦かとも考えていたんだが、二人が姉弟《きょうだい》であるのなら、近親者の葬儀にそろって参列するのもうなずけるだろう？　答え合わせはできないにしても、これだけの材料がそろえば、冬子も僕のキセツに納得してくれるんじゃないかと思ったんだ」

「はぁー、やっぱり夏樹にはかなわないな」

冬子は新神戸駅でそうしたのと同じように、ぐっと伸びをした。ただしいまはあのときと違って、ちっとも悔しそうではなく、むしろすっきりしているように見える。

僕はここであらためて、彼女がある疑問を口にするのではないかと身構えた。結局のところ、それは杞憂《きゆう》に終わるのだが、彼女はまったく別の疑問を口にした。

「夏樹さ、昔と全然変わってないね。何でもかんでも見抜いちゃってさ、こっちは呆気に取られてばかり。どうしてそんなにキセツが上手なの」

冬子のそんな発言もまた、高校生のころに一度ならず聞かれたものだった。僕は当時を思い返しつつ、答える。

「——観察者に徹するから、かな。奇妙な出来事について考えるとき、そこに自分の価値観や嗜好《しこう》を差しはさまずに、場面の中に自分という存在を置かずに、外側からありのままの事実だけを見つめるんだよ。すると大事なことが、浮かび上がってくれるんだ」

「観察者、かぁ。それ、わたしも実践しようとしたけど、最後までよくわからなかったんだよなぁ。自分の価値観や嗜好を差しはさんでいるつもりなんてないんだけど」

「むしろ冬子はあからさまだと思うぞ。明かりに寄っていく羽虫みたいに、すぐロマンに走るあたりが」

「あー、ひどいな、その喩《たと》え。夜景のきれいな場所に連れてきたことまで、虫みたいって言われてる気がする」

「はは、そんなつもりはないよ。夜景を好む女性はロマンチックだと思うけどさ」

ひとしきり、二人で笑い合った。それから冬子は両腕を体に引き寄せると、小さく身を震わせてささやいた。

「ますます冷えてきたね。いつの間にか、すっかり暗くなっちゃった」

言葉になったとたんに、猛烈な寒さが思い出される。

「帰るか、そろそろ」

名残惜しい気持ちもありつつ、僕は言う。冬子はにこりと微笑み、僕の顔を見て訊ねた。

「もういい？　神戸の夜景、満喫してくれた？」

もちろん僕は、この夜景を今日、生まれて初めて自分の目で見た。

でも、冬子はたぶんそうじゃない。前にも見にきたことがあったから、この美しさを僕にも教えてあげたいと思い、ここまで連れてきてくれたのだろう。

その気持ちを僕が、うれしいと感じているのはまぎれもない事実だ。だからこそ、悲しいとも思う。冬子が初めてここに来たとき、隣にいたはずの人について考えてしまう自分が。そして僕と味わった今日の感動も、いつしか最初の記憶に統合され、忘れられるのだろうと考えてしまう自分が。

僕は悲しい。僕の覚悟をさえぎるような形で、彼女がある報告をしたことが。

――昔と何も変わらない、二人の関係が。

「……あぁ、本当にきれいだったよ。ありがとう、冬子」

僕は冬子に笑みを返し、答えた。そして、もう一度だけ夜景に目を落とすと、小さな声で付け加えた。

「一生、忘れないと思う」

案内した甲斐があったなー、と冬子がとても満足げに言うのが聞こえた。

帰りは僕が車を運転した。ガソリンスタンドが見つからず往生した。

冬子はどうせ近いから、と新神戸駅まで見送りに来てくれた。僕は切符を買い、職場に持っていくお土産を適当に見繕ったのち、改札で冬子に手を振って別れた。ホームでは五分と待たず新幹線のぞみがやってきて、僕は自由席のひとつに腰を落ち着けた。

そして僕は、見下ろしたばかりの夜景に溶け込んでいく。無数にちりばめられた光の中の、いずれかにまぎれて位置さえわからなくなる。

生きている限り、人は無数の光を目撃する。多くは目を離せば意識にさえ残らず、だからこそ写真に収めるなどして記憶にとどめようとすることもある。けれどもそうして、かろうじて引っかかった光すら、しょせんは景色の一点に過ぎない。

一方で、決して景色にまぎれることなく、ひときわ大きな光を放ち続ける、月のような存在に出会うこともある。こちらからそう見えているとき、向こうからも同じように見えたなら。それはただの願望でしかない。何をどうしても育たない光があることを、忘れたとき人は狂ってしまうのだ。

僕は今日、そんな月を見ていた。けれども彼女にしてみれば、僕は夜景の中にある点のひとつに過ぎないのだろう。何度も《ナツキ》と呼びながら、僕を月と見る瞬間は来ないのだろう。これまでも、これからも、ずっと。

新幹線は轟音を立てて走る。捔星台から見た美しい光は、いまやつまらぬ点となって窓の外を流れる。着ぐるみの中身を見せられたような、興醒めな心地がして僕は目をつぶり、気がつけば眠っていた。再び目を開いたときにはすでに車内の人数がかなり減り、アナウンスがクセのある発音で《次は終点》と告げていた。僕は窓の外に見える夜空に異なる月を思い描きながら、心の中だけでつぶやいた。

——いま、小倉駅を出たところです。

その日、冬子についた嘘の中で説明した男性の行動が、本当は誰のものを表していたのか——僕の口から、彼女に語られることはなかった。

第二話

春──菜の花、コスモス、月見草

1

青い空、眼下には海原。そして僕の立つ丘の上からは、斜面を覆う満開の菜の花が見渡せる。

「おぉー、きれいだなー！」

隣には女性が並び立つ。はしゃいだ声を上げ、一眼レフのデジタルカメラを構える彼女は、この春に社会人二年目を迎えた僕とひとつしか歳が変わらない。

菜の花畑を訪れたほかの客からは、僕らもそこらじゅうを行き交うカップルと同じに見えるに違いない。けれども僕らは断じてカップルではないし、まして今日のこれはデートでもない。なぜか——その答えは、きわめて単純だ。

彼女は名を、春乃《はるの》という。僕の名が夏樹であることからも察せられるように、彼女は僕の実の姉なのである。

——会社にも行かずに菜の花畑を観賞できるのは、週末と相場が決まっている。今日は土曜日、そしてゆうべは金曜日だったというのに、何の予定もなく帰宅していた弟に向かって、やはり寄り道もせず帰宅した姉が突然、言ったのだ。

「おい夏樹。明日、能古島《のこのしま》に行くぞ」

そのとき僕はリビングのソファーに腰かけ、レンタルしたミステリー映画のDVDを観ていた。有無を言わさぬ姉の口ぶりに眉《まゆ》をひそめつつ、声のしたほうに顔を向ける。

「何だって、急にまた能古島なんか」

能古島は博多《はかた》湾に浮かぶ、外周およそ十二キロメートル、人口約七百人の小さな島だ。福岡市西区にある姪浜《めいのはま》渡船場発のフェリーでわずか十分という地理的条件から、都会にほど近い行楽地として人気が高い。

「花のシーズンだから、写真を撮りにいきたいんだよ。ひとりじゃつまんないから付き合って。どうせ、暇なんだろう」

そばに立ってこちらを見下ろす姉は、普段に輪をかけて愛想がない。おそらくは僕を誘うにあたり、ちょっとした照れもあるのだろう。カメラだって、先の冬のボーナスで初めて立派なのを買ったばかりだ。

「だめだよ。このDVD、明日には返さなくちゃいけないんだ」

「大丈夫。そんなの、島に行く前か行ったあとでも返せる」

「ほかに誘う相手いなかったのかよ。男とか」肩をはたかれた。「何すんだよ」

「あんたに言われたくない。寂しいだろうから、わたしが誘ってやってるんだ」

このあたりから、僕も少しムキになってきた。「別に、こっちはその気になりゃ相手くらいいるし。いいからちょっと黙ってろよ。映画、いいところなんだよ」

「どうでもいいよ、そんな映画。犯人はさっきの少年たちだよ」

「――あー！　何で言っちゃうんだよ、せっかく観てたのに！」

「大丈夫」

「何が大丈夫なんだよ！」

　かくして映画への興味は急激に失《う》せ、僕は不承不承、姉のカメラ趣味――しかも駆け出しの――に付き合うこととなったのである。

　とはいえやってきてみれば、損はなかったなと僕は思った。島のてっぺんにある『のこのしまアイランドパーク』は福岡県内でも屈指の花の名所として知られ、菜の花や桜のほかにも、園内の至るところを色とりどりの花が飾っている。そのあいだを縫ってのんびり歩みを進めれば、日々の喧騒《けんそう》も忘れられ、心がすっかり洗われるようだ。少なくとも、オチを知ってしまった映画を自宅で観ているよりはずっといい。

　もっとも春乃はと言えば、心が洗われるばかりでもなかったようだ。ブランコに乗って背中を押す男女を見ては、竹馬に興じる男女を見ては、シャボン玉を吹いて散らす男女を見ては、隣の僕にだけ聞こえる音量で呪詛《じゅそ》を吐く。「落ちろ。こけろ。飲んじゃえ」

「姉よ。もういい大人なんだから、そういうのは慎まないか」

「大丈夫」

　それ気に入ってるのか、と僕は思う。

　一姫二太郎の理想に適《かな》い、わが家では最初に春乃が、翌年には僕が相次いで誕生した。ことに春乃は目のぱっちりとした愛らしい子で、両親からはそれこそ箱入り娘とばかりにかわいがられ、父親などは小学校のクラスメイトの男子から春乃宛てにかかってきた電話を、問答無用で叩《たた》き切ってしまうほどだった。そうした環境に置かれたせいだろう、春乃はしだいに同世代の異性と交流することを、何か禁忌のようにとらえてしまう哀れな少女に育った。では、代わりに何を好きになったのか——テレビや雑誌の中にいる、男性アイドルである。

むろん、アイドルを好きでいることは何の問題もない。だが、この歳になるまで追いかけるのはアイドルばかりで、周囲には異性の影さえ一度たりとも見当たらないとなると、親としてはやはり複雑な心境だろう。子育てに対する反省は僕のふたつ下の妹に活かされ、彼女は十代のうちから自由な恋愛体験を享受してきたので、なおさら春乃が不憫《ふびん》でならない……とは言うものの、みずから異性を遠ざけるくせに、こうして世のカップルをひがんだりするのはいかがなものか。

島の上空を舞っていたトンビが急降下して、近くの木の根元にレジャーシートを広げてくつろぐカップルの、手に持っていたコロッケを奪い去っていった。それを見た春乃が《ナイス》と叫び、呆然《ぼうぜん》としているカップルをカメラで盗撮する。

連れだと思われたくなかったので、僕は姉から素早く離れ、菜の花畑を見下ろした。写真撮影の趣味はなかったが、何もせずひとりで突っ立っているのも妙なので、携帯電話のカメラ機能を立ち上げて何枚かパシャリとやる。

水平線に沿うように、彼方《かなた》の空を飛行機が飛んでいく。ふと、遠くにいる人にもこの景色を見せてあげたいな、と思った。

2

春乃にまつわることで、ちょっとした苦い思い出がある。

「――夏樹くん。よかったら、メールアドレスを教えてくれないかな」

放課後の教室で荷物をまとめていると、クラスメイトの冬子から突然、そんなことを言われた。高校一年生の、ゴールデンウィーク明けのことだった。

いまならば、その場でさっさと携帯電話を取り出し、データでも何でも交換してしまうのかもしれない。当時は校則で携帯電話の校内への持ち込みが禁止されており、とはいえ隠れて持参する者も少なくなかったが、いずれにせよ教室で取り出すことははばかられた。

したがって連絡先の交換と言えば紙に書いて渡す形が多かったのだが、異性に対してそれを願い出るのはひとつのハードルでもあった。入学式の日に話して以来、冬子とはたまに言葉を交わす程度に親しかったが、まだ連絡先を知らなかった理由はその辺にある。異性としてアプローチしていると受け取られることを恐れ、なかなか言い出せずにいたのである。

だから冬子の申し出に僕は動揺し、舞い上がった。荷物はすでにカバンにしまったあとだったので、あたふたと制服のポケットを探る。

「ちょっと待ってな。何か書くものあったか……お、あったぞ。いや、これはだめだ」

指先に触れた紙を広げ、僕はそれをそばの机の上に置いた。冬子が首を伸ばしてのぞき込む。「何それ」

メモ用紙である。ひらがなで《たかし》と三度、記されている。ボールペンで、字はいずれもつたなく、かろうじて読めるといった程度だ。

「あぁ、それは」結局カバンを探り始めた手を止めて、僕は説明した。「伯母《おば》の一家が、このゴールデンウィークの連休を利用して、東京から九州へ家族旅行に来てたんだ。それで昨日、僕んちにも寄っていったんだよ」

問題のメモ用紙を手に取り、冬子はふむふむとうなずく。

「伯母というのが親父の姉にあたるんだけど、その息子の名前が《たかし》。つまり、僕から見ればいとこだね。漢字で書くと隆盛の《隆》。で、ひとりっ子なんだけど、これがまたやんちゃ盛りっていうか……伯母に言わせると反抗期真っただ中だそうで、とにかく余計なことするんだよな。昨日もふらっと姿を消したかと思うと、リビングにいる僕ら家族の目を盗んで勝手に姉貴の部屋に入っちゃってさ。姉貴が部屋に貼ってるポスター、べたべた触ってたらしいんだよ」

春乃は当時、男性五人組アイドルグループ《東方見聞録》に夢中だった。その熱の入れ具合たるや、リビングでライブのDVDを観る春乃に、「で、どいつが《東》でどいつが《聞》なんだ？」と何の気なしに訊《たず》ねた父が、その後一週間も口を利いてもらえなくなったという逸話が残るほどである。ましてポスターやそのほかのグッズには、たとえ家族だろうと指一本触れさせないといった調子だったのだ。

「はぁ、ポスターをね……それで？」

アイドルに興味がないのか、ことの重大さにピンと来ていない様子で、冬子は先をうながす。

「そんなところに姉貴が部屋へ戻ってきて、『汚い手で触らないでよ！』なんて怒鳴ったもんだから、ケンカになっちゃってさ。騒ぎを聞きつけた伯母がいとこを叱って、その場は一応収まったんだけど。数時間後に伯母一家が帰ってから、姉貴が再び自室へ戻ってみると、机の上にそのメモが置いてあったらしいんだ」

「帰るまでにいとこが、もう一度お姉さんの部屋に侵入して、そのメモを残したってこと？」

「たぶんな。騒ぎのあとは、いとこも基本的にずっとリビングにいたんだけど、トイレやなんかで席を外した瞬間も皆無じゃなかったから。そんなメモを残すのなんて、うまくやれば一分もかからないだろ。ちょっと目を離した隙に、というのはじゅうぶん可能だった」

「そっか」冬子はメモに見入っている。

「で、今朝になって姉貴が、『あんた暗号とか得意でしょ』って僕にその紙を渡してきてさ。何の目的があってこんなメモを残したのか考えろ、ってことらしいんだけど」

なぜ春乃が、《弟は暗号に強い》という認識を持つに至ったのかは不明だ。ただ、入学式の日に不可解な事象に出くわしてうろたえるクラスメイトを助けたり、進んでミステリー映画を観たりする程度には、頭をひねることに抵抗がないのは確かだった。メモについて事情を知らされたときも、不謹慎ながらまるでダイイングメッセージみたいだな、と思ったくらいだ。

冬子はまだしばらくメモをじっと見ていたが、ふいに顔を上げると、獲物を見つけた獣を彷彿《ほうふつ》とさせる目をこちらに向け、ニヤリと笑った。

「奇妙な出来事には、説明をつけてあげないとね」

「……あぁ。そうだな」

応じながら、ちょっぴり頬が火照った。ひと月ほど前に自分が発した台詞《せりふ》でも、こうして面と向かって真似されると照れる。

まだ、奇妙な出来事に説明をつける営みを表す《キセツ》というフレーズが、二人のあいだで開発される前のことだった。冬子はメモを僕に示しながら訊ねる。

「メモ用紙やボールペンは元々、どこにあったものなの」

「姉貴の部屋だな。たぶん机の上かどこか、要するにいとこはその場にあったものを使ったらしいんだよ。姉貴もケンカをしたあとで、それなりに警戒していたはずだからな。いとこがあらかじめメモやペンを準備しようものなら、何に使うつもりなのかと問いつめたに違いない。いとこはとりあえず姉貴の部屋に忍び込んでから、使えそうなものを探したんだろう」

「ふぅん……それで、夏樹くんはどう考えてるの。この、名前だけが殴り書きされたおかしなメモの意味を」

その問いにすんなり答えられるようなら、僕だって初めから述べていただろう。とはいえ何の考えもないわけではなかったので、僕は後頭部をかく仕草に自信のなさを込めつつ、ひとつの仮説を話してみることにした。

「何となくだけど、いとこは謝りたかったんじゃないか、という気がしてるんだよな。ほら、悪かったとは思いながらも、面と向かって謝りにくいことは誰にだってあるだろ。それで、代わりにメモを残すことにした」

しかし、やはりと言うべきか、冬子は腑《ふ》に落ちていない様子だった。

「謝りたかったのなら、どうして自分の名前だけを書いたの」

「それは、名前しか書けなかったからだろ」

「お姉さんの目を盗んで、という状況だったから？」

「いや、そうじゃなくて……」

「もちろん違うよね。だって一回だけならまだしも、三回も名前を書いているんだもの。全部ひらがなだし、急いで書いたとはっきりわかるほど雑な字ではあるけれど……夏樹くん？」

おーい、と冬子が僕の目の前で手を振る。彼女はきっと、自分の顔を穴が開くほど見つめている僕のことをいぶかったのだろう。が、僕はうまく反応を返せなかった。

どうやら誤解があるようだ。僕は再び、後頭部をかきながら切り出した。

「僕、言わなかったっけ」

「何を？」首をかしげる冬子。

「いとこの年齢だよ――隆ってのは、三歳の男の子なんだ」

束の間の沈黙に続いて、冬子の絶叫が人の少なくなった教室に響き渡った。

「はぁー聞いてないし！」

廊下を通りかかった女子生徒が数名、何事かとこちらをのぞき込んできた。僕が冬子に妙な気を起こしたなどと思われたらまずいので、何でもないんだということを手振りで彼女らに示しつつ、僕は冬子に言う。

「大声出すなよ。初めに伝えたつもりだったんだ」

「てっきり中高生かと思ってたよ。お父さんのお姉さんの息子って言うから」

事実を告げたまでである。伯母は晩婚で、いわゆる高齢出産だったのだ。

「ていうか夏樹くん、反抗期真っただ中って言わなかった？」

「言ったよ。第一次反抗期だ。イヤイヤ期って表現もあるのかな。二歳ごろからなかなか言うことを聞かなくなったというので、伯母も手を焼いてる」

「そういうことか……にしてもほら、まさか高校生のお姉さんがそんな小さい子とケンカしたなんて思わないもの」

それに関しては、お恥ずかしいの一言に尽きる。ひとつ歳上の姉の存在について、冬子にはすでに話してあったが、人格までつぶさに教えたわけではないから意外に思うのも無理はない。三歳児と本気でケンカをする、春乃の精神構造に問題があるのだ。

「でもこの字、いかにも子供が書いたそれじゃないか」

「急いでたから雑になったのかな、くらいにしか考えてなかったよ……だけど、これを書き残したのが三歳児だって言うのなら、目的を察するのは簡単だね」

冬子が何でもないことのように言うので、僕はぽかんと口を開けてしまった。

「わかるのか。いとこの意図が」

「もちろん。夏樹くんやお姉さんには、歳の離れた姉や兄がいないから、わからなくても仕方がないと思うけど」

聞けば冬子は三姉妹の三女で、入学式の日に名を聞いた姉の上に、もうひとり姉がいるらしい。由梨絵《ゆりえ》という名のその人は、冬子の八つ歳上だそうだ。

「たとえばわたしが三歳くらいのとき、由梨絵姉ちゃんはまだ小学生だったから、たまにケンカになることもあったの。でもさ、それだけ歳が離れていると、どうしたってこっちは敵《かな》わないでしょう。それが悔しくて、あとで由梨絵姉ちゃんの大事にしてるモノに当たったりなんかして」

「へぇ。で、どうなった」

「すっごく怒られたよ。お母さんに」

冬子はちろりと舌を出した。当然の報いではある。しかし、不憫なようにも感じられた。

むろんケンカの原因にもよるが、冬子は年少であり絶対的弱者だったのだから、ケンカの過程で泣き喚《わめ》きでもしておけば、親は姉の由梨絵を叱らざるを得なかったはずである。だが冬子の負けず嫌いが生来のものであるならば、幼児期の彼女が大人の力を借りることを潔しとしなかったのは想像にかたくない。結果として彼女がみずから反撃し、怒られる羽目になったのだとすれば、やはり気の毒に思えるのである。

「それじゃ……冬子は、いとこが姉貴の持ち物であるメモに八つ当たりをした、と言いたいわけだな」

「うぅん、ちょっと違う」冬子はメモを机の上に置き、手のひらで皺《しわ》を伸ばし始めた。「隆くんは、お姉さんとケンカしても敵わないことを知りつつ、どうにも腹の虫が治まらなかった。だから本当は、ケンカの原因となったポスターに落書きをしてやりたかったんじゃないかな。だけど伯母さん、つまり母親に怒られたばかりで、またそんなことをしたらどれだけ痛い目を見るかは想像がついていた。そこで、せめてもの抵抗として、ポスターの代わりにメモ用紙に落書きをしたんだと思うの」

目から鱗《うろこ》が落ちた。いとこは母親に怒られることなく落書きという反撃をおこなうため、悩んだ末にメモ用紙を対象に選んだというのだ。そんな発想は、僕ひとりではどうがんばっても導き出せなかっただろう。

「じゃあ、名前を記すという行為自体に意味はなかったわけだな。三歳なら、自分の名前が書けるだけでも立派なもんだ……もっと多くの文字を知っていたら、違う言葉を書いたのかもしれないけど」

考えてみれば自分も幼いころ、チラシの裏などにわけもなく覚えたての字を書き連ねていたような記憶がある。それだって、僕にとっては落書きという感覚に近かったはずだ。となるといとこが、春乃に見つからぬよう部屋に再度忍び込んだという状況で、思いつくままに自分の名前を繰り返し書いたというのはじゅうぶんありそうなことである。

冬子も賛意を示したうえで、メモ用紙から手を離しながら次のように付け加えた。

「もしかしたら、自分がやったんだってアピールする目的もあったのかもしれないね。隆くんにとっては、自身の怒りがお姉さんに伝わらなければ意味がなかったのだから」

「確かにな……いずれにしても、そのくらいの知恵しかない子供を追いつめたことについて、姉貴は大いに反省すべきだ。ありがとう、冬子。今夜にでもさっそく、姉貴に話しておくよ。――これは、そのお礼ってことで」

僕は机の上に広げられたままの、もはや用済みとなったくだんのメモ用紙に、自分のメールアドレスを記して冬子に差し出した。照れくささを隠すため、ことさら軽い調子で渡したつもりだったが、受け取るときに冬子がさも恥ずかしそうに《ありがとう》とささやいたので、カバンを持って教室を去る動作はまるで逃げ帰るようになってしまった。

その晩、僕は春乃に冬子の話を伝えた。

ケンカの相手が、微笑ましくすらある復讐《ふくしゅう》に及ぶのが精いっぱいの三歳児だったことをあらためて思い知り、さすがに春乃は反省したらしく、すぐ伯母の家の電話番号を調べていた。そのさまを見届けてから僕は、携帯電話に番号を打ち込む姉を残してリビングを出た。その場に僕がいると、謝罪の言葉も素直には出てこないかもしれないからだ。

自室に戻ると、携帯電話に見知らぬアドレスからメールが届いていた。開いてみれば冬子からで、電話帳に登録してほしい旨が簡潔に書かれてあった。

僕は登録完了の報告に、春乃が電話をかけていることを付記して返信した。そして数分後に返ってきたメールで、冬子が僕にアドレスを訊《き》いた理由は明らかになる。

〈ところで夏樹くん、同じクラスの××くんと仲いいよね？　実は、ちょっと相談に乗ってほしいことがあるんだけど……〉

以後、冬子はことあるごとに、僕に恋愛相談をするようになる——そしてこの、春乃にまつわる一件は、僕にとって苦い思い出となっていくのである。

3

春乃と能古島に渡ったはずみで、図らずも冬子のことを思い出した。

夜、僕は自室のベッドに寝転がり、携帯電話の画面に映る菜の花畑の画像をながめていた。空や海の青と菜の花の黄色、その隙間を埋める木や草の緑の対比が鮮やかで、まるで絵本の世界にでも行ってきたかのようだ。確かにこの目で見たはずの景色は、レンズで切り取ってしまうことにより、美しさを際立たせて現実感を希薄にしている。

いまの冬子に、このような景色を観にいく余裕はないかもしれないな、と考える。彼女は先月で神戸の大学を卒業し、目下大阪にて一ヶ月にわたる新入社員研修の真っ最中だ。ちょうど二年前の自分のように、慣れない仕事でクタクタになり、休日が来ても出かける元気すらないのではないか。

ふと、メールをしてみようかという気になった。

およそ八年前のあの日、冬子に教えたメールアドレスは、現在に至るまで一度も変更していない。間遠になった時期もあったが、冬子がそうしたいと思えばいつでも連絡が取れる状態だったということだ。もしかすると僕のほうからは、メールを送れなかった期間も存在したのかもしれないけれど、結果的に電波は今日も、離れて暮らす二人をつなげてくれる。

メールを新規作成し、菜の花の画像を添付する。本文は以下のようにした。

〈能古島に行ってきたんだ。きれいな写真が撮れたから、送ります。

もちろんひとりで行ってきたわけじゃないよ。女性が一緒だった。名前は春乃って言うんだけどさ。

菜の花には、《元気いっぱい》という花言葉があるそうだ。仕事、始めたばかりで不安や苦労も絶えないだろうけど、元気に乗り切ってくれ〉

送信してしまうとやることがなくなった。携帯電話を枕元に置き、仰向《あおむ》けになって天井を見つめる。ふくらはぎのあたりが重い。久しぶりに、日がな一日屋外を歩き回ったからだろう。普段は会社でデスクワークばかりしている。

高校に入学したてのころまでは、何の根拠もなしに、自分には刺激的な人生が待っているような気がしていた。少年時代に実現への道のりもわからぬまま口にするだけの、無邪気で途方もない夢の余韻みたいなものをまだ引きずっていて、こうして坦々《たんたん》と会社勤めをしている姿など想像もできなかった。

少しずつ変わり始めたのは、大学受験を意識し出したあたりからだろうか。取り立てて学びたいことはなかったが、ほかにやりたいこともないので進学を希望する多くの生徒に同調し、何か既定路線のように進みたい大学と学部を選択して、楽ではない受験勉強に励んだ。志望校に合格したときはうれしかったが、それは努力が結果につながったからで、結果そのものを喜んだわけではなかったように思う。

大学に入ってからも周囲と同じように勉強し、同じように堕落し、同じように遊んで、三年生になるとやはり周囲と同じように就職活動を始めた。とはいえ中にははるかな夢を語る友人たちもいて、僕は彼らに少しの羨望《せんぼう》や嫉妬《しっと》を抱くとともに、自身を省みればかすかな後ろめたさをも覚えた。そして、そんな友人たちがやがて夢から現実へと人生を軌道修正するのを目の当たりにするたび、どういうわけかほっとしている自分を発見するのだった。

つまり刺激的な人生なんてものはもう、とうに自分のものではなくなっていた。そうして気づけば社会に出て、好きなこともやりたいこともこれと言って見当たらないまま、ただ生きていくために必死になって働いている。それでもこの生活に不満はないし、思いどおりにいかないことは山とあるものの、未来を変えるために現状を破壊しようと決意するほどでもない。だが――。

僕はまだ、心の奥深くで、奇跡を待ちわびていやしないだろうか。

定まりつつある人生がどこかで逆転することを、期待してしまっていないだろうか。すでに手に入らないと悟ったものが、ふとしたはずみに転がり込むことを望んではいないだろうか。現状を破壊する度胸もないくせに、このまま歩みを進めることについて疑問を投げかける自分がいるのだ。平凡な僕の人生に、物語にでもなりそうな奇跡など訪れやしないとわかっているのに。

冬子はどうだろう。新たな一歩を刻んだ舞台の上に彼女は、自分にふさわしいと思える居場所を見つけるだろうか。奇跡を夢見たりすることなく、日常を愛せるようになるだろうか。そうなってくれればいいな、と思う。そんな日常が幸せであるのかという問いに対する答えも、まったく持ち合わせていない無責任さで。

自分の日常を確かめるように、僕はベッドの上から自室を見回してみる。目につくのは誰の部屋にでもありそうな本やCDやテレビゲームの類《たぐい》、いずれも愛好家と呼べるほどの量ではない。嫌気が差してまぶたを閉じると、厚い布団をかけられたみたいな疲労感が全身を襲った。今夜は早めに寝たほうがよさそうだ、と考えるあいだも、枕元の携帯電話はずっと黙りこくっていた。

冬子から返信が来たのは、翌日曜日の夜だった。


〈はぁーきれいな菜の花畑だね！

能古島、実は行ったことないんだ。こんな画像を見るとやっぱり、行ってみたいなって思うよ。

仕事、がんばってます。大変だけど人には恵まれて、昨日の晩も同期と食事に行ってたから返信できなかったんだよね。この研修が終わったら、配属先が発表されるんだ。

希望の勤務地は福岡で出してて、地元だと通りやすいって聞いてるんだけど、どうかなぁ。大阪は友達も少ないし、福岡に帰れるといいな。

花言葉のとおり、画像をもらって元気が出たよ！　夏樹、ありがとね〉

そのメールを開いたときも僕は、ベッドに横になっていた。

文面を読んで何となく、冬子が反応に困っているように感じた。無理もない。僕だって恋人でもない女性からいきなりあんな画像が送られてきたら、どうしたのだろう、と戸惑ってしまうに違いない。

このままやりとりを終わらせてもよかった。ただこちらから始めておいて、無反応というのも気が引けた。せめてもう一度、礼儀として返信しておきたいと思ったのだ。左手を枕にし、右手でメールを作成する。

〈能古島、ぜひ行ってみて。秋には同じ場所に、コスモスがきれいだぞ。ゴールデンウィークのあいだに、勤務地へ移動するわけだな。冬子が福岡に帰ってきたあかつきには、お祝いってことでまた飲みにでもいこう。

希望が通ることを祈ってるよ。それじゃ、残りの研修もがんばってな〉

どうせもう、返事はないだろうと思っていた。ところが予想に反し、ものの一、二分で携帯電話は再びメールの着信を知らせた。驚きつつ開いてみると、本文はたったの一言。

〈コスモス？〉

何かおかしなことを書いただろうかと思い、先ほど送信したメールを読み返してみるが、特に問題は見当たらない。困惑しかけたところに、冬子から追撃のメールが届いた。またしても、本文は一言のみ。

〈キセツ、しないとね〉

〈菜んの花し？〉とでも返そうかしら、などとくだらないことを一瞬考えたが、よく見るとメールには画像が添付されていた。それを開いてようやく、僕は首をかしげることになる。

能古島へは行ったことがないと、先のメールに記したばかりの冬子から送られてきた画像。それは明らかに、昨日僕が冬子に送った画像と同じ丘で撮影されたものだった——ただし、季節が違う。菜の花の代わりに斜面を彩っているのは、色とりどりのコスモスだったのだ。

能古島を訪れたことのない冬子が、どうしてこんな画像を持っているのか？

4

思わず僕は、ベッドの上で半身を起こしていた。画像を見ながら話を進めたいので、電話ができないのがもどかしい。メールを急いで打ち、送信する。

〈どうしたんだよ、この画像〉

冬子からの返事は早かった。

〈実は、夏樹が送ってくれた画像を開いたとき、どこかで見たことあるような気がしたの。デジャブかな、なんて考えてたけど、コスモスって言われて思い出したよ。

これ、やっぱり能古島だよね。おととしの秋、彼氏から送られてきたんだ〉

今年の初めによりを戻した恋人のことである。冬子の就職活動中にいったん別れたと聞いているから、画像が送られてきたのはそれより前の話だろう。

〈画像について、彼氏はどう説明していたんだ〉

〈確か、彼氏が学会で広島に行ってたときだったと思う。ついでに観光をしたとかで、滞在先のホテルから何枚か写真を送ってくれたんだけど、その中に交じってた〉

幸い冬子の携帯電話には、おととしのメールのデータが残っていた。さっそく彼氏の携帯電話から送られてきた問題のメールを転送してもらう。

〈学会、無事に終わったよ。懇親会も済んで、いまはホテル。ちょっと疲れたな。開始時刻の前に余裕があったから、ちょっとだけ広島観光もしました。せっかくなので画像を送ります。途中、きれいなコスモス畑を見つけたんだけど、はしゃぎすぎて何株か踏みにじってしまってね。その画像も添付しておくよ。

明日の夕方には、神戸へ帰ります〉

冬子の彼氏が大学のひとつ上の先輩であることは、以前聞いたとおりである。ただし冬子は留学の影響で卒業が一年遅れているので、彼氏は問題のメールを送ってきたおととしの時点で大学院生だった。それから彼氏は博士号の取得を目指して現在も大学院にかよい続けており、地元である神戸を一度も離れたことがないのだという。

〈広島での学会は三ヶ月に一回くらい開かれてるみたいで、彼氏はいつも出席してるんだ。来月もその予定があるって聞いてる。毎回、広島市内のホテルに一泊して、翌日には神戸に帰ってくるよ〉

冬子の説明に、僕は《ふうん》となりを洩《も》らす。それほど頻繁に同じ場所で開かれる学会に出なくてはならないとは、博士号を取るのもいろいろと大変そうだ。ちょうど四年でさっさと大学を卒業してしまった僕には、よくわからない世界だった。

転送されたメールを一読したあとで、僕はあらためてコスモスの画像に目をやる。なるほど文面にもあるとおり、一部のコスモスが根元から折れていた。そこだけ見ると、いかにも彼氏が撮影した画像らしく思われる。

〈冬子の彼氏はなぜ、能古島で撮影した画像を広島のものと偽ったんだろうか。送られてきたのが秋だったということなら、広島へ行く直前に、福岡へも渡っていたのかな〉

〈福岡出身のわたしに黙って？〉

〈確かに、普通はひとこと言いそうなもんだよな……だけど、あえて撮影場所を偽って画像を送っている以上、彼氏は冬子に隠れて福岡へ行く必要があったと考えられる。そこにどんな事情が秘められているのか、心当たりはあるか〉

〈うーん……結婚後に帰省することを考えて、あらかじめわたしの育った街を見ておきたかった、とか？〉

これには失笑してしまった。真っ先に結婚という発想が出てくるあたりが、実にロマンを好む冬子らしい。結婚を控えた恋人という立場に自分を当てはめてみるなら、それが感傷的な理由であるにせよ、もっとシビアな観察眼をもって臨んだことにせよ、婚約者に内緒でその故郷を訪れたくなる気持ちはわからないでもない。

しかし、だ。たとえ彼氏がそのような事情から福岡を訪れていたとしても、あるいは福岡へは行っておらず、知人またはインターネットなどを経由して能古島の画像を入手していたとしても、等しく大きな疑問が残る。言うまでもなく、彼氏がわざわざ能古島の画像を、広島だと偽って冬子に送っている点だ。特に、冬子に黙って福岡を訪れていたのなら、それが露見してしまうおそれのある画像を送るのは自爆とも言える行為なのである。

〈メール、間違いなく彼氏から送られてきたものだったんだよな。送信元のアドレスくらいなら、偽装できた可能性もあるけど〉

思い余ってこんな確認をしてみたものの、冬子からの反応はそっけなかった。

〈あのメールに続いて何度かやりとりをしたから、偽装ってことはないと思うよ。わたしの返信したメールは彼氏の携帯電話に届くわけだから、もしあの画像を彼氏が送っていなかったとしたら、話が嚙《か》み合わなくなるはずだもの。

やっぱり本人に確かめない限り、あれこれ考えても無駄かなぁ〉

自分からキセツだと騒いだわりには、いやにあきらめがいい。しかしことが冬子の彼氏の話題だけに、僕ひとりがこだわるのもどうかというものである。

それから僕らは通り一遍の挨拶を交わしてメールを終えた。そして僕は、釈然としない思いを抱えたまま週明けを迎えた。

翌日の晩になり、その思いはいっそう深まることとなる。

〈キセツ、できちゃいました〉

仕事を終えて帰宅すると、冬子からメールが届いた。夕食を済ませて一息ついたところで、何となくお決まりのようにベッドに寝転がる。

〈話を聞こうじゃないか〉

〈昨日、彼氏があんなことをした理由について、夏樹に心当たりを問われたでしょう。あれからわたし、もう少し突き詰めて考えてみたんだ。それで、好きな人の生まれ育った街を見たいけど、気恥ずかしくて相手には言えない、ということならあるかもしれないって思ったの。ほら、昨日わたしが書いたように、それって結婚すら意識しているみたいじゃない？　そうなると学生の身で、というのもあるだろうしさ。ていうか恋人の故郷を訪ねるという行動自体、何だか若いなって感じがして、だから言い出しにくかったのはわかる気がしたんだよね〉

僕が昨日の彼女の返事を受けて想像したいくつかの理由の中で言えば、もっとも感傷的なものに冬子は焦点を合わせたようだ。しかし、画像を送る動機が見当たらない以上、それでキセツできたと言いきるのはどうか——と思っていたので、続くメールの本文には仰天した。

〈でね、実はもう、答え合わせしちゃったんだ。

彼氏に訊いてみたんだよ。そしたら、確かにこのころ福岡へ行ったみたい。で、やっぱり気恥ずかしくてわたしには内緒にしてたんだけど、能古島のコスモス畑にとても感動して、あの画像だけはどうしてもわたしに見せたくなったから、広島の画像にまぎれ

込ませることにしたんだってさ〉

——あの画像だけはどうしても、か。知らずため息が洩れた。

コスモス畑の画像が別の場所で撮影されたものであると偽るにあたっては、冬子が当時住んでいた神戸から近いと、彼女に自分も行ってみると言い出されかねない。かと言って、彼氏が訪れることになっていない場所に設定するのも無理がある。その点、広島は都合がよかったわけだ。今回のように、撮影場所を偽ったことを冬子に見破られたとしても、悪いことをしたわけではないから彼氏は嘘をつくのにさほど躊躇《ちゅうちょ》しなかった、とも考えられる。

また能古島のコスモスは、全国的にどうかは知らないが、地元ではそれなりに有名である。盛りの時期に福岡を訪れた彼氏が、その情報を聞き知って能古島に渡ったとしても、それほど変わった行動だとは思わない。つまり冬子の話はあらゆる点において筋が通っており、否定のしようもない、のだが——。

〈それ、本当か？　冬子は彼氏の言い分を信じているのか〉

つい、こんなメールを送ってしまった。疑う根拠などはない。ただ、はっきり言えば気に入らなかった。彼氏の主張にはどこか違和感があり、いくらそれが真相なのだと言われても、全然しっくりこなかったのだ。

もっとも、冬子にとっては自身の考えに基づいて導き出した結論なので、信じるも何もない。案の定、彼女からは次のようなメールが返ってきた。

〈負け惜しみはよして。夏樹の前で彼氏の悪口を言ったのはわたしのほうだから、彼氏に悪いイメージしかないのはわかるけどさ〉

冬子の言うとおりだ。僕が気に入らないのはたぶん、冬子の説明した真相というよりも、彼氏の存在そのものなのだろう。

〈ごめん、悪かった。本当は、先にキセツされたのが悔しかったんだ。他意はない〉

それは嘘であり方便だったが、幸い冬子は赦《ゆる》してくれた。

〈いいの。こっちこそ、巻き込んでおきながら自己解決しちゃってごめんね。何だかわたし、結果的にノロケただけみたいになってて恥ずかしいな。

とにかくもう、この件はおしまい。夏樹は何も気にしなくて大丈夫だから〉

また《大丈夫》か。みんなそれさえ言っておけば、万事が解決すると思っているみたいだ。

携帯電話を枕元に抛《ほう》っても、釈然としない思いが消えることはなかった。けれども火曜、水曜と日が替わり、いつもどおり仕事をこなしていくうちには、たかが一枚の画像への興味もしだいに薄れ、盛りを過ぎた花の枯れるがごとく、思い出すこともなくなっていった。

5

「入るぞ……うぉ」

金曜日の夜。たわいもない用事があり、自室を出て春乃の部屋のドアを開けると、床いっぱいにモノが散乱していた。

「こら夏樹。ノックぐらいしろ」

文句を言いながらも、どこか楽しそうである。

「何だよこれ。どうしたんだよ」

「ん、明日から二日間、東京へ行くんだよね。いまは荷造りしてるとこ」

そうのたまう春乃の前にはスーツケースが、周囲には衣類が広げられている。さらによく見ると、うちわやタオルなど、アイドルのグッズもその中にあった。

「もしかして、また遠征か」

半開きのドアにもたれた僕がひやかし混じりで言うのに対し、春乃はむしろ誇らしげに返す。

「ツアーのファイナルが、武道館であるんだよ。行かない手はないでしょう」

彼女が高校生のころに熱中していた東方見聞録はその後、メンバーが脱退して現在では二人組になっていたが、それでも春乃は変わらず彼らを応援していた。思い返せばもっと幼いころの彼女は、好きなアイドルをとっかえひっかえしていたようなのに、東方見聞録のファンになってからは不思議と一途《いちず》である。

三歳のいとことケンカをした件に対する反省から、以後は節操を持つようになったのかもしれない。そんな風に考えるのはおそらく、僕のうがちすぎだろう。

「相変わらずだな。何というか、それだけ好きになれるものがあるのはうらやましいよ」

皮肉半分、本音半分で僕は言う。すると春乃は荷造りの手を止め、真顔をこちらに向けた。

「わたしはあんたがうらやましいよ」

「僕が？　どうして。夢中になれるものなんて何もないぜ」

「でも、人を好きになるじゃないか」

思わぬことで、返答に詰まった。経験の乏しい姉に、僕から恋愛相談をしたことはない。ただ、それでも僕が《彼女いない歴イコール年齢》というわけでもないことを春乃は知っている。

「アイドルを好きになるのと、姉貴の言う、人を好きになるというのとは違う？」

「違う」春乃は間髪を容《い》れず断言した。「そりゃ、もし目の前に好きなアイドルが現れて、わたしのことを愛してるだなんて言えば、拒絶はしないと思うよ。戸惑うだろうけど、少なくともその気持ち自体はうれしいに決まってる」

冗談とすら思える台詞だ。けれども春乃の真剣な面持ちを見ていると、笑い飛ばす気持ちなど湧かなかった。

「だけどさ、当然ながらそんな奇跡が自分の身に起きないことはよくわかってる。だから、期待なんかこれっぽっちも持たないで済むわけだよ」

春乃はアイドルのグッズを、宝物のわりにはいささか乱暴に入れ、スーツケースをバタンと閉じた。

「アイドルを好きだという気持ちを、恋と呼んだっていいかもしれない。でもそれは、叶《かな》わないからこそ安心して抱いていられる気持ち。さっき言ったこととは矛盾するけど、たぶん本当に手が届きそうになったら、怖くなって逃げ出してしまうような気持ちだよ。――あんたは違うだろう。叶うかもしれないと思うから、恋をするわけだろう。傷ついたり、落ち込んだりするリスクや恐怖を承知したうえで、それでも人を好きになって、時には想いが通じたりするんだろう。わたしにはそこまで進む勇気がないから、あんたがうらやましい。じゃなきゃ、世のカップルに嫉妬したりなんかするもんか」

姉よ、と僕は思う。恋愛感情とはそんな理屈じゃないんだ。道を歩いていたらにわか雨に降られて、びしょ濡《ぬ》れになったTシャツがうまく脱げなくなることがあるだろう。それと同じで、気がついたらまとわりついて離れないものなんだよ。叶うかもしれないと思うからじゃなく、叶わないとわかっていても捨てられないものなんだよ。

でもそれは、声には出せなかった。姉は自分で言ったとおり、奇跡の不在を完全に受け入れているのだろう。けれど、僕は違う。頭では叶わないと結論していても、まだ奇跡が起こることを心の奥深くで待望してしまっている。それはつまり春乃が述べたところの、《叶うかもしれないと思う》というのと同義だ。

突き詰めて考えたことがなかったから、春乃の発言に僕は少なからず打ちのめされていた。だから次に口をついて出た言葉も、彼女に対する否定や反論ではなく――本当はそうすべきだったのかもしれないけれど――むしろ正しさを認めるようなものになってしまった。

「確かにな。時間とお金をかけて遠方まで出向いたあげく、数時間かそこらの公演のあいだだけ好きな人の姿を見たらあとはひとりきりでホテルに戻る、そんなのを恋と呼ぶのだとしたら、やっぱり僕は耐えられそうにないよ。卑しいことだけど、もっと大きな見返りを求めてしまうだろうな」

あくまでも、娯楽ではなく恋愛とみなすならの話だが――しかし、そのように続けるより早く、春乃が意外な形で口をはさんできた。

「勘違いしているようだけど、道中ずっとひとりというわけじゃないよ。ホテルには、友達と泊まる」

思わず僕は、もたれていた体をまっすぐに直した。

「東京遠征に付き合ってくれるような友達がいたとはね。知らなかった」

「ちょっと違うな。ライブに足を運ぶたびに顔を合わせるというので、仲良くなったファンの子がいるんだ。ほら、外食にしろホテルにしろ、ひとりより二人のほうが何かと都合がいいだろう。向こうは普段、北海道で暮らしているから、こういうときでなければ会えないしさ。現地で落ち合って、帰りの空港で別れることになってる」

「そういうことか。初めから目的を同じくする人なら、意気投合するのも道理だもんな。そんなのを聞くと、アイドルの追っかけってのも楽しそうな感じがするよ。遠くの友達とも会えるし――」

そこで、僕は言葉を失った。

「大丈夫か、夏樹。どうした、トンビにコロッケさらわれたみたいな顔して」

異変を生じた僕を春乃は心配してくれるが、とても大丈夫だと返事できるような状況ではない。

「おい、夏樹ってば――」

春乃の声を背に受けながら、僕は自室へ駆け戻る。頭の中で引っかかっていたいくつもの事柄が、スーツケースで荷造りをするように、収まるべき場所へと急速に整理されていく。どうしてこんな単純なことに、いまのいままで気がつかなかったのか。姉の部屋に足を向けさせた用事など、このときにはすっかりどうでもよくなっていた。

ベッドに座り、携帯電話の発信ボタンを押したところで、ふいに脳の一部が冷静になった。これから僕がしようとしていることは、果たして真っ当な行動なのだろうか。本当にそうすべきなのか、そうすることは彼女のためだと言いきれるのか。

金曜日の夜である。花金という言葉はいまでも時折、同僚の口などを介して聞かれる。彼女が電話に出られるとは限らない。それこそ恋人と過ごしている可能性だって、大いにあるのだ。

呼び出し音を聞きながら僕は、いっそこのまま彼女が電話に出なければいいとさえ思った。そしたら僕は、この用件の一切を忘れよう。呼び出しを中断しようとはしないのに、相手の反応しだいでは方針を変えることも辞さないという、きわめて卑怯《ひきょう》な迷いだった。

そして、そういうときに限って電話はつながってしまうものなのだ。

「――夏樹？」

着信を知らせる携帯電話に表示された名前で、電話の主が僕であるとわかっていたからだろう。冬子の声は、明らかに戸惑っていた。腹をくくるしかなくなった僕は、急激に自覚された喉《のど》の渇きを唾液《だえき》でかろうじてごまかす。

「突然ごめん。いま、いいかな？　話があるんだ」

「……何かな、話って」

怯《おび》えるような気配に、はっとした。

メールなら、いくらでも態度を取りつくろうことはできただろう。恋人を信用するふりだって、造作もなかったはずなのだ。

でも電話なら、自分の声ならそうはいかない。いま彼女がのぞかせた弱気が、ごまかしきれない本心だとしたら。

冬子が恋人のことをどこまで信用したのかはわからない。もしかしたら、彼女自身にもよくわかっていなかったのかもしれない。けれども彼女は、放っておけば僕がいつか、別にある真相を引きずり出してしまうのではないかと恐れた。だから、キセツできたことにした。無理やりにでもそう思い込み、僕にもそのとおりに告げることで、強引に話を終わらせようとした。彼女だって本当は、答え合わせの結果に心底納得したわけではなかったというのに。

僕は冬子を侮っていた。釈然としない思いを抱えたのは、自分ひとりだとばかり思っていた。いまさらそんなことに気づいたって遅い。電話はもう、つながってしまったのだ。

「先に言っておくが、愉快な話じゃない。冬子が聞きたくないと言えばここでやめるけど、どうだろう」

それでも僕は、最後の選択の余地を彼女に与えた。だが、ここまで来て誰が聞かずに済ませられるだろうか。その点でも僕は卑怯だった。

深く息を吸う音が聞こえた。そのあとで、冬子ははっきりと答えた。

「大丈夫」

話を聞く覚悟がある、ということだ。彼女は強い。たとえ強がりだとしても、強くなければ人は強がれないのだ。

ならばせめて、精神的苦痛が一瞬でも短くなるように。結論から伝えた僕の言葉は、急いで発したためにほんの少しかすれた。

「冬子の彼氏さ——浮気、してるんじゃないかな」

6

「……わざわざ電話をかけてくるってことは、根拠もなしに言ってるんじゃないんだよね。きちんと説明してくれる？」

長い沈黙に続いて聞こえた声は、愛想笑いの成分すら含んでいた。これも強がりだろうか。あるいは、恋人の無実を信じようとした自分を道化に仕立てることでしか、平静を装う術《すべ》を持ち合わせなかったのだろうか。

僕は自分にとって大事な人を、不貞をはたらく男から救おうとしていた。なのになぜ、自責の念がこんなにも、荒波のように押し寄せるのだろう。

「コスモスの画像の件における最大の謎は、どうして彼氏がこの画像を持っていたのか、ということじゃない。入手経路についてなら、いくらでも想像しうるからだ。何よりも問題にすべきは、どうして彼氏が能古島で撮影された画像を、広島のものと偽ってまで冬子に送ってきたのか、という点だった」

そうだね、と冬子は相槌《あいづち》を打つ。

「ところが、だ。そもそも僕はそう考え始めることで、すでに誤った道に足を踏み入れてしまっていたんだ。真相に近づくためには、次のような道を検討しなければならなかった――あんな画像を送る動機など、彼氏にはまったくなかったとしたら？　言い換えるなら、あの画像を送ったのが彼氏じゃなかったとしたら？」

実際には、僕はメールが間違いなく彼氏から送られたものだったのかと冬子に訊いている。が、彼女の返事を聞いてすぐに疑いを捨ててしまった。メールが彼氏の携帯電話から送信されたことも、続くやりとりが彼氏自身によるものだったことも、確からしいと認められたからだ。――だが、ここに落とし穴があった。

「送信元の携帯電話は彼氏のものであり、その後のやりとりを交わしたのもおそらく彼氏本人だったと思う。けれど、彼氏の携帯電話を扱えるほど近くに、ほかの人間がいたとしたらどうだろう。そしてその人間にこそ、あんな画像を冬子に送る動機があったんだ」

つまりあのメールは、彼氏のそばにいた何者かが、自分の用意した画像のデータを彼氏の携帯電話に移し、そこから冬子へと勝手に送りつけたものだった――その人こそが彼氏の浮気相手だった、と僕は結論づけたのだ。

そんな光景を冬子に想像させるのは、酷な仕打ちだったと思う。振り払うように、彼女は小さく空咳《からせき》をした。

「夏樹の言うとおりなら、画像を送る理由が彼氏にないことについては解決されるね。でも、まだちょっと説得力に欠けるな。どうして夏樹は、彼氏のそばにほかの人がいたと考えたんだろう」

「それは、広島が中間だということに思い至ったからだよ」

「中間？」

「あぁ。広島は、彼氏の住んでいる神戸と、写真が撮られた福岡の、ちょうど中間にあるんだ」

春乃の話を聞いていて、僕はこの事実にはたと気がついた。福岡と北海道に住む者どうしが、東京で会う。それはまさしく、コスモスの画像をめぐる今回の謎に関わる三つの都市を、一本の線でつなぐ手がかりだったのだ。

新幹線で移動する場合、博多駅・広島駅間と、新神戸駅・広島駅間はともに一時間強で、所要時間はほぼ同じ。福岡と神戸とで離れて暮らす二人が、ともに近づく形で落ち合うのにもっとも都合のいい街——それが、広島なのである。

冬子の彼氏は学生だ。自由に使えるお金が限られていることは想像にかたくない。遠くに住む相手と会うにあたっても、出費を抑えられるに越したことはないだろう。それは相手にとっても同様である。浮気相手に収入があるかどうかはさておき、どのみち冬子に勘づかれるおそれのある神戸をあえて逢瀬《おうせ》の場所には選ぶまい。隠れて会うなら広島で、という取り決めが二人のあいだでなされていたとしても不思議ではない。

「おそらくだけど、最初のきっかけは本当に、彼氏の学会だったんじゃないかな。そのことを知った相手の女性が、せっかくだからとタイミングを合わせ、広島を訪れる。そこで関係が発展した二人は、以後三ヶ月に一度のペースで会うようになる。彼氏は恋人である冬子に、学会があるのだと偽って」

「……言われてみれば、一回目の学会のときは彼氏、すごく忙しそうにしてたよ。でも二回目からはそうでもなかった。慣れたのかな、なんて思ってたんだけど」

と、冬子はここで僕の説明に賛意を示した。語尾に漂う自嘲《じちょう》が痛ましく、僕はうまく言葉を差しはさめない。

「たぶん彼氏が広島観光をしたのも、その人とだったんだろうな。そして浮気相手は、あなたの知らないところでこんな楽しいデートをしたのよって、わたしに見せびらかしたかったんだろうな」

「さぁ、それはわからないけれど……」

「でも、夏樹はわかってるんでしょう。その浮気相手が、事前に能古島に渡ってまで用意したコスモスの画像を、わたしに送りつけた目的が」

僕は絶句した。冬子は彼氏を信じて疑わなかったわけではない、そのことはすでに察しがついていた。が、コスモスの画像に込められたメッセージに心当たりを生じるほどとは思わなかった。

まるでこちらの動揺を見透かしたように、彼女は間を置かず続ける。

「おかしいなと思ったんだよね。メールに《踏みにじる》なんて表現を用いたり、わざわざ倒れたコスモスを写したりするなんてさ。それでわたし、調べてみたんだよ。コスモスの、花言葉」

僕が菜の花の花言葉に言及したことからの連想だったのだろう。その、花言葉とは——

——。

「乙女の純真、っていうのがあるんだね」

彼氏に対する冬子の純真さを、踏みにじる——それこそが、浮気相手があの画像に込めた、真のメッセージだったのだ。

浮気という行為そのものを、一概に悪だと論じるつもりはない。それぞれが抱える事情に耳を傾けもせず、機械的に悪だと決めつけるのは僭越《せんえつ》だ。同じ人間である限り、そんな権利など何人《なんぴと》たりとも決して持ち合わせてはいないはずである。

だが、踏みにじったコスモスの画像を送りつけることで、相手の純粋さを嘲笑《あざわら》うという行為は、当人にいかなる事情があろうとも純然たる悪意でしかありえない。気づかれなければいいと思っていたのか。相手の耳が聞こえなければ、悪《あ》しざまに罵《ののし》っても許されるとでも言うのか。

それ自体に鋭さを持つ言葉で人を傷つけるのはたやすい。しかし、直截《ちょくせつ》的な表現を用いないことにより、伝わるものがいっそう鋭利になる場合もある。三歳児が抗議のために、メモ用紙に名前を書き記したのとはわけが違う。彼だってより多くの文字を知っていれば、もっとストレートに相手を非難したはずだ。

その気になれば、冬子と彼氏の仲を引き裂くこともできた。あえてそうしなかったところに、僕は総毛立つほどの悪意を感じるのだ。

「あのさ、冬子。言いにくいけど、二人はいまも——」

「わかってる」冬子は僕の言葉をさえぎる。「彼氏、来月も広島へ行くって言ってたもんね。それって、おととしの秋からずっと関係が続いてるってことだよね。わたしと彼氏が別れていたあいだに、正式にお付き合いすることもできたはずなのに」

そして、彼女は次のような話を始めた。

「夏樹は知ってると思うけど、わたしが留学から帰ってきたのは、三年前の夏だったのね」

冬子がカナダに留学していたのは、大学に入って二年目の夏からちょうど一年間だ。三年前の夏というのは、僕が大学の三年生だった時期にあたる。

「当時四年生だった彼氏とは、帰国して間もなく付き合い始めたの。でね、十一月にうちの大学の学園祭があったんだけど、わたしが彼氏と二人でいろんな模擬店を見て回ってたら、親しげに声をかけてきた女の人がいて。背がすらっと高くて、目元にほくろのある美人でね。彼氏が、高校の同級生なんだって紹介してくれた」

んん、というなりに、言葉を選ぶ気配がうかがえた。

「女の勘、っていうのかな……その女の人を見たときにわたし、あーこれはやばいなって思ったんだよね。普通に愛想よく笑ってるだけなんだけど、その目がわたしのこと、同性として敵視しているように感じたんだよ。夏樹にもある？　そういう経験」

わかるような気がする、と答えておいた。同性からの嫉妬は厄介だ。往々にして、自分のためではなく、相手をおとしめることだけが目的の言動に出るようになる。

「しばらくはわたしも注意してたんだけど、そのころは彼氏も特に怪しい素振りを見せなくて。翌年の春に、その女の人が就職して遠方に配属されたって聞いたから、わたしもすっかり安心しきってたんだけど――」

その話を彼氏は、こんな言葉で冬子に伝えたのだそうだ。

――文化祭で会った同級生、きみの地元に配属が決まったよ。

同じ年の秋、冬子の携帯電話にコスモスの画像が送られてきた。

「……馬鹿だったなぁと思うよ。全然気づかなかったばかりか、よりを戻したときなんかわたし、彼氏が自分に惚《ほ》れ込んでるってこと疑いもしなかったんだから」

でもさ、と彼女は言う。その声は、抑えが利かないほどに震えていた。

「馬鹿にしてるよね。わたしたち、別れてたんだよ。その間に二人、付き合っちゃえばよかったじゃない。そうはしなかったくせに、わたしが復縁を受け入れたあとも関係を続けるなんて。――さぞかし楽しかっただろうね。何も知らないわたしのこと、陰でくすくす笑ってさ。本当に、馬鹿にしてる」

何か、言わなければと思った。ふさわしい言葉は見当たらなかったし、そんなものがこの世に存在しているのかさえもわからなかったが、とにかく口を開かなければと思った。

「冬子、僕は――」

「大丈夫」

その一言に刺されて、僕は突如ある思いつきに触れ、慄然《りつぜん》とした。

たとえばコンビニエンスストアで買い物をしたとき、レシートは要るか、と店員に訊かれることがある。大丈夫です、と僕は答える。その《大丈夫》は、不要の意味だ。

この電話の初めに僕は、話を聞く気があるか、と冬子に問うた。すると彼女は大丈夫、と答えた。僕はそれを聞き、彼女は強いと考えた。

だけどもし、その返事が冬子の強がりではなかったとしたら。

僕の話を聞きたくない彼女が、不要の意味で《大丈夫》と口にしていたのだとしたら。

わかっている。あの会話の流れで、聞きたくないと伝えるために《大丈夫》と言うのは不自然だ。けれど、少なくともいま冬子が発した《大丈夫》は、彼氏の裏切りを知ったことに対しての強がりなんかじゃない。あなたのなぐさめなんか要らない、聞いたって仕方がない――そう、冬子は僕に告げたのだ。ならば、彼女の《大丈夫》の意味を取り違えた自分が、性急に結論から話してしまったのではないと、どうして言いきれるだろうか。

「……大丈夫だから」

もう一度、冬子は繰り返し、電話を切った。あとに残された、耳に痛いほどの静寂の中で、僕は思った――これから菜の花やコスモスを見るたびに、自分は今日のことを思い出すのだろうな、と。

7

時は過ぎて四月の末の夜、冬子から一通のメールが届いた。

〈やっほー、夏樹！　今日はふたつ、報告があります〉

自宅のリビングにいた僕は冒頭の一文を見て、読み進める前にいったん自室へ引っ込み、ベッドに横たわった。もはや、そうすることが礼儀であるような気すらしていた。

〈まずひとつ。彼氏と別れました。

全部、夏樹の言ったとおりだったよ。問いつめたら、あっさり白状した。一度別れていたころにはあんなに必死になって復縁を迫ったのに、今回あらためてわたしが別れたいって言ったら、彼氏、引き止めもせずに「わかりました」って。本当、あっけないものだったよ。

そりゃ、落ち込まなかったって言えば嘘になるけどさ。でもあんな人、早めに別れられてよかったんだろうなと思う。まぁわたしも、復縁してからはまた失望することのないように、気持ちをセーブしている面もあったしね。

だから、そういう意味では夏樹、ありがとう。たった一枚の写真から彼の浮気を暴いてしまうなんて、今回も驚くべき観察者ぶりでした〉

冬子の記した《ありがとう》を額面どおりに受け取るほど、僕も愚かではない。そう言わしめたのはひとえに彼女の気遣いなのであって、余計な干渉をした僕に彼女が、少なくともいまのところ感謝などしていないことは容易に読み取れる。

だけど、それでも僕は冬子の言うように、別れて正解だったと思う。だとしたら僕の干渉もまた、長い目で見れば真っ当な行動だったのだろう。冬子は素敵な女性だ。いずれはもっとふさわしい相手と結ばれるに違いない。そうなったとき、彼女は初めて僕に、心から感謝してくれるのではないか。いまはそう信じるしかない。

とまれ、彼女は僕に表面上でありがとうと言っている。ならば僕も表面上で、その言葉を素直に受け取っておけばいい。それでもう、今回の件はおしまいだ。

冬子のメールは続く。

〈さて、もうひとつご報告。

……配属、大阪になっちゃった！

はぁーやだー！　福岡に帰りたいよー！〉

これには苦笑いである。彼氏と別れて関西を離れられるなら、それに越したことはなかっただろう。だが、何事も思いどおりにいかないのが人生というものだ。

冬子は神戸の大学にかよっていたから、就職などの関係で大阪に住んでいる友人もいるのではないか、とは思う。ただ、それでもこのひと月の研修期間を除けば、まるで見知らぬ土地に住むことになったわけだ。

住めば都、と人は言う。けれど、最初のうちはやはり寂しかったり、不安だったりするのも無理からぬことだろう。せめてこれから住む街が、冬子に優しければいいな、と思った。

思い返したのは、先の週末のことである。

冬子と電話をして以来、自責の念は日ごと募っていた。彼女のためになることをしたのだと語る理性の部分と、余計な干渉をしたのだと苛《さいな》む感情の部分とで、自分が真っぷたつに引き裂かれてしまいそうだった。

どうにもならなくなったとき、唐突に、もう一度能古島を訪れてみようかと思い立った。深い意味があったわけではない。ことの発端となった場所に再び足を運ぶことで、忌まわしい記憶を塗り替えられればという、非合理かつ突発的な行動に過ぎなかった。

前回と同じく、空と海の青が映える気持ちのいい日だった。ただし、アイランドパークの丘を埋める菜の花は、この数週間のうちに盛りを過ぎ、多くがしぼんでみすぼらしい色に変わっていた。これでは写真に収めても仕方ないと思うのか、周囲の客もあちらこちらに向けてカメラを構えてはいるものの、ことさらに菜の花畑を被写体に選んでいる人は少なかった。

その女性に気がついたのは、丘の中腹まで下ったときである。

振り返ると、背景の空がまぶしかった。その中に、先ほどまではなかった人影が見えた。彩りを失った菜の花畑に、携帯電話のカメラを向けているようだった。

奇特な人もいるものだと思いつつ、僕は何の気なしにその女性を見つめていた。背が高く、顔立ちのくっきりした美人であることが遠くからでもわかった。そして、彼女の目元に視線をやったとき、僕の背中を冷たいものが走った。

女性の目元には、特徴的なほくろがあった。

――背がすらっと高くて、目元にほくろのある美人でね。

冬子の発言が甦《よみがえ》る。別れた彼氏は、来月にも広島へ行くと言っていたそうだ。冬子という障害がなくなったいま、二人が広島での逢瀬をキャンセルする理由はないであろう。彼氏は浮気相手だった人に、冬子と別れたことを告げただろうか。告げたかもしれないし、まだ告げていないかもしれない。その彼氏の携帯電話から冬子に、しぼんでしまった菜の花の画像が届いたら、冬子は何を感じるだろう――。

怒りが急激に込み上げた。よっぽど女性のもとへ駆け、そんな画像を撮影する目的を問いただしてやろうかとさえ思った。だが、固く握りしめたこぶしは、ものの数秒後には緩められていた。

背が高く、目元にほくろのある美人。そんな条件に当てはまる女性など、世の中にはごまんといるだろう。もし僕がかの浮気相手とここで遭遇しているのだとすれば、それはほとんど奇跡に近い。そして、奇跡とは、待望したって起こりはしないものなのだ。

結局、女性が菜の花に背を向けて去ったあとも、僕は彼女を追ったりしなかった。花が枯れたあとの風景に、情緒を見出す人もいるのだろう。ただ、それだけのことだ。

冬子から聞いた、浮気相手と思《おぼ》しき人の話を思い出す。高校の同級生と紹介されたそうだから、その女性もまたずっと神戸に暮らしてきたのだろう。それを、就職したとたんに縁もゆかりもない福岡の地へ行かされたわけだ。一年前の僕がそうだったように、社会人になったばかりで、ただでさえ不安や戸惑いの尽きない時期である。まして彼女は、見知った顔も景色もない街で、それに耐えなくてはいけなかった。幸いにも僕は、地元に配属となったためにそうした苦労を経験せずに済んだが、似たような不安に押し潰《つぶ》されそうになりながら懸命に日々を過ごす人は少なくないだろう。

そんなときにもし、かつての友人や恋人とのささやかなつながりが、寂しさの部分にそっと寄り添ってくれたら。それがたとえ道徳的とは言えないつながりであっても、本人にとってはどれだけ心のなぐさみになるかわからない。多少の移動をしてでも会いにいき、三ヶ月に一度の逢瀬を心待ちにすることもあるかもしれない。そんな、たったひとつの約束にすがることで、耐えられる日だってあるかもしれない。

冬子はその女性について、同性としての敵意を感じたと言った。だが、そんなのは本人に訊かない限り——いや、本人に訊いたってわかるかどうか。相手には正式な恋人がおり、自分とは結ばれそうにないことも受け入れていながら、何度も遠出して会いにいく女性の心の底に流れるものなんて、本人ですらたやすく定義できないのではないか。

どうしたって、冬子に画像を送りつける行為が悪だという考えは揺るがない。けれど女性が、慣れない土地での慣れない仕事に悪戦苦闘する毎日の中で、わずかな救いとして広島での逢瀬を楽しんでいたとしたら。

僕は、ほんの少しだけ――それはもう、しぼんだ花がやがてつける菜種の一粒ほどに少しだが――わかるような気がしたのだ、その女性の気持ちも。

つらい失恋を経験したばかりの女性に、かけるべき言葉などあろうはずもない。冬子への返信メールには、新たな幸せに出会えることを祈っている旨、また配属が福岡にならなくて残念に思う旨などを簡潔に記した。ただし、最後に以下のような文言を添えて。

〈先週末、外を歩いているときに、きれいな花が咲いているのを見つけたんだ。携帯電話で撮影したので、画像を送ります。

僕が送った花の画像がきっかけで、冬子にはつらい思いをさせてしまったので、これで記憶を塗り替えてくれれば、と〉

そして、メールに画像を添付する。淡い桃色で縁取られた、ハートのような形の花びらがすり鉢状に広がり、中央には滴を垂らしたような黄色をちょこんと添えた、かわいらしい花の画像だ。

花は名を、月見草という。もちろん花ならば何でもよかったというわけではなく、三歳児のメモやコスモスの画像と同様に、ちょっとしたメッセージを込めて送ったのである。

冬子はたぶん、そんなものには見向きもしないだろう。僕だってそれでいいと思っている。気づいてほしければ、もっとわかりやすい形で伝えるに決まっている。だけど万が一、冬子がそのメッセージに気づいたときは。そして寂しさにあえぐ彼女が、寄り添ってくれる人を求めて僕にその手を伸ばしてきたときは。僕は何もかもをかなぐり捨てて、彼女のもとへ駆けたっていい——。

ベッドの上で仰向けになり、僕はしばらく目を閉じていた。その間も、携帯電話が鳴ることはなかった。冬子もいい加減、花の画像になどうんざりしていることだろう。それもまた、予想どおりではあった。

いつしか過ぎた時間はわからなくなっていたが、それでもまだ夜半というほど深い時刻になっていないことは、感覚でわかった。

「おい、夏樹——あれ」

突如、自室のドアが開かれた。声で春乃だとわかったので、僕は姿勢を変えなかったし、目を開けることもしなかった。短い沈黙のあとで、春乃はささやくように呼びかける。

「寝てるのか」

「こら春乃。ノックぐらいしろ」

口だけを動かして言うと、春乃がほっとした気配があった。

「何してるんだよ、死んでしまったみたいに。どうかしたのか」

両目を開くと、天井が見えた。答えは知らぬ間に、唇の隙間から洩れていた。

「……好きな人のことを考えてた」

その台詞が、不気味なほど感傷的だったからだろう。続く春乃の声は心から、おかしくなってしまった弟を心配しているようだった。

「大丈夫か」

僕はおもむろに顔を春乃に向ける。そして、小さくうなずいた。

「うん。大丈夫」

——強がりでも、不要でもない、そのままの意味での《大丈夫》。

困ったやつだ、とでも言いたげに、春乃は長く息を吐き出して笑った。顔の横に掲げた黒い布製の小さなバッグには、レンタルビデオ店のロゴがプリントされていた。

「映画を観よう。この前のより、ずっとおもしろいのを借りてきたから」

オチを明かしてしまったことを、彼女なりに悪かったと思っていたのかもしれない。

僕は体を起こし、部屋を出ていく春乃を追うことにした。上映中は邪魔になるからと、携帯電話は枕元に置いたままで。開かれたドアをくぐろうとして、ふと立ち止まり、自室を振り返る。目に入るのは、本やCDやテレビゲームの類、いずれも愛好家と呼べるほどの量ではない。

何事も思いどおりにいかないし、奇跡だって起こりはしない——だけど、それだって悪くないじゃないか。好きなことさえ見当たらないこんな日常が、やっぱり僕は好きなのだから。

早く来い、とリビングから姉が呼ぶ。僕はドアを閉めると、小走りで廊下を進んだ。

その日、僕が冬子に送った月見草の画像に、どのようなメッセージが込められていたのか——僕の口から、彼女に語られることはなかった。

第三話

夏

——夏の産声

1

風呂上がりの汗ばんだ肌には、エアコンよりも扇風機の風が心地よい。梅雨明けは先週のうちに宣言され、いよいよ本格的な夏が到来しつつあるが、七月はまだかろうじて一日の終わりに涼しさをとどめている。

平日の夜である。僕は自室にて、タオルを首にかけてくつろいでいた。網戸の向こうからは寝息のような虫の声が、そして耳に当てた携帯電話からは、亜季《あき》の声が聞こえてくる。

「——結婚するって言ったらね、お父さんもお母さんも、とっても喜んでくれたよ」

弾んだ口調に、電話越しにも彼女の笑顔が目に浮かぶ。つられて僕も笑顔になった。

「そうか。それはよかった」

姉の春乃は亜季のことを、《かわいすぎて妹とは認めたくないレベル》と評する。まるきり異性に縁のない春乃のことだから嫉妬《しっと》も込みなのかもしれないが、確かに僕から見ても、なるべくひいき目を抜きにしたって亜季は美人と言っていいと思う。果たせるかな、中高生のときなんかは異性にもまずまずモテたらしいが、彼女自身は受け身の恋愛に興味がなかったそうで、大学生になって間もないころからはずっと恋人に一途《いちず》であった。そしてこのたび、ついに結婚が決まったのである。

「でも、何だか申し訳ないよね。末っ子の自分が、最初に結婚を決めちゃうなんて」

家族に報告した勢いで、そんなことが頭をよぎったのだろう。亜季が心底申し訳なさそうに言うので、僕はふたつ歳下の妹の、ウエディングドレス姿を想像しながら答えた。

「遠慮されるほうがよっぽど、癪《しゃく》だという気がするけどな」

そういうもんかな、と彼女はつぶやく。いくら気を遣っている風を装ったところで、にじみ出る幸福感はごまかせない。僕は床に落ちていた雑誌を拾い、頬のあたりをぱたぱたと扇《あお》いだ。

「これから忙しくなるな」

「そうだね。まずは式場を押さえて、挙式の日取りを決めてしまわなきゃ……あと、両家の顔合わせはなるべく早く済ませたいんだよね」

さすがは花嫁にならんとしているだけあって、段取りはすでに頭の中にあるらしい。張り切る亜季に相槌《あいづち》を打っていたら、ふと心当たりがあるのを思い出した。

「両家の顔合わせをやるとなると、少なくともどっちかの家族が出向くことになるよな」

「それはまぁ、遠方にいるわけだし」

こちらの家族は、大阪で暮らす妹を除く四人が福岡にあるこの家で暮らしている。いっぽうあちらはというと、実家のある奈良県内に家族全員が在住しているそうだ。

「じゃあ、両親と姉と僕の四人で関西へ行くことにしようか。僕の友達が、旅行代理店で働いてるんだ。前に会ったとき、家族向けのパッケージツアーを割引価格で紹介できるようなことを言ってたから、旅費が安く抑えられると思う。久々の家族旅行も兼ねてってことにすれば、きっとみんな乗り気になってくれるよ」

「ほんと？　そういうことなら、お言葉に甘えておまかせしちゃおうかな。ありがとね、夏くん」

　亜季がすんなり僕の提案を呑《の》んだことに、ある面ではほっとしていた。彼女は何かと気を遣いたがる性格の持ち主なのだが、家族には少々図々しいくらいのほうが、かえって息が詰まらなくて楽というものである。

「あと、あたし本当はそれまでに一度、福岡にも行っておきたいんだけど、時間が作れるかな……」

「まぁ、無理はするなよな。とりあえず顔合わせの件は、近いうち友達に相談してからまた連絡する。――おっと、悪いけど今日はこの辺で電話を切るよ。約束があるんだ」

「約束って、こんな時間にどこかへ出かけるの」

　間もなく午後十時になろうというところだったから、亜季が怪訝《けげん》に思うのも無理はない。いや、と僕は、相手に見えもしないのに手を振った。

「どこへも行かない。ちょっと話をするだけだよ」

「電話ってこと？」

「ま、そんなところだな」

電話と呼べるのかは微妙な線だが、いずれにしてもそこまで詳しく述べる必要はあるまい。亜季は釈然としない様子だったものの、親しき中にも礼儀ありと考えたのか、深く立ち入ることは慎んでくれた。

亜季との通話を終え、僕は急いでノートパソコンを立ち上げる。《エピクス》という名のソフトを起動すると、約束の相手はすでにログインしていた。ユーザー名を選択し、《ビデオ通話》というボタンをクリックする。すぐに、相手から応答があった。

「――やっほー夏樹、元気？」

パソコンのモニターに映し出された冬子が、手のひらをこちらに向けながら、開口一番にそう告げた。

エピクスは、インターネットを介した電話サービスである。ユーザーはアカウントを作成し、パソコンや携帯機器などからログインすることで、同じくログイン中の相手と音声通話やチャット、ビデオ通話を楽しむことができる。携帯電話や固定電話による通話、いわゆる電話とは異なり、エピクスの機能は基本的に無料――インターネット使用料を除く――で利用できるので、ユーザーは世界中に多い。

ノートパソコンに内蔵されたウェブカメラによって、こちらの映像は冬子に、冬子の映像はこちらに届いている。またマイクやスピーカーもともに内蔵されたものを使用しているので、画面越しであること以外は直接会って話しているのと変わらない感覚で、僕らは言葉を交わすことができた。

「ごめん、こちらから呼び出しておいて。待たせたかな」

午後十時の約束は、僕から持ちかけたものだった。大げさに合掌してみせると、冬子はうぅんと首を振る。

「わたしもお風呂《ふろ》から上がったばかりで、ちょうどいまログインしたとこ」

見れば白いTシャツの肩にかかる彼女の髪は、まだしっとりと濡《ぬ》れている。シャンプーの香りが、モニターを越えてここまで漂ってくるような気がした。入浴後だから当然とはいえ、化粧をしていないのは気を許してくれている証拠だろう。もっとも、高校生のころに見慣れた素顔のままである。

「わかってるだろうと思うけど、今日は一言、伝えたかったんだ」

冬子はうんうんとうなずいている。僕はパソコンの横に置いておいた、折りたたまれたカードを開いてウェブカメラに示しながら言った。

「ハッピーバースデー、冬子」

「はぁーありがとう！」

スピーカーを通じて、ひときわ高い冬子の声が届く。彼女のパソコンの画面にはいま、かわいらしい花束のイラストや僕の台詞《せりふ》と同一のメッセージが印刷された、バースデーカードが映っているはずだ——そう、今日は七月某日、冬子の誕生日なのである。

2

冬子の誕生日を憶《おぼ》えたのは、高校二年生のときだ。

「――冬子、誕生日おめでとう！」

朝、登校して教室の引き戸を開けた僕の耳に、ちょうどそんな声が飛び込んできたのである。

冬子の席に目をやると、同じクラスの聖奈《せな》という女子が向かいに立ち、椅子に座ったままの冬子にプレゼントらしきものを渡しているところだった。冬子は決まった相手とつるむよりは比較的、誰とでも分け隔てなく接するタイプではあったものの、聖奈とはひときわ親しかったようである。聖奈は大きな輪の中心にいて人を動かすような、リーダー格とでも言うべき立場にある女子で、そこは目立つことをあまり好まない冬子とは違っていた。が、やはり特定の相手とばかり一緒にいる傾向にない点で、二人は馬が合ったのだろう。

「冬子、今日が誕生日だったのか」

自分の席に荷物を置いてから、僕は冬子たちに近づいて言った。聖奈から受け取ったプレゼントの包装を解く手を止め、冬子は細くした目をこちらに向ける。

「ていうか前にも教えたし。夏樹って、いつも他人のことくまなく観察してるくせに、中身というか、人格の部分には本当に興味がないよね」

グサリと胸に突き刺さる。もう親しくなって一年以上が経つから、会話の中で冬子の誕生日に触れたことの一度や二度はあったに違いない。というか、言われてみれば確かに聞いた気がする。

「他人を、くまなく観察……？」

聖奈は聖奈で、僕を変質者か何かと勘違いしている。僕は慌てて、双方に否定を返した。

「そうじゃないって。小さなことに気づきやすいとか、そんな意味だよ。だけど、ずっと憶えておくのはあんまり得意じゃないんだ」

むしろ、他人はさておいても冬子には格別の興味を持っているつもりで――とまで言えば、またぞろ変質者扱いされかねないので口にしなかったが。

冬子が解いた包装紙の下から出てきたのは、映画のＤＶＤだった。タイトルは《ロミオとジュリエット》。作品自体は古いものではないが、そのチョイスはなかなかに渋くて好感が持てる……などと思っていたら、二人はパッケージに大きく写るロミオ役の外国人男性を撫《な》でながら黄色い声を上げ始めた。どうやら二人が共通して好きな俳優が主演だから、という理由で選ばれたプレゼントのようだ。僕はその俳優をよく知らなかったが、そんなことを言ってまた冬子に《前にも教えた。わたしに興味がないから憶えないんだ》などと罵《のの》しられても困るので黙っておいた。

女子高生二人がひとしきり「ありがとう」と「どういたしまして」の応酬を繰り広げるあいだ、僕は完全に蚊帳《かや》の外だった。それがやむころを見計らい、僕は唐突に湧いた疑問を口に出してみた。

「でもさ。どうして夏に生まれたのに、冬子なんて名前をつけたんだろうな」

すると二人はいっせいにこちらを見た。間の抜けた沈黙をはさんで、そう言えば、と聖奈が続ける。

「考えたこともなかったけど、確かにちょっと不思議だね。——おぉ冬子、あなたはどうして冬子なの」

突然の芝居がかった口調は、むろんロミオとジュリエットのパロディである。聖奈は事前に映画を観たうえで先のプレゼントを選んだらしい、ということはわかった。

聖奈の道化にあははと笑ったあとで、冬子は僕に向かって言った。

「じゃあ、キセツしてみてよ」

「何、キセツって」

聖奈が首をかしげる。高校一年生のときに生まれた、僕と冬子のあいだだけで通じる符号で、奇妙な出来事に説明をつける営みのことを意味する——などと、馬鹿正直に説明するのも気恥ずかしい。

「要するに、考えれば僕らにもわかるってことだよ。冬子の名づけに隠された理由が」

主旨だけを抽出して伝えると、聖奈はなるほどとつぶやいて口をすぼめた。

冬子は変わらず挑戦的な笑みを浮かべている。考えればわかるとは言ったものの、現時点ではあまりに情報が少なくて推論の立てようがない。キセツに際して僕と冬子のどちらかが出題者となる場合、解答者は相手の答えられる範囲で質問をすることができる。僕はまず、よくあるパターンから攻めてみることにした。

「ご両親のお名前を訊《き》いてもいいかな」

名づけの定番と言えばやはり、漢字や響きなどを親から継ぐというものだろう。この質問は冬子も想定していたようで、答えは淀《よど》みなかった。

「お父さんが努力の《ド》で努《つとむ》。母親が勝利の《ショウ》に子供の《コ》で、勝子《かつこ》だよ」

《子》の字こそ受け継いでいるものの、漢字や響きを見る限り、肝心の《冬》には結びつきそうもない。もっとも、これだけでわかるほど安直だったなら冬子も、もったいぶってキセツというフレーズを持ち出したりはしなかっただろう。

「お姉さんたちの名前にも季節が入ってる……なんてことは、なかったよね」

聖奈は違うとわかっていて一応、その可能性に言及してみたようだ。冬子には二人の姉がいる。このときはとっさに正確な名前を思い出せなかったが、二人とも季節を連想させるようなものでなかったことは僕も憶えていた。

「うん。うちは三人とも間違いなく努と勝子の娘だけど、姉妹での関連づけではないね」

「というかそれは、わが家のパターンだ」僕は口をはさんだ。「姉が春、僕が夏、そして妹が秋になってる」

へぇそうなんだ、と聖奈が受ける。僕は冬子のほうをちらりと見ながら付け加えた。

「あとは、僕が名前に《冬》のつくお嫁さんをもらえば完璧《かんぺき》なんだけど――」

「さ、ほかに質問ない？」

冬子はパンパンと手を叩《たた》き、僕の発言をあしらった。舌打ちしたいのをこらえ、僕は視点を変えてみることにする。

「早くも行き詰まった感があるな。ちなみに聖奈は、どういう由来で名づけられたんだ？」

意外だったのは、その問いに聖奈が苦笑したことだ。

「あぁ、あたしはね……両親が教員なんだよね」

「それ、関係あるの」

冬子にはピンと来なかったらしいが、僕は聖奈の言わんとしていることがわかった。

「聖職者、ってことか」

「そう。そこから《聖》の字を取ったってわけ。みずから聖職者を名乗るっていうのも、あたしはどうかと思うんだけどね」

先ほどの苦笑の理由はこれらしい。とはいえその口調に軽んじるような気配はなく、むしろ両親に対する一定の敬意を感じ取れた。発言にはきっと照れ隠しも含まれるのだろう。

親の職業が子の名前に関連している、というケースはある。たとえば仏門や伝統芸能といった世界で、生まれた子に定番の漢字を盛り込む例などがあるだろう。僕は冬子に向き直る。

「冬子のところは？　親御さん、どんな職業に就いているんだっけ」

「えっとね、お父さんは薬品のメーカーで研究職。それと、副業で翻訳もやってるよ」

「翻訳？」

反射的に訊き返していた。当時の僕にとっては、それは少なからず特殊な職業のように思えたし、翻訳に携わっている人が身近にいるという話を聞いたのも初めてだった。

「そう。と言っても文学とかではなくて、多くは英語で著された専門書や資料なんだけどね。ほら、専門書の翻訳って、単に英語が訳せるというだけでなく、その分野に関する知識や理解が必要になるでしょう。お父さん、若いころ研究でアメリカに滞在してた時期があって、そのおかげで英語が堪能《たんのう》だから、いまでも時々翻訳の依頼がくるみたいなの」

「へぇ、知らなかった。翻訳っていうと語学のエキスパートってイメージが強いけど、考えてみれば小説家が外国文学の翻訳をしてたりもするもんな」

言いながら僕は、冬子が英語学科への進学を希望していたことを思い出した。留学をしたいのだという話を聞いたこともある。父親の影響が大きいらしいと判明してみれば、その目標は微笑ましくも感じられる。

「勝子さんは、何かお仕事されてるの」

聖奈が話を進める。冬子は束の間、考える素振りを見せた。

「母親はね……確か、お父さんと結婚する前は銀行に勤めてたって」

やや卑怯《ひきょう》なようだが、その様子から僕は、母親の仕事は冬子の名前に関係なさそうだと踏んだ。答えるのに手間取ったのは、質問を予期していなかったからである。そして母親の職業を訊《たず》ねるのはごく自然な流れであるにもかかわらず、質問を予期していなかったのは、それが手がかりではないから——もっと言えば、必要な情報が出そろったために、質問を受けること自体予期していなかったという可能性すらあるのだ。

僕はいったん質問攻めを中断し、現時点で得られた情報を整理してみる。夏に生まれたにもかかわらず、授かった《冬》の文字。両親の名前。父親の職業。二人の姉については考えなくていいらしいということ——。

納得のいく解答を導き出すのに、さほど時間はかからなかった。

「キセツ、できたよ。間違いないと思う」

宣言すると、聖奈が僕の胸ぐらを両手でつかみ、詰め寄ってきた。

「ちょっと、もうわかったわけ？　だったら話してみせなさいよ」

「話す、話すから放せって。放してもらわないと話せない」

「はなすのはなさないの、どっちなの！」

僕はたじろぎ、聖奈は錯乱している。彼女にしてみれば、仲のいい冬子の秘密を僕が先に見抜いてしまったことが、どうしようもなく悔しかったのかもしれない。

　この活発さが、リーダー格たるゆえんなのだろうか。三十秒ほどかかってようやく聖奈の手を逃れると、僕は制服のシャツの襟元を直しつつ、助け船を出そうともせずにくすくす笑っていただけの冬子に向かって告げた。

「やっぱり最初に考えたように、冬子の名前は両親のそれを継いだものだったんだ」

「どうして努さんと勝子さんの娘が《冬》になるのよ」

　聖奈は唇をとがらせている。僕は、仕事だよ、と続けた。

「冬子のお父さんの仕事が、翻訳だというのが大きな手がかりだったんだ。つまり、ご両親の名前を英語に訳してみるとどうなるか」

「英語？　あぁ……勝子さんは win だよね。努さんは、努力するって意味だから……effort とか？」

　聖奈の答えは、片方のみが正解である。自分で解きたがっているようなので、僕はさらに手助けをする。

「努さんのほうは、もっとシンプルな単語でいいんだよ。《がんばる》とか、その程度の意味かな」

「がんばる……try ってこと？」

「そう！　あとはふたつをつなげれば——」

wintry——冬の、という意味を持つ英単語となる。

さらに、冬子の両親がそこまで考えたかはわからないが、勝子さんの余った《子》の字をくっつければ、冬子という名前が完成する。漢字をそのまま使うのではなく、英語に直して組み合わせるところが翻訳者ならではの発想である。

「もう当てられちゃったか！　夏樹、何でわかったの」

冬子は机の上に腕を伸ばし、べったりと貼りつくような姿勢を取る。僕は正解したことに満足しつつ、先ほどの、質問への回答に手間取る冬子の様子からキセツに至る道筋が開けたことを説明した。

「はぁー。そんな些《さ》細《さい》なことから……」冬子は目を丸くしている。

「この一年ちょっとのあいだ、いろんなキセツを経験していくうちに、僕はこうした何気ない反応や態度の中に、多くのヒントが隠されていることを学んできたんだ。いつだって注意深く観察することが、上手にキセツするコツなんだよ」

「観察、ねぇ」

と、聖奈がまたしても変質者を見るような目を僕に向けてくる。

「何だよ。聖奈が話せって言ったから、きちんと説明したんじゃないか」

「どうも、信じられないのよね……たったあれだけのことから、答えにたどり着いただなんて。夏樹、あんた本当は、ストーカーみたいに冬子のこと何でも調べ上げてたんじゃないの。それこそ四六時中、観察しちゃったりしてさ」

「す、ストーカー——」

　絶句するしかない。冬子の名前の秘密を自分で解きたがる聖奈の意を酌んで、手助けまでしてやった僕に対して、この仕打ちは何だ。救いを求めて冬子のほうを見ると、彼女も怯えたように身を引いている。僕は再度、慌てて双方に否定を返した。

「ち、違うって。ほら、僕が何でも調べ上げてたとしたら、冬子の誕生日を知らないわけないだろ。でも実際には憶えてなかったから、プレゼントだって用意してないし、祝う気さえもまったくなかった」

「……それ、堂々と宣言するようなこと？」

　冬子が冷たい声で言う。いやそれは、などと僕が口ごもっていると、彼女はさもがっかりしたようにかぶりを振った。

「やっぱりわたしには興味がないのね」

　ストーカーを否定するとこうなるのだから、痛しかゆしである。僕は机の上に出しっぱなしの、DVDのパッケージに目を落としながら、一族と恋人とのあいだで揺れ動くロミオも同じことを感じただろうか、と考えた——痛しかゆしだな、と。

3

　あれからちょうど七年が経ったことになるから、月日の過ぎる早さに驚くばかりだ。

「どうだ、大阪での新生活は」

やはり「ありがとう」と「どういたしまして」の応酬をひとしきり繰り広げたあとで、僕はモニターの向こうの冬子に訊ねた。彼女の浮かべた笑みは、ほんの少しくたびれて見えた。

「忙しいね。とにかく忙しい」

春に連絡をもらったとおり、五月に新人研修を終えたのちも冬子は、勤務地となった大阪で働き続けていた。あれからまだ、ほんの二ヶ月だ。何かと余裕がなく、さぞかし日々を慌ただしく感じていることだろう。それでも社会人として一年先輩である僕の経験に照らせば、じきに慣れて肩の力も抜けてくるのではないかと思う。

実は冬子とこうしてエピクスで会話するようになったのも、彼女が大阪で暮らし始めたことと無関係ではない。新人研修明け、彼女は選択の余地もなく、会社が借り上げているアパートに移り住んだ。ここが、僕も話を聞いて驚いたのだが、都市部でありながら携帯電話の電波が非常に入りづらく、メールなどの受信は可能であるものの、電話となると途中でぷつぷつ切れてしまうのだという。

もっとも冬子に言わせれば、ワンルームの間取りの中で玄関だけは電波の入りがいいので、それほど困ってはいないらしい。とはいえ電話のたびに上がり口に腰を下ろす冬子の姿を想像するだけで、僕としては軽々しく電話をかける気さえ起きなくなってしまう。そこで、幸いにもインターネットは通じており、また冬子はノートパソコンを持っているというので、通話の際にはエピクスを使用することになったのだ。電話代の節約にもつながる。

「それじゃ、せっかく梅雨が明けてもどこかへ遊びに行く暇もないんだ」

憐《あわ》れみ半分、からかい半分で僕が言うと、冬子は肩をすくめる。そして、やにわにノートパソコンを持ち上げてウェブカメラを、カーテンの隙間にのぞく窓の外に向けた。

「大きな建物があるのが見える？　あれは《エンパイアホテル》といって、府内でも指折りの高級ホテルなんだけど」

僕は窓枠の中の闇に目をこらす。そう遠くないあたりに、周囲から抜きん出て背の高い建物を確認することができた。地面から突き出したホテルが窓の明かりでまだらに光る様子に、僕は砂から顔を出したチンアナゴを連想する。低いながめから察するに、冬子の部屋は一階のようだ。

「あぁ、確かに見えるよ」

「八月の最後の土曜日にね、ホテルの向こうを流れる川で花火大会があるの。同じアパートに住んでる先輩によると、ここからもあのホテルの頭越しに、打ち上げ花火が見えるそうなんだけど……よりによって当日に、社の公式行事が設定されてて。どう計算しても、終わって家に帰り着くのは夜の九時ぐらいになりそうなんだよね。そのころにはもう、花火も終わっちゃってる」

「そうか。それは残念だな」

僕が同情しているあいだに、冬子はノートパソコンを元のテーブルに戻し、大きなため息をついた。もしかしたら僕の想像以上に、彼女は忙しいのかもしれない。

「学生のころは必ず毎年、この時期に花火大会へ行ってたんだよね。あの、夜空に咲く色とりどりの光を見ていると、《あぁ、夏が来たなぁ》ってしみじみ感じられるの。その瞬間が、たまらなく好きだったなぁ」

いまも浮かべているそのうっとりとした表情を、夜空に向ける冬子の姿を僕は想像した。想像のままの距離で僕が見ることは絶対にない、彼女の横顔を。

「花火大会、今年は行けそうにないか」

「仕事の休みが取れないからね。だって、お盆休みすらないんだよ。週末も何かと会社関係の予定が入ってたりするしさ。はぁー、花火を見ないと夏が始まったって感じがしないなぁ」

テーブルにあごを載せて子供のようにふてくされる冬子に、思わず噴き出してしまった。

「知らなかったよ。冬子がそんなに、花火が好きだったなんて」

「そっか。一緒に見たことないもんね、打ち上げ花火」

取り立てて何の感情も込めず発したのであろうその言葉は、僕の胸の奥をかすかに疼《うず》かせた。そんなこちらの変化に気づいた様子もなく、冬子は遠くを見やるような目で語る。

「わたし、ちっちゃいころから花火が大好きでね。思い出すことがあるんだ」

それはまだ、彼女が保育園にかよっていた時代の記憶だという。

「萌々香姉ちゃんと由梨絵姉ちゃんとわたし、三人で実家のテーブルを囲んでね。広げた画用紙を、色鉛筆で隙間なくカラフルに塗り潰《つぶ》すの。ちょうど虹を描くみたいに、たくさんの色の帯を作る感じで」

思い浮かべてみる。二人の姉にはさまれて一番小さな冬子が、色鉛筆をぎゅっとにぎり、一所懸命に画用紙を塗り潰している。赤、青、緑、紫、気の向くままに彩りを加える冬子に、姉たちは自分も同じことをしながらあれこれアドバイスをする。そばを通りかかる母親は家事に忙しく、それでも妹の面倒を見る姉たちの姿に目を細め、冬子に上手上手、と声をかけていく。

「うまく塗り終えたら、次はその上からさらに、黒のクレヨンを塗っていくのね。画用紙全体を真っ黒に塗り潰せたら、最後にコインか何かでクレヨンを削って線を引くの。そうして放射状に、いくつもの線を引いたら――」

「クレヨンの黒を夜空に見立てて、その下から色鉛筆の花火が現れるってわけか」

先回りして言う僕の心は弾んだ。手作りの花火は幼き日の冬子に、さぞかし鮮やかな感動を与えたことだろう。そのさまを見て二人の姉は得意げに笑っていたのではないか、なんてことまで目に浮かぶ。

こくりとうなずく、大人になった現在の冬子もまた、当時の感動が甦《よみがえ》っているようだった。

「逆じゃないかって、笑われちゃうかもしれないけどさ。わたしがいまでも花火を好きなのは、ひょっとしたらあの絵が好きだったからなのかなって思うの。たまに夜空を見ているとね、こう、引っかきたくなることがあるんだ。その下から色とりどりの花火が、浮かび上がってくれるような気がして」

モニターの中で冬子は、虚空に爪を立てるような仕草を示した。と思うと、まるで演奏を終えた指揮者のように、すとんとその手を下ろす。

「自分が就職したからかな。最近ね、ふとした瞬間に昔のそういう記憶が呼び起こされて、胸がいっぱいになることがあるんだ。あんな風に二人のお姉ちゃんと、あるいはお母さんやお父さんと過ごす時間が、本当はもうほとんど残されていないんじゃないかって思ったりするの」

地元を離れて暮らしていることが、そうした思いに拍車をかけている面もあるだろう。次はいつ実家に帰れるのか、両親はいつまで元気でいてくれるだろうかと、考え始めればキリがない。それに、冬子の二人の姉は確か、すでに嫁に行っているはずだ。結婚ならこちらとてひとごとではない。

「わたしね、大学を卒業したとき、家族旅行を計画したんだ。幸いお姉ちゃんたちの旦《だん》那《な》さんはどちらも理解のある人で、まだ子供のない萌々香姉ちゃんも、この春から小学生になった娘を持つ由梨絵姉ちゃんも、行っていいよと旦那さんに言われたそうだから、一家五人水入らずという形で実現できたの。これが最後の機会かもしれない、というのもあったしね」

「へぇ、それは孝行したな」

感じたことを素直に伝えると冬子は、小さな温泉宿に一泊だけどね、と謙遜《けんそん》した。

「いまではもう、家族全員が顔を合わせるのはせいぜい年に一、二度でしょう。それが久々にゆっくり集まると、会話の半分は思い出話。わたしたちが子供のころどんなことがあったとか、十代のころはどうだったとかね。そして残りの半分は、わたしが就職を目前に控えていることもあってか、家族のこれからについての話だった」

彼女のたっての希望で実現に漕《こ》ぎ着けた家族旅行。それについて語っているにもかかわらず、冬子は心なしか息苦しそうにしていた。

「何だかそれが、過去の自分と未来の自分を交互に見せつけられているようで——わたし、考えちゃった。小さいころ思い描いていた理想の大人に、わたしは近づけているのかなって。もしかしたら反対に、どんどん遠ざかってしまってるんじゃないかって」

言葉の途切れた合間を縫って、網戸の外で原付バイクが、無粋なエンジン音を轟《とどろ》かせながら走り去っていった。

末っ子の冬子を社会に送り出し、子育てにひと区切りをつけた両親。それぞれに結婚し、新たな家庭を築き上げるさなかにある二人の姉。そんな家族に囲まれて、冬子は自分がまるで宙を漂うシャボン玉のような、ひどく頼りない存在に思えてしまったのではないか。写真を撮るようにして切り取られた過去と未来の断片だけを見せられ、ひたむきに生きたはずの中途の時間も忘れ、たどり着いたまだ何者でもない現在の自分に疑問を抱いてしまったのだ。

十代の僕にはこれと言って夢もなく、刺激的な人生をあきらめる過程にあった。同じころ、冬子は翻訳家になりたいという、はるかに具体的な目標を掲げていた。けれどもそれはいまのところ、どのように近づいていいのかもわからない曖昧模糊《あいまいもこ》とした姿のまま で、忙しさによって満たされた冬子という器の隅っこに追いやられてしまっている──以前、冬子が僕にぽつりと洩《も》らしたことがある。英語が堪能というだけの人なら、世の中には掃いて捨てるほどいるんだよね。お父さんと違ってわたしには、人一倍強い分野もないから。

「いまの会社だって、冬子の経歴や留学の経験を考慮したうえで採用してくれたんじゃないか。ちゃんと過去が現在につながって、未来の可能性を広げてくれてるさ」

たまらず僕は彼女を擁護した。けれどもそれは、気休め程度にしか聞こえなかったようだ。

「だけどうちの会社、英語が役に立ちそうな部門なんてほとんどないんだ。もちろん翻訳に携わりたいという気持ちだって、まだ捨てたわけじゃないよ。でも留学していたのなんてもう三年も前でしょう。これだけ英語に縁のない日常を過ごしていると、せっかく身についた言葉も忘れていく一方で……いや、わかってるんだ。それならそれで、身近にできることもあるはずなのに、忙しさにかまけているのは結局、わたし自身なんだよ」

　冬子の言葉は自省を越えて自嘲《じちょう》の色を帯びてきた。そうすることによってみずからを鼓舞しているのだとしたら、僕はいくらでも話を聞こう。ただ、今日はめでたい日なのだ。冬子にはもう少し、幸せでいてほしいと思った。

「それじゃあさ」僕はことさらに明るい調子で言う。「三十四歳の目標は、決まったも同然だな」

「理想の大人に一歩でも近づく、だね」

　冬子がいつもの笑顔を取り戻してくれたので、ほっとした。

「今年の誕生日はどうだった。ほかの人にも祝ってもらったかい」

「んとね、同期の仲いい子が今度お祝いしてくれるって。それと、メールならいろんな人からももらったよ。高校の友達だったら聖奈とか……あと、萌々香姉ちゃんと由梨絵姉ちゃんからも来たね」

「そっか、聖奈からも──」

　口ごもったのは、得体の知れない違和感を覚えたからである。

「……夏樹、どうかした？」

　こちらの異変に気づき、冬子がきょとんとする。けれども僕はしばし無言で、違和感の元を手繰った。思い返したばかりの記憶。聖奈との会話、冬子の名前に込められた意味。今日、冬子にメールをくれたという二人の姉の名は――。

「なぁ冬子。昔、冬子の名前の由来について話をしたのを憶えているか」

懐かしいね、と冬子は笑った。「あれもわたしの誕生日だったよね。どうして夏に生まれたわたしが、冬子なんて名前をつけられたのか。聖奈もいて、わたしのことで二人が盛り上がってくれるのがうれしかったな」

「あのとき僕は、由来を正しくキセツできたことですっかり満足しきっていたよ――だけど本当は、あのキセツは不完全だったんじゃないか」

すると、冬子は小首をかしげた。その動作に不自然なところはない。

「夏樹の言ったとおり、win と try で《冬》を作った。不完全なことなんて何もないよ」

「じゃあ、お姉さんたちの名前との関連性がないことはどう説明する？」

――お姉さんたちの名前にも季節が入ってる……なんてことは、なかったよね。

あのとき聖奈が口にしたひとつの説は、確かに冬子の名づけとは関連がなかった。またその台詞を聞いた瞬間、僕は冬子の姉たちの名前をとっさに思い浮かべることができなかった。だから、関連しないことによる違和感を見逃してしまっていたのだ。

「由梨絵さんに萌々香さん。漢字表記で三文字であるだけでなく、《ゆり》や《もも》といった花の名前が入っている点も共通している。つまり長女と次女が生まれた段階で、両親は明確な意図の下、娘たちの名前に関連性を持たせていたんだ。――なのになぜ、三女が《冬子》になる？　どうしていきなり、両親の名前を継がせたりしたんだ。これは、明らかに奇妙だよ」

真っ先に思い浮かぶのは、冬子だけ親が違っているという可能性だ。ただしこれは、冬子自身がすでに否定している。三人とも間違いなく努と勝子の娘だ、と彼女は七年前に明言していた。

僕だって人の名前の由来という、時にデリケートな話題に構わず立ち入るほど無礼な人間ではないつもりだ。けれどもこの件に関して言えば、当の冬子がかつて、キセツしてみろとみずから持ちかけている。だから僕はてっきり、今回も冬子が挑発してくるものと思い込んでいた——ところが。

そのとき冬子が見せた表情を、何と形容したらいいだろう。にじみ出るものの何もない、感情という感情を脳の内側で真空パックしてしまったみたいな顔で、彼女は告げた。

「それは別に、何でもないから。気にしないで」

「えっ——」

思いがけない反応に、僕は言葉を失った。拒絶と表現すればまだ、相手の意思を感じられて人間味がある。いまの冬子のそれは違った。二人のあいだに分厚い壁を立てるような、あるいはこちらとあちらの岸をつなぐ吊り橋を落としてしまうような、遮断とでも言うべき進入する余地のなさであった。

「それよりさ、さっきのバースデーカード、せっかくだから送ってよ。かわいかったし」

何事もなかったみたいに、冬子は元の笑みに戻って言う。あまりにも強引な話題転換だったが、いまだ動揺から立ち直れていない僕は彼女に追従するより仕方がなかった。

「あ、あぁ……それじゃ、住所を教えてもらわないとな」

エピクスはビデオ通話と並行して、メッセージの送受信もおこなえる。ほどなく画面の右端に、冬子が入力した住所が表示された。

「まさかカードだけが送られてくる、なんてことはないよね」

冬子が目をすがめるので、僕はまばたきを返す。「と、言うと」

「あのとき聖奈は、映画のＤＶＤをくれたっけなぁ」

まったく、そういうところだけはちゃっかりしている。僕は聞こえよがしにため息をついた。

「プレゼントな。考えとくよ」

「よろしくー。鋭い観察眼と柔軟な発想を持つ夏樹のことだから、わたしが想像もできないような、それでいてすごく喜ぶような、素敵なのを期待してるよ」

冬子はにっこりしている。彼女が欲しいもので、かつ予想しないものというのだからハードルが高い。僕は《少し時間をくれ》と弱気な発言をし、冬子の許しを得たところで、改まった。

「なぁ、冬子」

「何？」

「――ごめんな。気に障るようなことを言って」

わざわざ蒸し返したのはたぶん、自分が荷を下ろしたかったからだ。このまま通話を終えてしまえば、謝る機会を失ったことがずっと引っかかるのはわかっていた。まるで排泄《はいせつ》をするように、ただすっきりしたかったという、そんな醜い理由で僕は謝った。

だから一瞬驚いたのち、優しく微笑んでくれた冬子に僕は頭が上がらない。

「いいの、忘れて。気に障ったなんてことないから」

通話を終える。僕はわけもなく窓際に立ち、網戸越しに外をながめた。冬子の不穏な態度について考えをめぐらせるが、その理由はさっぱり見当もつかない。どうして彼女は、あんな風に僕を遮断する必要があったのだろう。さっきは無理やり謝ったけど、事情がわからないとそれも無意味に思えてもどかしい。患部とは全然違う箇所に、絆創膏《ばんそうこう》を貼ったみたいな気分だ。

しかし、それを貼り直すべく正しい患部を探ろうとすれば余計に、冬子の傷口を広げるだけだろう。冬子はどうして冬子なのか――七年ぶりに再発した、ジュリエットめかした問いを網戸の向こうにポイと投げ捨て、僕は滑りの悪いカーテンを閉じた。

「──冬子の誕生日プレゼントに何がいいか、ですって？」

4

翌週末、僕は福岡市内のとある旅行代理店にいた。明るいカウンターの向こうでは、ベストにワイシャツ、そして首元に大きな青のリボンをあしらった女性スタッフが、すっとんきょうな声を上げこちらをにらんでいる。彼女は胸に、見慣れた氏名が刻印されたネームプレートをつけていた──下の名前は、聖奈という。

高校のクラスメイトだった聖奈は卒業後、私立の大学で国際政治を専攻し、旅行代理店に就職した。配属された先が地元で、現在は福岡市内の支店に勤めている。入社二年目にして、実店舗の窓口での対応にとどまらずツアーの添乗員もこなすらしい。

そういった話の大半を僕は、冬子を通じて聞き知っていた。彼女と聖奈は高校を出てからも、途切れることなく親交が続いているのだという。

「冬子は僕のセンスにまかせるって言ってるんだけどさ。プレゼントを贈るったって、何をあげたら喜ぶのやら皆目見当もつかないから、同性の友人の意見を頂戴《ちょうだい》しようと思って」

僕のほうは日ごろから聖奈と親交があるわけでもなく、会うのはおよそ一年ぶりである。大切な友人の友人に、なるべく悪印象を与えぬよう愛想笑いなど浮かべてみるが、努力も空《むな》しく聖奈はあからさまに眉《まゆ》をひそめた。

「あんたもしかして、いまさら冬子を狙ってるわけ？」

「そ、そんなつもりはないよ。冬子がねだるから、仕方なく」

けれども彼女は、僕をまるで信用していない。七年前にストーカー呼ばわりしたときと同じ目をこちらに向ける。

「冬子が欲しがってるものなんて知らないよ。そんなの、自分で考えれば」

にべもない。僕は嘆息せざるを得なかった。

もちろんそんなことを訊ねるためだけに、わざわざ勤務中の聖奈のもとを訪れたのではない。主たる目的は亜季の言う両家の顔合わせのことで、客として相談に来たのである。亜季に電話で心当たりがあると告げたのはこのことで、昨年の夏に地元にいる同級生で集まって小さな同窓会を開いたとき、聖奈に頼めば家族旅行を格安で予約できることを本人から聞いていた。社員紹介割引が適用され、聖奈にもノルマがあるから互恵という形になるそうだ。

ホテルの所在地や宿泊費などの詳細は話を聞いてみないとわからないので、僕は来店して聖奈を窓口に呼び出してもらうと、ひとまず五人で関西に一泊する予定であることを伝えた。すると、聖奈は初めに申込用紙を差し出し、代表者の情報および宿泊者の氏名等を記入する欄を埋めるよう指示した。曰《いわ》く、「ホテルや宿泊プランは決まりしだい連絡してくれれば、こっちで処理しておくから」とのこと。納得である。

聖奈はいま、僕が記入を済ませたその申込用紙を見ながら、パソコンにデータを入力している。冬子のプレゼントについては軽い雑談のつもりだったが、ああも邪険にあしらわれては居心地が悪く、かと言ってすることもないので僕は、落ち着きなく椅子を回転させて店内に目をめぐらせていた。

耳に届いていた、パソコンのキーボードを軽快に叩く音が止まったのは、僕がハネムーン向けの海外旅行のパンフレットを遠くからながめていたときである。

「あのさ、申し訳ないんだけど」

申込用紙をこちらに突き出しながら聖奈が言うので、僕は彼女に向き直る。

「何か、不備でもあった？」

「そうじゃなくてさ。規則でね、割引していいのは社員の友人と、その家族までって範囲が決まってるんだ。じゃないとほら、結局誰でも彼でも割引できちゃうから」

聞くと、友人に対して社員紹介割引を適用する場合、社員はその友人と具体的にどのような関係なのか、会社に説明する義務があるらしい。思いのほか手間であるようにも感じるが、《友人》というくくりだと極端な話、その日カウンターで初めて会った相手でも友人と言い張ることは可能なのであり、ノルマを稼ぐなどの目的で社員が制度を悪用してしまうおそれもあるから、それを防ぐための措置なのだろう。同様に、友人の家族にまで適用するには、友人の家族であることをきちんと証明できないといけないとのことである。

「で、それがどうかしたのか」

聖奈の顔を見返すと、彼女は指先で、申込用紙に記入された亜季の名前をトントンとつつく。

「この亜季さんって人だけ苗字《みょうじ》が違うんだけど、どういうこと？」

あぁ、そのことか。僕は努めて何でもないことのように答えた。

「結婚が決まってるんだ。近々入籍して、式は春ごろにしたいんだとさ」

妙齢の女性である以上、聖奈も人並みに結婚への憧《あこが》れがあるからだろう。短い間を置いて、彼女はみるみる顔を輝かせた。

「そういうことだったのね！　それはそれは、おめでとうございます」

「問題あるかな？　割引の件」

「うぅん、大丈夫。失礼しました」

聖奈のキーボードを叩く音が、いっそうリズミカルになる。それが一段落すると、彼女は椅子に反り返って言った。

「いやぁ、それにしても助かるわ。半期ごとにノルマがあって、それがけっこうしんどくてさ。添乗にも駆り出されるから、営業ばかりやってるわけにもいかないし」

「こちらこそ、ありがたいと思ってるよ」

応じながら、聖奈の添乗する姿を想像してみる。人をまとめるのが得意だった彼女のことだから、添乗でもきっとその能力を遺憾なく発揮しているに違いない。

ふと、思い立って訊いてみた。

「海外のツアーにも同行したりするのか」

先のパンフレットにもあったとおり、聖奈の勤務する旅行代理店は国内外を問わず幅広く手がけている。聖奈はこっくりとして答えた。

「むしろ海外のほうが多いよ。あたし、学生のころに半年間、オーストラリアに語学留学してたからさ。曲がりなりにも英語がしゃべれるってことで、ね」

虚を衝《つ》かれたような心地がした。彼女もまた、語学を専攻したわけではないにもかかわらず、わかりやすい形で仕事に英語を活かしている。冬子は彼女の話を聞いて、何かを感じたりしたのだろうか。

そんな僕の胸中など察するはずもなく、聖奈は以下のように続ける。

「ひとたび海外ツアーへ行くと、それで一週間くらい過ぎちゃうでしょ。だからノルマに届きそうにないときは、外国にいても気が気じゃなくてね。今年の三月にも、冬子が家族旅行を申し込んでくれたおかげでどうにか達成できたから、あのときは本当に助かったなぁ」

そう言えば、冬子も家族旅行の話をしていた。なるほど、彼女も聖奈に依頼して計画を立てたらしい。もっともその旅行が発端で、冬子は自分の人生に対する煩悶《はんもん》の度合いを強めてしまうのだが、それを聖奈が知る必要はあるまい。僕は、冬子から旅行について聞いている旨を、少々の脚色も交えつつ聖奈に伝えた。

「冬子も本当に家族思いだよなぁ。旅行のこと、実現できてよかったってうれしそうに話してたよ。何しろ一家水入らずでの旅行は、これが最後かもしれないからって」

「そんな、あたしとしては最後だなんて言わずに、もっとどんどん旅行してほしいんだけど」

「いや、だから義兄やその子らを加えない形での旅行が、という意味だろ。つまり、家族五人——努さんと勝子さん、それに由梨絵さんと萌々香さんと冬子だけでの旅行となると、今後はあまり機会がなさそうだもんな」

「間違ってるよ」

僕は初め、《冬子の家族が二度と旅行しないなんて間違ってる》と聖奈が頑《かたく》なに言い張っているのかと思った。だから、続く彼女の台詞を聞いたときは驚いた。

「名前、間違ってる。夏樹がいま言った、冬子の家族の名前」

「えっ——」

そんなはずはない。すべて、確かに冬子の口から聞いた名前なのだ。

聖奈は席を立つと、奥に見えるチェストのほうへいったん引っ込む。そして、ファイルにはさまれていた一枚の紙を手に、戻ってきた。

「本当はこういうの、他人には絶対見せちゃいけないんだけどね。ま、あんたたちの間柄なら特に問題はないでしょう」

そう言って聖奈がこっそり見せてくれたのは、先ほど僕が記入したのと同じ申込用紙だった。だが、記入された内容は違う。見覚えのある冬子の筆跡によって、彼女の家族の氏名が記されていた。

聖奈の指摘は正しかった。僕が記憶している名前と、冬子の記入した名前とのあいだに食い違いが見られた。いったいこれは何を意味するのだろうか。単なる僕の記憶違いなのか、しかしそんなはずは——。

刹那《せつな》、打ち上げ花火が弾《はじ》けたときのような衝撃とひらめきが僕の脳を襲った。直後には、僕は何もなかったようにへらへら笑ってみせることができた。

「本当だ。ま、友達の家族の名前までは普通、すらすら出てきやしないよな」

「あんたが昔、冬子のストーカーだったというのでもない限りはね」

聖奈は冬子の記入した申込用紙をしまうと、関西圏のおすすめのホテルが掲載されたパンフレットを何冊か、カウンターでトントンとそろえて僕に渡す。

「だから七年前にも否定したけど、僕はいまも昔もストーカーなんかじゃ……」

「七年前？　あたし、前にもそんなこと言ったっけ」

「忘れたのかよ……まぁいいや。とにかく、予約の件はよろしく頼むよ。また連絡するから」

「わかった。ありがとね」

僕はパンフレットを手に席を立つ。窓口を離れかけたところで突然、聖奈に大声で呼び止められた。

た。

「あ、夏樹待った！」

振り返る。彼女はカウンターにひじを突き、手のひらにあごを載せて僕を見上げてい
た。

「冬子が欲しがってるものは、よくわかんないけどさ」

誕生日プレゼントの話をしているらしい。アドバイスを期待した僕に、彼女はこんな
ことを言ってのけた。

「あんたの場合は、モノを贈るよりも体験とかのほうがいいんじゃない？」


その日の晩。自室でパソコンを立ち上げてみると、冬子がエピクスにログインしてい
た。

約束していたわけではないから、週末の夜を自宅でのんびり過ごしているのだろう。

思いきってビデオ通話のボタンをクリックしてみると、応答は早かった。

「――夏樹？」

先日と似たり寄ったりの恰好《かっこう》で、目を丸くしている。突然の呼びかけにも特別な準備
なしに対応できるから、カメラやマイクが内蔵されたパソコンは使い勝手がいい。

「ごめんな、急に。この前のこと、もう一度ちゃんと謝らせてもらえないかと思って」

何のこと、と訊ねる彼女は、とぼけているのではなく実際に心当たりがないのだろう。

構わず僕は続けた。

「冬子の家族のことを知ってたら、あんな風に軽率に、興味の対象にしたりはしなかった」

それで、彼女には伝わったようだ。彼女はあごを引き、上目遣いになった。

「もしかして、何か気づいちゃったとか？」

僕はうなずく。そして昼間、僕の脳を襲った打ち上げ花火の正体を、モニターの向こうの彼女にそっと渡した。

「冬子の母親は──勝子さんは、冬子を産んですぐに亡くなったんだね」

5

「何でわかったの！」

冬子の声は驚きに満ち、そこに負の感情は見出せなかった。触れられたくないとか、何が何でも隠しておきたかったというわけではないらしい。そのことにまずはほっとした。

「偶然だよ。実は今日の昼間、聖奈に会ったんだ」

「聖奈に？」

「あぁ。そのとき冬子の話になってさ、話の流れでたまたま僕が、記憶している冬子の家族の名前を口にしたんだ。そしたら聖奈が、間違ってるって」

あのとき聖奈が見せてくれた申込用紙の中で、母親の名前だけが僕の記憶しているものとは異なっていた——すなわち、冬子の母親として記入された人の名前は《勝子》ではなかった。

その事実は、冬子の名づけにまつわる謎の、ほとんど答えに近かった。したがって僕は聖奈の示した紙を見たことでカンニングをしたようなものだが、とはいえ聖奈の《名前が間違っている》という発言のみからでも、遅かれ早かれ答えにたどり着くことはできただろう。第一に、よほど特殊な事情がなければ二人の姉の名前が変わることはないし、二人の姉の名前は先日のビデオ通話の中でも冬子が口にしている。第二に、親ならば再婚等で名前が変わる場合もあるだろうが、冬子の一連の発言を聞く限り、彼女の名づけのころから父親は一貫して翻訳家であったと見られ、途中で別人に変わった可能性は低かった。

もうひとつ——これはあとで思い至ったことなのだが、冬子は七年前のキセツの際、努さんのことを《お父さん》、勝子さんのことを《母親》と呼んでいた。翻って、先日のビデオ通話では《お母さんやお父さんと過ごす時間》という発言の中で、《お母さん》という呼称を用いている。時間にも開きがあるので、これだけで別人だと判断することはできない。が、違う名前の人物がいるという聖奈の指摘を踏まえると、冬子には《母親》つまり勝子さんとは別に、《お母さん》がいることを推察しうるだろう。

「ならばそこから、母親は冬子を産んで間を置かずに亡くなったのではないか、という考えに行き着くのは難しくない。それまでの姉妹に存在した名づけのルールを無視して、冬子に両親の、わけても母親の名前を刻み込んだのは、母親がこの世を去ってしまったからだったんだ」

もっとも、そこに行き着くきっかけを与えてくれた当の聖奈は、僕をストーカー呼ばわりしたことを含め、七年前の一件を忘れてしまっていた。だから中込用紙に記入された母親の名前が、かつて自身が聞いたものと違っていることにも気づかなかったわけだ。

「はぁー。母親の名前の違いひとつから、そこまで推論を展開してしまえるなんて……夏樹はキセツのコツを観察者に徹することだって言うけど、わたしにしてみるとやっぱり、観察ができたところでその先が難しいように感じちゃうな」

今回、冬子は出題者ではない。存在した謎らしきものを、僕が一方的に解明しただけだ。だが、冬子の台詞はあたかも負けを認めるかのようだった。

「夏樹の言うとおりだよ。母親は——勝子は二十四年前、わたしを産むと同時に亡くなってしまったの。勝子がこの世に生き、お父さんと愛し合った証《あかし》として、授けられたのがわたしの名前。夏樹、ほんとよくわかったね」

彼女は胸の前で小さく拍手をしている。その姿をながめていた僕は、とうとう我慢しきれなくなって訊ねた。

「どうしてこの前、奇妙だと言った僕を遮断したんだ」

てっきり僕は、知らなかったとはいえ故人を軽々しく興味の対象としたことに、冬子が憤ったからだと思っていた。ところが今日の冬子を見るにつけ、どうもそこを嫌悪していたようではない。彼女が豹変《ひょうへん》した理由が、僕にはわからなくなったのだ。

だってさ、と答える彼女は、心なしか悲しげに見えた。

「どうしたって、明るい話じゃないでしょう。実の母親が、わたしを産むときに死んじゃったなんてさ。夏樹だってきっと、反応に困ったんじゃないかと思うよ。——でもわたし、だからってかわいそうだとか、そんな風に思われるのは嫌だったんだよね」

「かわいそう？」

「よくあるんだよ、この話をするとさ。聞いた相手はね、憐れむような、同情するような目でわたしを見てくるんだ。でもね、当然だけどわたし、母親のこと何も憶えてないよ。それに物心つくころにはもう、いまのお母さんがいたんだよね。だからわたし、何もかわいそうじゃないんだよ」

家族旅行の話などからも、冬子が血のつながりのない《お母さん》のことを、当たり前に家族として認識し、慕っていることは伝わってきた。故人にはやや酷な表現になるかもしれないが、多くの人がそうであるように、冬子もたったひとりの《お母さん》を身近に感じながらここまで成長してきたわけだ。

白状すれば、冬子に言われるまで僕は、やはり彼女に対して無意識に同情めいた気持ちを抱いていたような気がする。ひと組の生と死が混じり合った瞬間の悲劇が、冬子の両肩にいまも負ぶさっているという幻覚を見ていたような気がする。八年に及ぶ付き合いがありながら、僕は冬子のことを何もわかっていなかったのだ。

だから、もっとちゃんと知りたいと思った。

「詳しく聞いてもいいかな。冬子の家族のこと」

僕が乞《こ》うと、冬子ははにかむような、でもちょっとだけうれしそうにも見える笑みを浮かべた。そして、抑えた声で語り始めた。

「母親の勝子のことを、姉たちはちゃんと憶えてるみたい。勝子が亡くなったとき、一番上の由梨絵姉ちゃんはもう八歳だったわけだから、それはそうだよね。母は生来体が少し弱くて、だけどわたしはもう三人目だったから、誰も心配してなかったって——ところが、わたしを産むと同時に勝子はこの世を去ってしまった。幼い三姉妹を抱えて、お父さんは途方に暮れた」

暮れないはずがない。自身も悲嘆に打ちひしがれながら、生後間もない赤子を含む三人の娘の面倒を見なければならず、しかも生活費を稼ぐために仕事だって辞めるわけにはいかないのだ。苦労は想像に余りある。

そんな父親を支えたのがいまの《お母さん》なのだ、と冬子は言う。

「お父さんとお母さんは元々高校の同級生で、卒業してからも交流が続いてたそうなの。お父さんのほうでは単に気の合う友達とみなしてたみたいなんだけど、お母さんはお父さんのことをずっと憎からず思ってたんだって。卒業から何年も経ってて、しかも相手は結婚して子供もいたっていうのにね」

どこかで聞いたような話だ……というのは、ここではいったん忘れることにした。

「お母さんは当時独身で、勝子とも面識があったから葬儀に参列した。そこで弱りきったお父さんを見て、自分が何とかしなきゃって思ったんだって。で、まるで押しかけ女房のような形でうちにやってきて、娘の世話はまかせてって言いきったみたいなの。すごい話でしょう。まるでドラマみたい」

冬子がその顔にたたえているのは苦笑の類《たぐい》である。なるほど、その話を聞いただけですんなり美談にカテゴライズしてしまえるほどには、僕の心も純粋ではないようだ。どうも、憧れの人が窮したところにうまく取り入ったような印象を受けてしまう——だが、冬子のお母さんはそんな打算的なことを考える人ではなかった。

「もちろんお母さんにも仕事があったし、いきなり同居したわけじゃなかった。ただ、姉たちも幼いなりにお父さんを困らせてはいけないことを感じ取っていたから、お母さんにはすぐ懐いたみたい。わたしが物心ついたころには、お母さんもうちに住んでいたんだけど、当時はまだお父さんとは籍を入れてなかったんだって。というのも、お母さんのほうが、亡くなった勝子に申し訳ないからとずっと拒んでたみたいなの」

「申し訳ないから？」

「お母さん、若いときに病院で、子供を産むのが難しい体だと言われたことがあったみたいでね。そんな自分が子育てを経験できたこと、そしてかねてから好意を抱いていたお父さんと生活をともにできたことを思うと、亡くなった勝子に成り代わって自分が幸せを享受したような後ろめたさを覚えずにいられなかったんだって。馬鹿みたい、お母さんだってそれに見合うくらい、たくさん苦労したに決まってるのにね」

馬鹿みたい、と冬子が切って捨てたことに僕は、母子の絆《きずな》の深さをしみじみ感じた。他人行儀ならばそんな言葉が出てくることはなかっただろう。ごく普通に母親として接し、人並みに迷惑をかけた自覚があるからこそ、いまのような台詞がさらりと口を衝いて出るのだ。

「最終的に、二人の結婚を望む娘たちの説得に折れて、お母さんが入籍を受け入れたのが、わたしが五歳のとき。以来、わたしたちは時にケンカしたりしながらも、家族として五人でうまくやってきた。——ね、わかったでしょう。わたし、かわいそうなことなんて何もないんだ。なのにこの話をするとき、聞き手は往々にしてわたしに同情するような言葉をかけたがるの。そしてわたしに、涙ながらに語ることを求めている。するとわたし、そうしない自分は薄情なのかな、なんてことを感じずにいられなくなるの」

だから、この話はあんまりしたくなくて。最後にそう言い添え、冬子はうつむいた。

「ごめんな。無理やり話させてしまったみたいで」

僕が頭を下げると、冬子はうぅん、と首を横に振った。

「いいの。よく考えたら、夏樹がわたしに対して、かわいそうなんてこと思うわけなかったんだよね」

それは買い被《かぶ》りだ。彼女もまた、八年の付き合いでも僕という人間をよくわかっていないらしい。何と応じたものか迷っているうちに、冬子は会話に区切りをつけるようにひときわ高い声を発した。

「はぁー、ここでも家族の話かぁ。いままで恵まれてきたぶん、これからはわたしがしっかりすることで、恩返ししなきゃと思ってるんだけどなぁ」

恩返し、か。僕もまた家庭に取り立てて不和はなく、その意味では幸せに生きてきたと思っている。が、水や空気と同じように身の回りにあったものに対して、ありがたみを感じる機会は決して多くなかった。自分はいま、家族に恩返しができているのだろうか。

「冬子の考える、恩返しって何だ」

興味本位で、僕は訊ねてみた。冬子はあごに手を添えて、

「結婚、とか？」

その答えに、拍子抜けしなかったと言えば嘘になる。僕も結婚しさえすれば、恩返ししたことになるのだろうか？

むろん冬子も、自身の考えというより一般論めいたものを口にしたに過ぎなかったらしく、さらに続けて言った。

「親にしてみれば、娘が結婚しないよりはしたほうが安心できるのかな、とも思うけどさ。そういった何かをするしないの選択も含めて、一番の恩返しは、わたしが悔いのない人生を送ることじゃないかな」

話が抽象的になり、僕は思わず口ごもってしまった。冬子は気負う様子もなく、ごく自然な調子で語る。

「だってさ、お金でもしつけでも教育でも愛情でも、家族に対して必要だと思えばたいていのものは与えたはず……多いか少ないか、じゅうぶんかじゅうぶんでないかはともかく、与えようとはしてきたはずでしょう。そんな中で唯一、絶対に与えられないものが、主観的な幸せだと思うの。そして本人がその幸せを得られなければ、まわりがどんなにほかのものを与えてきたとしても意味がない──いや、本当は意味あるんだよ。でも、少なくとも与えた側はそう感じてしまうんじゃないかな」

たとえば家族の身に何かしらの悲劇が起きたとき、人はどんなに詮《せん》ないこととわかっていても、どうにかして防ぐことができなかったのかと、もっとほかにできることがあったのではないかと、自分を責めてしまうかもしれない──家族でなくてもそうだろうが、ともに過ごした時間が長いほど、人生に関わり合っているという思いが強いほど、根本的な事象にさかのぼってまで原因が自分にあることを確かめようとしてしまうのではないか。悲劇に至るまでの人生だって確かに存在していて、そこには幸せな時間が満ちていたとしても、悲劇を迎えた瞬間に、与えたものすべてが間違っていたかのように錯覚してしまうこともあるのではないか。

だからこそ主観的な幸せをつかんで、与えてもらったものが正しかったと証明するこ

「悔いのない人生……」

とが、家族への恩返しになる。そう、冬子は主張しているのだ。

僕は呆気《あっけ》に取られていた。家族というものについて冬子が、ここまで深い考えを持っているとは思いもよらなかった。家族といものについて逆説的かもしれないが、冬子が、それはやはり彼女が母親を亡くしていることと無関係ではないように感じられた。実の母親の記憶がない以上、直接には影響を受けようがなかったかもしれないが、両親や二人の姉を通じて、あるいは同情したがる周囲の人間の反応や、自分とは反対に血のつながりがあっても家庭で苦労した人の話などを受けて、そのようなことに考えをめぐらすようになったのではないか。

それとも考えてこなかった僕のほうこそ、家族に恩義を感じもせずにのんべんだらりと生きすぎたのか。それこそ恩返しすべき時期に差しかかっているのに、真摯《しんし》に人生と向き合おうともしないままでは、恩返しも何もあったものではない。

自分がひどく劣った生き物であるかのように思えて仕方なく、僕は会話の矛先がこちらに向くことを慌てて防いだ。

「つまり、冬子にとっては悔いなく生きることが、主観的な幸せにつながるというわけか」

「ま、そんなところかな……でも、難しいね」

彼女が洩らした吐息には、あきらめの色が感じ取れた。

「わたしね、十代のころお父さんに、翻訳家になりたいって相談したことあるんだ。お父さん、とってもうれしそうに話を聞いてくれてね。まぁそうなるよね、娘が父親の仕事に憧れを抱いているってことなんだから」

冬子の夢はたぶん、その日から冬子だけでなく、父の夢にもなったのだ。

「わたしがこのまま夢をあきらめたとしても、お父さんはわたしを責めないよ。でも間違いなく、わたしが後悔するんだよね。お父さんの期待を裏切ってしまったこと、ずっと引きずり続けると思うんだ。わかってるんだけどね……」

わかっていても、体が動かないことはあるだろう。目標は時に、重荷のように体を縛る。

ひとつの夢をあきらめたとき、そこに新たな地平が広がるものだとは思う。掲げた目標の重みは誰よりも本人がよく知っていてしかるべきだから、高く持ち上げるよう鼓舞することも、逆に下ろさせることも僕にはできない。そんな権利は誰にもあるまい。

ただし、相手がかけてほしいと望んでいる言葉がある場合は別だ。そして観察者たる僕は、冬子が僕に何を期待しているのか、うっすらとではあるものの察しがついていた。

「だったらさ、もう一度、小さなことから始めてみたらどうかな。想像するだけでぐったりするような大変なことじゃなくて、いまの日常にプラスしても負担にならないことからさ」

僕は自分の感覚を信じ、彼女を励ました。僕の言葉それ自体が負担にならぬよう、慎重に提案してみたのだ。

思ったとおり、冬子はうんうんとうなずいてくれた。

「小さなことね。何があるかなぁ」

「そうだな、翻訳だから……英文学を原書で読む、とか？」

「いいね！　せっかくならおもしろいのがいいな」

「じゃあ、《ロミオとジュリエット》なんてどうだろう」

むろん僕の頭の中には、七年前の冬子の誕生日に、聖奈が贈ったプレゼントのことがあった。

「シェイクスピアかぁ。ちょっと難しそうだけど、勉強になるかも。内容は頭に入ってるしね」

「ついでに恋愛も勉強したらどう？　また、ろくでもない男に引っかかったりしないためにもさ」

「はぁー、夏樹ひどいなー！　だいいち、ロミオとジュリエットに恋愛なんて学んだら、それこそろくでもないことにしかならないよ」

「それもそうか。ははは」

ひとしきり、僕らは笑い合った。その勢いが、まるで点火した手持ち花火が燃え尽きるように鎮まったとき、残る煙のにおいにも似た笑声の隙を突いて、冬子がぽつりとつぶやいた。

「——ごめんね、夏樹」

はっとした。理屈ではなく、直感で伝わった。

彼女はいままさに、あきらめようとしているのだ。翻訳家になりたいという目標を、携え続けることに疲れてしまったのだ。だから僕の励ましも、不自然なほどに明るく受け止めることができた。

僕はうろたえた。先ほどの僕の観察は誤りだったのか？　本当は、冬子は励ましてほしくなどなかったのだろうか——。

いや、違う。僕の臆病《おくびょう》な励ましが、彼女の疲れた心に響かなかったのだ。どの程度自覚的であったかはわからないが、彼女は心を震わせてくれるよう僕にすがって、けれども僕はそんな彼女の期待に応《こた》えられなかったのだ。

悔やんでも遅い。いまとなっては、僕が何を言っても彼女の心を素通りするだけだろう。それを理解したとき、僕は自分がひどく劣った生き物であることをようやく受け入れられた気がした。

「あのさ、冬子」

間もなく終わる通話の最後に僕は、先ほどは恐れた会話の矛先へ、みずから飛び出してみる。そして、冬子の双眸《そうぼう》を——モニターではなくウェブカメラのレンズを、じっと見つめた。

「僕も、真剣に考えてみるよ。悔いのない生き方ってやつを」

それは、ひとつの決心が芽生えた瞬間だった。

6

またたく間にひと月が過ぎ、八月も最後の土曜日を迎えていた。気温こそいまだ昼夜を問わず高いが、世間には去りゆく夏に手を振り、来たる秋を歓迎するムードが満ちつつある。

大半の人にとって夏は風前の灯火《ともしび》だろう。だが、中にはまだ始まった実感さえ湧かない人もいるかもしれない。そんなことを思いながら、耳に当てた携帯電話の呼び出し音を聞いていると、十秒ほどでそれは途切れた。

「――もしもし、夏樹？」

冬子の声が聞こえ、まずはほっとした。

「夜分にごめん。いま、家かな」

「うん、ちょうど帰ってきたとこ……夏樹、外にいるの？」

僕の脇を通り過ぎていく自動車の走行音が聞こえたからだろう。冬子の問いに、僕は短く答えた。「あぁ」

僕はいま、アパートや商店にはさまれた路地を歩いている。あたりはすでに暗く、時刻は夜の九時過ぎだ。

十字路の手前で立ち止まると、ふいに足元を猫が通り過ぎていった。ふと、高校生のころに似たような薄暗い路地を冬子と二人で歩いていて、同じように猫がよぎったことがあったのを思い出した。そのとき彼女は、猫が嫌いだと言って怖がったのだ。好きでも嫌いでもないただの人でいるよりは、嫌われる猫のほうがまだマシだ、と思ったことを憶えている。

「めずらしいね。どうしたの、急に」

冬子の言う《めずらしい》とは、僕がかけたのが電話であることを指している。最近では通話の際には必ずエピクスを利用していたからだ。初め、音声はぷつぷつと途切れがちだったが、しだいに安定してきた。おそらく、冬子は電波の入りがいいという玄関まで移動してくれたのだろう。

「近所の花火大会、今日だって言ってたよな。少しは見られたかい」

目的地に到着する。作業に取りかかりつつ訊ねると、冬子はとても残念そうに答える。

「うぅん、やっぱりだめだった。花火、とうとう今年は見られずじまいだったな」

始まった気すらしないまま夏が終わっていくよ、と愚痴をこぼす冬子に僕は、肩とあごで携帯電話をはさんで告げた。

「そんな冬子に、ずいぶん遅くなったけど約束の誕生日プレゼント。そろそろお目にかけられそうだ」

「えっ、そろそろって……」

「部屋の窓を見てごらん」

すぐに、電波の向こうで冬子が動く気配を感じた。携帯電話の音声が、再び不安定になる。その通じた瞬間をくぐり抜けて、何これ、と冬子が叫ぶのが聞こえた。

僕はその場から立ち去りながら、電話口にそっとささやいた。

「――夏だよ」

彼女の双眸には、窓一面を覆う大輪の花火が映っているはずだ――画用紙を色鉛筆と黒のクレヨンで塗り潰し、夜空を引っかいて浮かび上がった、打ち上げ花火の絵が。

冬子の自宅の住所は、バースデーカードの送り先として教えられていた。またウェブカメラの映像を通して、一階にあるという部屋の窓からのながめを知っていたのでこの計画を思いついた。八月の最後の土曜日、会社の行事で帰りが九時ごろになるという話も聞いている。

僕はまず、冬子が帰宅するころを見計らって電話をかけた。電波の入りが悪いので、彼女は玄関まで移動して上がり口に腰を下ろしてくれるはずだ。窓には背中を向ける恰好になる。そうしておいて僕は冬子の部屋の窓に忍び寄り、事前に用意しておいた、花火を描いた画用紙を貼りつける。あとは冬子に直接、窓を見るよう指示すれば完了だ。

あらかじめ貼っておくという手段を取らなかったのは、帰宅した冬子が真っ先にそれを見つけてしまうと、不審に思うに違いないからである。どうしても、彼女に口頭で伝えるという方法を取りたかった。

「ありがとう……夏樹」

電話越しに聞こえた彼女の声は澄んでいた。子供だましとも受け取られかねないプレゼントを、本気で喜んでくれていることはわかった。

けれども僕はそこに、誕生日のお祝いのほかにもある思いを込めていた。ひと月前、応えられなかった彼女の期待に、震わせられなかった彼女の心に、もう一度挑んだつもりだったのだ。

その思いが彼女に届いたのかどうかは、次の一言によって明らかとなった。

「読んでみようかな――ロミオとジュリエットの原書」

冬子にとってあの花火の絵は、幼少期に家族と過ごした思い出の象徴であるはずだ。ならば同じものをいま見せることで、小さいころに夢見た理想の大人を冬子に思い出させ、そこに近づきたいという気持ちを甦らせることができるのでは、と考えたのだ。酷な仕打ちになるかもしれないと思った。ただの独りよがりではないかとも。それでも僕は、どんなにささやかでもかまわないから彼女を応援したかった。願わずにいられなかったのだ――彼女がどうか、悔いなく生きられますように、と。

音声は相変わらず、通じたり途切れたりを繰り返していた。冬子が突如、我に返ったみたいに電話口で慌てた声を発し始める。

「ていうか夏樹、近くにいるんだよね。せっかくだから会おうよ」

「いや……僕はもう、冬子の近くにはいないよ」

「そんなわけないじゃん、ついさっき窓に絵を貼ってくれたばかりなんだから。ねぇ、いまどこにいるの。せめて顔だけでも――」

　そこで、電話はついに切れてしまった。

　これでよかったのだ、と僕はうなずく。そのまま歩みを進めていると、ほどなく携帯電話に着信があった。冬子かと思いきや、画面には亜季の名が表示されている。

　立ち止まることなく、受話ボタンを押した。直後、責め立てるような声が耳に飛び込んだ。

「遅いじゃない。いつになったら戻ってくるの？」

「ごめん。仕事の電話が長引いちゃってさ。緊急の用事だったんだ、こんな日のこんな時間にかけてくるほどにね」

　嘘の釈明をすると、電話越しにため息が聞こえる。

「それなら仕方ないけどさ。両家の顔合わせの場なんだから、あんまり長く席を外さないでよね」

　僕がいま、冬子の住む大阪にいるのは、亜季が話していた両家の顔合わせの日程を本日に設定したからである。相手方が奈良、こちらが福岡なので、交通の便を考えて大阪に集まる運びとなったのだ。

　顔合わせの会場及び僕ら家族の宿泊先は、冬子の自宅の窓から見えていた、あのエンパイアホテル。当日ホテルから花火が見られることが決め手となったわけだが、聖奈がキャンセル待ちなどを駆使してじゅうぶんな空室を見つけてくれたのは幸いだった。もちろんすべて、冬子へ誕生日プレゼントを贈るための演出を考えた僕が、それと悟られぬよう注意しつつ仕組んだことである。

「悪いね。急いで戻るから」

僕は電話を切り、すぐそこに見えているホテルへ早足で向かう。会場を離れるとき、顔合わせの食事はまだ途中であった。いまは出席者もお腹を満たして、昔話などの雑談に興じていることだろう。そうして結ばれる運命にある二人を、誰もが和やかに祝福している。

――おぉロミオ、あなたはどうしてロミオなの。

シェイクスピアの手になる一節が、思いがけずここでも脳裡《のうり》をよぎった。

ジュリエットが夜の闇に向かって投げかけたあの台詞は、ロミオが敵対するモンタギュー家の人間でなければ自分と結ばれることができたのに、と嘆く哀切を表している。ロミオがロミオでなかったら、ほかの家のほかの男であったなら。ジュリエットはそう訴え、悲恋にのたうつ心情を吐露したのだ。

僕という人間はどうだろう。もし僕が僕でなかったら。これだけ打ち解けて、気を許されて、それでも振り向いてもらえない夏樹という人間ではなく、ほかの男として生まれていたら。そのときこそ一番好きな人に、恋をしてもらうことは叶《かな》っただろうか――。

気づけば僕は足を止め、路傍でひとりうなだれていた。くだらない感傷に浸る自分に、腹を立ててすらいた。ちょっと冬子の心を震わすことができたからって、いい気になるのも大概にしろ。だいいち、今年に入ってからは何度も揺れ動いてきたけれど本当は、冬子とは友達でいようと決めたはずだったじゃないか——はるか以前、まだ高校生のころに。

再び歩き始めてからは、一分とかからずホテルに到着した。目がくらむほど豪華なエントランスをくぐると、ロビーに亜季がいた。ちょうど僕を連れ戻しに来たところらしく、怪訝そうな顔でこちらを見ている。僕が外から帰ってきたことに、疑問を抱いているのだろう。

「ごめんごめん。ロビーが静かすぎて、電話をするのにどうも落ち着かなくてさ」

僕は亜季のもとへ駆け寄り、笑いながら手刀を切った。そしてまだ何か問いたげな彼女の先に立ち、家族の待つ会食の席へと急いで戻る。両親や姉、妹が口々に長く席を外した僕を非難し、僕は先ほどと同じ嘘の釈明で何とかその場をしのいだ。

後ろめたさなどはない。悔いなく生きることが家族への恩返しになるのなら、僕は今日、まさしくそれを果たしてきたのだから。

冬子なら、きっとわかってくれるはず。

その日、どうして僕が冬子の暮らす大阪の街にいたのか——僕の口から、彼女に語られることはなかった。

第四話

秋

——夢の国にてきみは怯える

1

「どっちにしようかしら……」

ホームセンターの一角に、色も形もサイズもさまざまのゴミ箱が多数陳列されている。その前であごにこぶしを添えて、深く考え込む女性がいる。

土曜日とあり、店内は多くの客でにぎわっていた。行き交う人々の狭間《はざま》でじっとしている彼女はまるで、川の流れに耐えて立つ澪標《みおつくし》のようだ。そんな彼女の背に僕は、数歩離れたところから声をかけた。

「どっちでもいいよ——母さん」

振り返った母の顔は、少し怒っているようでもあった。

「デザインはこっちの、オレンジのゴミ箱がかわいいと思うのよ。でもこれ、うちの和式の居間に合うかしら。それよりはあっちの蓋《ふた》がついてるほうが、使い勝手もよさそうだし……」

「両方買えばいい。そんなに高いもんでもないし。ほら、洗面所のゴミ箱も古くなってたろ」

「あら、あれはまだ使えるわよ。居間のゴミ箱だって、ヒビが入ったりしなければわざわざ買い替えようなんて思わなかったわ」

きっぱり言い返され、僕は肩をすくめた。まいったな、と思う——今日は、僕の買い物にきたはずなのに。再び長考に入った母の背後で僕は、せめてもの手なぐさみにと携帯電話を取り出し、メールの作成を始めた。

大阪支社への異動を正式に言い渡されたのは、九月も半ばのことである。

入社二年目にあたる今年より、実は関西への異動願を提出していた。だめで元々という意識が強かったのだが、意外なことに会社の反応は早く、夏ごろには下期での異動が濃厚との情報が上司より伝えられていた。それから下期の業務が始まる十月一日に向けて、大阪市内に新居を決め、引っ越しは九月の最終週にあたる来週に迫っていた。

新居に必要なものはおおむね現地でそろえるつもりでいたのだが、そうは言っても衣類など実家から運び出さなくてはならないものも少なからずあるので、どのみち引っ越し業者に依頼するしかない。そのあたりの手配も一段落し、いよいよ福岡で過ごす最後の週末を迎えようかという、昨日の晩のことだった。

「どうせ業者さんに運んでもらうなら、いまのうちに要るものを買っておけばいいじゃない」

出し抜けに、母がそんなことを言い出したのだ。

なるほど大阪で買い物をする場合と異なり、実家にいるあいだは車が動かせる。かさばるものをあらかじめそろえておくだけでも、のちの負担を大きく減らせるに違いない。

というわけで僕は母の提案に乗り、休日を利用して母子二人で買い物に出かけた……のだが。

さまざまな商品を目にするたび、《あらそう言えばアレが要るんだったわ》と立ち止まって吟味する母を見るにつけ、しだいに僕は、買い物に付き合わされているのは僕のほうだったのか、と気づき始めていた。いま僕のそばにある大型のカートに入れられた商品は、大半が母の購入分である。そもそも内見で一度見たきりの新居に必要なものなど、住んでみなければわからないに決まっているのだ。

手なぐさみに始めたメールの作成も、大した時間稼ぎにはならなかった。宛先を冬子のメールアドレスに設定し、送信する。いまも大阪にいるはずの彼女に、異動を知らせておこうと考えたのだ。

携帯電話の画面から顔を上げると、ちょうど母が蓋のついたゴミ箱を抱え、カートへ戻ってくるところだった。ようやく決まったらしい。

「やっぱりこっちのほうが使いやすそうだよねぇ」

母はそう言って、ゴミ箱の蓋をぱかぱかと開閉してみせた。結局デザインではなく機能性を重視するところが、いかにも母らしい。僕は蓋の動きに合わせるようにうんうんとうなずく。

「いいんじゃないかな。僕もそっちにすべきだと思ってた」

「あら、でもあのオレンジのゴミ箱も捨てがたかったのよ」

「捨てがたかった？　ゴミ箱だけに？」

「何を馬鹿なこと言ってるの」

僕をたしなめながらも母は、オレンジのゴミ箱に視線を送っている。さんざん悩んで手に取らないと決めたはずのものなのに、いまだ強い未練を覚えているらしい――。

その横顔をながめていたら、僕はある感慨に襲われた。

二十四という歳で僕はとうとう、親元を離れ巣立っていくことになった。年末年始や盆の休みには実家に帰ることもあるだろうが、おそらく両親と一緒に暮らすことはもう当分ない。一応僕は長男であるし、いずれは同居も考えられるけれども、それは順当にいけば両親が介護を必要とするとか、せめて定年を迎えるとか、そのくらい先の話であるはずだ。

大学生のときに一度実家を出ているので、今回またそうすることに特別な意識を抱いていなかった。いまのいままで、特別だということにすら思い至っていなかった。こうして母とささやかな買い物をすることだって、この先何度あるかもわからないのだ。

さして高くもないゴミ箱ひとつ買うにも、母は真剣に悩むような人だった。神経質だがそれだけこまやかで、堅実だが選ばなかったほうにもつい未練を抱いてしまう、そんな母に育てられて僕はこの歳になり、いまの自分へと成長した。そして、同じぶんだけ経た歳月を目尻《めじり》や口元の皺《しわ》に刻んだ母が今日選んだゴミ箱を、僕が使うことはほとんどない。

あまりにも、何気ない日常の一場面である。だが不思議と僕は、今日のこの光景をずっと忘れないだろうな、と思った。

レジには短い列ができていた。母はまとめて払おうかと言ってくれたが、僕は遠慮してカートから自分のものを取り出し、先に会計を済ませた。次いで母の購入する品物がレジに通されるのをながめていると、ポケットに入れていた携帯電話が振動した。

「——やっほー夏樹！」

耳に当てるなり、冬子の明るい声が聞こえた。

「メール、ありがとね。入れ違いだなぁと思って、つい電話しちゃった」

「入れ違い？」

冬子は喜びと失意を同居させた絶妙な声音で、うん、と答えた。

「わたしもこの秋で、福岡へ異動になったんだ」

「……へぇ、そうなんだ」

とっさのことで返事が一瞬遅れた。どういう声音で応じるべきかを調整するだけの余裕が、こちらにはなかったのだ。往来する客のざわめきも、そのときだけふっと途切れたような気がした。

「よかったじゃないか。福岡に配属されるのを希望してたんだろ？　でも、それにしても早かったな」

「勤め始めてたったの半年だもんね。たまたま福岡の支社にひとつ空きが出て、わたしに白羽の矢が立ったみたい。よかったよ、地元に帰りたいって上司にアピールしておいて」

「にしてもすごいタイミングだな。まさか、入れ違いになるとは」

「ほんと。それはすごく残念」

さほど残念とも思っていない調子で、冬子は言う。いや、おそらく残念だというのは本心だ。それ以上に、地元に帰れるのがうれしくて仕方がないのである。

「で、夏樹はいつこっちに来るの」

「引っ越しは来週だな。いまは準備で大わらわってところ」

「あ、それじゃ一日くらいならこっちで会えるかも。わたしは再来週、福岡に移る予定で、その前に少し休みをもらってるから」

当然のように会うことを考えてくれる冬子の気持ちはうれしかった。どうしようかと迷っていると、母が支払いを終えてこちらに近づいてくるのが視界に入った。その後方では相変わらずレジに行列ができ、先ほどより伸びたようにも感じられる。

ふと、あるアイデアが脳を撃った。

「なら、付き合ってほしい場所があるんだ。大阪からはちょっと出るけど、そんなに遠くはないから」

「いいよ。どこ？」

こちらの携帯電話を指差して、口の動きで《お友達？》と訊《たず》ねる母の後ろにいまも見えている、行列からの連想である。母にうなずきを返しながら僕は、電話の向こうにいる冬子に告げた。

「——遊園地だよ」

2

脈絡なき発想ではない。遊園地を思い浮かべたのには、ちゃんとした理由があるのだ。

高校二年の冬、修学旅行で北海道を訪れた。三泊四日の日程のうち大半がスキー研修に費やされ、山奥の高層ホテルを貸切にして一学年四百余名が滞在した。

スキー研修については特筆すべきこともない。僕を含む多くの生徒が初体験で、転びに転んで体じゅうにあざを作ったという程度だ。

ただホテルの雰囲気には、忘れがたいものがあった。内装の褪《あ》せた色遣いはレトロでどこか懐かしく、また廊下はいかにもメルヘンの世界に登場しそうな街路を再現したレンガ造りの壁面、売店は屋内にありながら独立した小屋になっているなど、言うなれば異国の古い遊園地にでもまぎれ込んだのかと錯覚させるほどの情緒を醸し出していたのだ。実際に、遊園地さながらの仕掛けは随所にあり、たとえば廊下を歩いていると突然、バンジョーなどの楽器を構えた人型ネズミのカントリーバンドに出くわし——むろん人形ではあるが——しかもそれらが自動演奏を始めて驚かされる、といった具合であった。

中でもひときわ圧巻だったのは、ホテル一階の吹き抜けになった一角に設けられた、屋内メリーゴーランドの存在である。

デパートの屋上やなんかで見かけるような子供騙《だま》しのものとは異なり、白馬や馬車といった座席を多数備え、細かい電球などの豪華な装飾や、赤と白と金を基調とした鮮やかな彩色を施されたそれは、屋外遊園地のメリーゴーランドと比べても遜色《そんしょく》がない。いや、さすがに外周は二回りほど小さいかもしれない。が、代わりになんと二階席まであるのだ。乗車するのにお金はかからず、ボタンを押せば何度でも回ってくれるとあって、修学旅行のあいだは夜ごと与えられる自由時間を迎えるたびに、たくさんの生徒がメリーゴーランドのまわりに集まってはしゃいでいた。

日程は滞りなく過ぎ、最後の晩のことである。二階のホールで夕食と連続して大々的な集会が催され、そのあとで生徒たちは消灯まで一時間の自由行動を許された。氷点下の屋外に出て雪合戦をおっ始める者、これを限りとばかりにお土産を買いに走る者、見せびらかすように恋人と手をつないで歩き回る者など、生徒たちは思い思いに残された時間を楽しんでいる。

僕はというと、ひとりホテル一階の最奥部にあるレストランへ向かっていた。現在はホテルが貸切のため営業していないが、入り口には立て札があるだけなので入ろうと思えばそうすることができ、そこなら誰も来ず静かであることを知っていたのだ。

レストランに行くには、必ずメリーゴーランドの前を通らなければならない。一階の廊下を過ぎて吹き抜けに差しかかったとき、僕はメリーゴーランドの裏手に人だかりができているのを見つけた。戯れの気配はなく、何か騒動が起きたらしいことを直感する。

何気なく近づいてみてどきりとした。人だかりの中心にいたのが、冬子だったからだ。

冬子は制服のスカートからのぞく脚を右手で押さえて床にへたり込み、そばには割れたガラスの破片が散乱していた。ほかの生徒はみな学校指定のジャージを着ていたこともあり、その姿は一面の雪景色にぽとりと落とされた一粒のトマトのように、二重にも三重にも異様に見えた。

「おい、何があったんだ」

人の壁をかきわけて冬子のそばに屈《かが》むと、本人ではなく彼女の肩を抱いていたクラスメイトの、紗知《さち》という名の女子が答えた。

「冬子ちゃんの頭上からいきなり、グラスが落ちてきて……直撃はしなかったんだけど、破片ですねを切ったみたい」

目を凝らすと冬子の右手の指の隙間に、うっすら血がにじんでいた。トマトだと思ったのはこの色を、視覚が無意識のうちにとらえていたからかもしれない。

僕は立ち上がり、上方を仰ぎ見た。吹き抜けは四階まで続いており、こちら側に面した各階の廊下の手すりが見える。冬子はその真下にいて、グラスの襲撃を受けたようだ。誤ってもグラスを落とすような場所ではない。単なる事故とは思えない。

「先生とか、呼んでこようか？」

近くで心配そうに見守っていた女子生徒が申し出た。が、冬子は首を横に振る。

「いいよ、大した傷じゃないから」

「でも……」

「あんまりおおごとにしたくないの」

冬子の気持ちはわからないでもなかった。事故でなければ、誰かがやったことになる。これが不特定の人間を対象にした愉快犯の仕業なら――より砕けた言い方をすれば、タチの悪いいたずらなら冬子はただ不運なだけの被害者だ。しかし万が一、最初から冬子だけを狙っておこなわれたことならば、そこには何かしらの動機が存在するはずである。その心当たりが冬子にあるかは知らないが、もし先生たちが出てきていま以上に大きな騒ぎになれば、動機についてあれこれ勘繰られたり、痛くもない腹を探られたり、真偽を問わず噂《うわさ》を立てられたりしかねない。現時点でもすでに、居合わせた少なからぬ生徒の好奇の目にさらされてしまっているというのに、である。

「冬子ちゃん、立てる？　いったん部屋に戻ろう」

紗知が冬子を立たせ、示し合わせたように人だかりが左右に分かれて道を作った。しかし冬子はケガをした右足を引きずるようにしていて、見るからにつらそうである。

「冬子、おぶってやろうか」

たまりかねて僕は申し出たが、

「大丈夫。ありがとう」

冬子はきっぱりと断る。その目は直前まで虚《うつ》ろだったのに、僕を見つめ返したときには力が込められていた。

「そうか……だけど、心配だな」

「破片がかすっただけだから、痛みはあるけど傷は深くないよ。そんなことより、夏樹にはお願いがあるの」

「お願い？」

冬子はこっくりとうなずく。そして、《わかるでしょう》と言わんばかりの態度になって告げた。

「キセツ、しといてね」

その瞬間、僕は冬子の眼差《まなざ》しに込められた力の意味を悟る。

——奇妙な出来事に、説明をつける。入学からの二年間、キセツと称して冬子とさまざまな謎を解いてきたのも、あるいはこんな状況に立ち向かうためではなかったか。

犯人を探し出してほしい。そんな冬子の願いに、僕は自身の責任の重みを載せた長いまばたきとともに応じた。

「まかせとけ」

冬子が去ったのと入れ違いに、ホテルのスタッフがやってきて割れたグラスを掃除してくれた。しかしメリーゴーランドで遊んでいた生徒たちもさすがに白けてしまったようで、散り散りになろうとする。そのうちの五人ほどを、僕は慌てて呼び止めた。

「犯人らしき人物を見なかったか」

立ち話で申し訳ないこともあり、まずは単刀直入に訊《き》いてみる。冬子はメリーゴーランドの裏手でグラスの襲撃を受けており、上方には四階までの廊下が見えていた。犯人はそこからグラスを落としたに違いないから、メリーゴーランドの周辺にいた人間に目撃されていてもおかしくない。

ところが聴取に応じてくれた生徒たちは、一様に目を見合わせるばかりであった。背の高い男子生徒が、代表して答える。

「オレら、メリーゴーランドに乗ってたからさ。見てのとおり、あのメリーゴーランドには屋根があるから、頭上はまったく見えないんだよな」

確かにメリーゴーランドには、赤と白のストライプに塗り分けられたテント状の屋根があった。いまは騒ぎのあとで来た生徒たちが乗り込み、のんきにくるくる回っている。

土台より上がいっせいに回転する構造のようで、馬と同じ速度で屋根も回っていた。

「ここにいる全員がメリーゴーランドに乗っていたわけじゃないだろ。まわりで見てた人はいなかったのか」

重ねて問うと、今度は二人組で残ってくれた女子生徒のうちのひとりが答えた。

「わたしたちはメリーゴーランドの手前にいたよ。冬子ちゃんと、メリーゴーランドをはさんでちょうど反対側のあたり」

「おぉ、それで？」

「四階の廊下には誰もいなかったと思う。三階より下は、やっぱり屋根で見えなかったよ」

彼女の証言をもとに、僕はメリーゴーランドの手前に立ってみる。見る者の身長にもよるだろうが、それでも三階と二階の廊下は見えそうになかった。

そもそも僕は初めに冬子のいたメリーゴーランドの裏手から頭上を仰いだので、てっきり上階の廊下は吹き抜け全体から見えていたものと思い込んでしまった。が、実際には裏手からしか見えなかったのであり、しかも冬子以外に被害がなかったことからもわかるように、裏手は何か目的でもない限りわざわざ近寄るような場所ではないのだ。メリーゴーランドの前を通過するときですら陰になって見えず、乗ってようやく回転の途中で視界に入る位置である。

目撃者がいるかもしれないという当てが外れたのは残念だったが、落胆している暇はない。このあとの調査で四階を省けるだけでも収穫があったと考えるべきだろう。続けて僕は、新たに湧いた疑問を口にする。

「そもそも冬子はどうしてあんなところにいたんだろう。彼女が何をしていたか、知ってる人はいる？」

「本人から直接聞いたわけじゃないけど……」

おずおずと発言したのは、眼鏡をかけた男子生徒だ。

「ぼくがメリーゴーランドに乗っているあいだ、チラチラ見えてたから気になってて。

ほら、彼女、制服だったから目立ってたし」

じろじろ見ていた、などと思われることを懸念しているらしい男子生徒の言い訳じみた説明を受け流し、先をうながす。

「見たところ、何をしているようだった？」

「誰かを待っているみたいだったよ。あたりをきょろきょろ見回してたから」

「……待ち合わせ、か」

まぁ、指定しやすい場所ではあるかもしれない。それにしても間の悪い、などと思いつつ、さらに突っ込んで訊ねる。

「どのくらい、冬子はメリーゴーランドの裏手に立ってたんだ」

「あたしたち、自由時間になってすぐここへ来たんだけどさ」これは女子二人組の、もうひとりのほうである。「冬子もほとんど同時だったよ。それからグラスが落ちてくるまで、ずっとあそこにいたと思う。移動してたら、あたしにも姿が見えたはずだもん」

女子二人組と冬子はメリーゴーランドをはさんで反対側にいたので、陰になって見えなかったということだ。つまり冬子はメリーゴーランドの裏手に立ったきり、ほとんど位置を変えなかったことになる。よほど厳密に、待ち合わせの場所が指定されていたのだろうか。だとしたら、その相手というのが気になるが……。

最後にするつもりで、僕は次の質問をした。

「どうして冬子がこんな目に遭ったのか……つまり、冬子に恨みを持っていそうなやつだとか、こんなことをしそうなやつに心当たりがあれば、教えてほしい」

「そりゃオマエ、決まってんだろ、なぁ」

と、うちの学校の中では不良寄りの男子生徒が、にやにやしながら言った。見るとほかの生徒たちも意味ありげに目配せを交わしている。

「決まってる、というのは？」

「晴彦《はるひこ》だよ。あいつの仕業としか考えられないだろうが」

名前を聞いて、僕は彼の言わんとしていることを察した。

晴彦というのは、冬子が先月まで交際していた男子生徒のことである。僕や冬子とは違うクラスで、本校の部活動の中でも特に人気の高い野球部に所属し、しかもなかなかの男前ときている——したがって、モテる。

冬子はそれほど目立つ生徒でもなかったと思うが、晴彦のほうはよく知られていたので、彼らが別れたことはすぐさま学年じゅうの噂になったと聞いている。さっきの生徒たちの目配せが、その事実を裏づけていた。

「冬子が彼を振ったから、と言いたいのか？」

冬子を擁護したいあまり、僕はつい、ケンカを買うような口調になってしまう。

「当たり前だ。誰だって、振られたらムカつくだろ」

「だけどそれ、逆恨みじゃないか——冬子が別れを告げたのは、晴彦くんの浮気が原因なのに」

晴彦が男性的な魅力を備えていることは認めざるを得ないが、その人格まで魅力的とは言いがたかった。彼は先月、休日にほかの女子と手をつないで街を歩いていたところを、冬子の友人に目撃されてしまったのである。

冬子はこのころからろくでもない男に引っかかっていたのか、という点はさておき、晴彦の浮気が発覚したときに僕は冬子から相談を受けたので、そのあたりの詳しい事情は本人から逐一聞いていた。晴彦は別れを渋ったが、冬子は《浮気した側に断る権利なんてあるもんですか》と言い放ち、ぴしゃりとはねつけたそうである。

先の不良寄りの男子は、言い募る僕を見て鼻で笑った。

「オマエさ、あの一件で晴彦がどれだけ評判落としたか、知らないわけじゃねぇよな」

「それは、まぁ……当然の報いだと思うけど」

「たかが浮気じゃねぇか。それで振っちまうのはわかるけどよ、ペラペラ触れ回るのはどうかと思うんだよな」

絶句した。こいつは晴彦の肩を持つのか。そもそも浮気現場を目撃したのは冬子の友人であって、冬子がそのことについて触れ回ったかどうかはわからない。ただ僕自身、冬子の口から晴彦の浮気を打ち明けられたのも事実だった。

「だいいち、オマエらだってずいぶん仲よさそうにしてただろ。知ってんだぞ、休み時間にしょっちゅう二人でしゃべってんの」

「そ、そんな……僕らはただの友達だよ。浮気なんかしてないし、手をつないだこともない」

　返す刀で切りつけられ、僕はたじろぐ。たちまち頬が紅潮するのを感じた。

「どうせ機会がなかっただけだろうが。オマエだって彼女が手を差し出してきたら、たとえ彼氏がいたって喜んで握り返すんだろ？　そうして浮気に加担するんだろ？　じゃなきゃ誰が好き好んでこんな、犯人探しなんかするんだよ」

　ぐうの音も出ない。悔しいけれど、彼の言うとおりだった。

　僕を言いくるめたことに満足したのか、それまで嗜虐《しぎゃく》的な笑みを浮かべていた不良生徒は、ほんの少し表情を和らげた。

「別にオマエらの関係なんかどうだっていいよ。ただ、オマエらが頑《かたく》なに浮気してないと言い張ったとして、それで晴彦が納得すると思ったら大間違いだぜ。晴彦のやったことは傍《はた》から見れば完全なる逆恨みだけど、あいつにとっちゃ浮気はお互いさま、振られたうえに評判まで下げられて、さっきの復讐《ふくしゅう》でようやくトントンくらいに考えてるかもしれねぇってこった」

　無茶苦茶な理屈だが、いまの僕には反論する気力もなかった。というか、不良生徒は晴彦が犯人だと決めつけているものの、目下それを示す証拠など何ひとつない。動機があるという一点にのみ基づいて、疑いの対象となっているに過ぎないのである。

　協力してくれた生徒全員に頭を下げ、僕は彼らを解放した。その瞬間、唐突に頭に浮かんだある光景を、去りゆく彼らの背中に投げかけてみる。

「この吹き抜けのどこかから——たとえばメリーゴーランドの屋根越しに、グラスを投げ上げて冬子のそばに落としたということはないかな。犯人が野球部だとしたら、投げるのはお手のものだろうし。誰か、そういう動きをしていた人物を見ていないかい」

するとか不良生徒がきびすを返し、つかつかと戻ってきて僕を殴る真似をした。

「もういっぺん、協力するだけ無駄だったと思わせるようなことを言ってみろ。次は本気で殴るからな」


メリーゴーランドのもとを離れた僕は二階へ上がり、冬子のいた位置から見えていた廊下を目指した。冬子本人からも事情聴取すべきだと考えはしたものの、困ったことに僕は冬子の泊まっている部屋がどこにあるかを知らず、またあんな目に遭ったばかりで動機や犯人の心当たりについて問いただすのも酷であるように思われた。

到着してすぐに、一階から見上げるのと実際に行ってみるのではやはり得られる情報量が全然違うな、と思った。先ほどは気づかなかったが、その廊下は自由時間の直前まで続いた、夕食と集会の会場となったホールに面していたのだ。

粉々になった破片からではわからなかったが、あのグラスは夕食の際に使われたものだったのだろうか。ほかにもグラスは各客室にいくつかずつ備えられているが、仮に夕食の席で盗まれたものだとしたら、グラスがここから落とされた可能性は低くない。念のため僕は重たい扉を薄く開けてホールをのぞいてみたが、中は明かりこそ灯《とも》っているものの、がらんとして人の気配もなく、先刻までのにぎわいが蜃気楼であったかのようだった。

　廊下の手すりは縦格子型でじゅうぶんな隙間があり、その外側には奥行き五センチほどのスペースがあるだけなので、グラスを下に落とすのは何人にも容易だ。が、やはり事故でグラスが落ちるような場所ではない。夕食の最中というのならまだしも、食器類はその後の集会のあいだにホテルのスタッフによって片付けられていた。もちろんホールや廊下にグラスはただの一個も残っていない。

　手すりにもたれかかるようにして立つと、メリーゴーランドの屋根は水平方向に数メートル先、目線のわずか下という高さにあった。一階から見たときと印象はさほど変わらず、アサガオの花を伏せたような形に紅白のストライプ、そして周縁をロココ調とでも言うのか、きらびやかな金の装飾が囲っている。屋根の中央にあたる頂点には頑丈そうな金具があり、事故や災害への対策だろう、四階の天井から垂直に下ろされた太いワイヤーとつながれていた。冬子の身に起きたことなど知らないのであろう生徒たちによって、メリーゴーランドの屋根は間を置かず回転し続けているが、金具の構造上、屋根が回ってもワイヤーは回らないようである。

　それにしても、くるくる回る紅白のストライプをながめていると、こちらの目まで回ってしまいそうである。僕は視線を逸《そ》らしたくなり、何とはなしに天を仰いだ——と。

「お？」

手すりにもたれかかって上を向いた僕の視界に、三階の廊下から身を乗り出している男子生徒の姿が見えた。直後、こちらの存在に気づいた彼は、

「――やべっ」

そうつぶやいて、逃げ出したのである。

「待て！」

何が何だかわからないまま、気づけば僕は彼を追いかけていた。その顔に、見覚えがあったから――さらに言えば、《犯人は現場に戻る》との格言を思い出したからである。

日ごろ運動で慣らしている彼が本気で走れば逃げられたかもしれないが、廊下にはほかにも生徒がいたことだし、追われる者よりは追う者のほうが有利には違いない。僕は階段を一気に駆け上がり、吹き抜けに面した四階の廊下で彼を捕まえることができた。

「お、おれ、何もしてねぇよ」

肩で息をしている彼こそが、晴彦――冬子の元交際相手である。

「な、ならどうして、逃げたりしたんだ」

むろん、こちらも息切れしている。ちなみに僕は、いままで彼と直接話をしたことはほとんどない。

彼は自分の腕をつかむ僕の手をやや乱暴に振りほどくと、形のいい坊主頭をがりがりとかいた。

「冬子に大変なことが起きて、オマエが犯人探しをしてるらしいって聞いたからだよ。

さっき、あいつが教えてくれて——」

晴彦は、例の不良男子の名前を挙げた。

「気になって現場を見下ろしてみたら、オマエがいたから。オマエがおれを疑ってるってのも、ちゃんと聞いてるんだぞ。それで、やべぇなって」

「ちょっと待てよ。まったく疑っていないと言えば嘘になるけど、むしろきみが怪しいと言い出したのは彼のほうで——」

僕もまた、例の不良男子の名前を挙げる。

「……そうなのか？」

晴彦は半信半疑といった様子である。誰が敵で誰が味方なのか、見極められなくなりつつあるようだ。

「疑われたくないんだったら協力してくれよ。二、三の質問に答えれば終わる。いまから……そうだな、だいたい二十分くらい前、どこにいた？」

僕が廊下に設置された柱時計を一瞥《いちべつ》して訊ねると、晴彦は眉根《まゆね》を寄せた。

「二十分前？　そのころはおれ、売店にいたよ。友達と一緒だったし、ほかにも生徒はいっぱいいたから、証人ならいくらでもいる。何ならお土産を買ったときのレシートだってあるぜ、そこに時間が記録されているはずだ」

晴彦はジャージのポケットに入れていた財布からレシートを取り出し、広げてみせた。

それによると彼は売店でお土産を六点購入していた。その時刻は、いまから約十五分前。

僕はグラスが落下した正確な時刻を知らなかったが、メリーゴーランドのそばを通りかかった時間から逆算しておよそ二十分前と見当をつけていたので、彼はその五分後には売店で六点ものお土産を購入したことになる。売店は一階の、メリーゴーランドからは少し離れた場所にある。よほど周到に用意しない限り、上階の廊下から冬子目がけてグラスを落とした五分後に、このレシートどおりの買い物をするのは難しいだろう。ほかの生徒を探して裏付けを取るまでもなさそうだ。

「だけど、それならさっき三階の廊下で何をしてたんだ」

僕のこの質問に、彼は色をなしたように見えた。

「だから言ったろ。気になって現場を見てたんだって」

「それはわかってるよ。一階までは下りずにあえて三階から見下ろした心情も、まぁ理解できなくはない。でも、それならちょっと下をのぞいてみればいい話だろ。二階にいた僕にも見えるほど、手すりから大きく身を乗り出す必要はなかったはずだ」

すると晴彦は「何だ、そのことか」とつぶやいて、手すりのそばに寄り僕を手招きした。

「ほら見ろよ。あの、メリーゴーランドの屋根の端っこんとこ」

そう言って彼が指差すので、僕は言われるがまま手すりから身を乗り出した。ついさっきまでひっきりなしに回っていたメリーゴーランドは、最終日のこの時間になってようやく飽きられたのか、動きを止めている。

初め、僕は彼が何を指差しているのかわからなかった。よくよく目を凝らすと、確かに屋根の端、周縁の装飾の陰に隠れる位置に、何か塊のようなものが落ちているのが見えた。白地に赤の斑点《はんてん》という色合いが、ちょうど屋根の紅白にまぎれてしまっていたらしい。

「あれ、何だろう。ニットみたいだけど……」

目を細める僕に、晴彦は他意のない口調で答えた。

「冬子のひざかけだよ。見慣れてるから間違いない」

見慣れてる。その言葉に僕は少しだけ傷ついたが、おくびにも出さない。

学校という閉ざされた世界では、しばしば内輪だけのブームが起こる。今年の冬、わが高校の女子のあいだでは、手編みのひざかけを作って授業中などに使用するのが一種のステータスと化していた。もっとも僕の知る限り、多くの女子が編み物には不慣れであるので、ひざかけの出来不出来を競っている様子はなかったと思う。むしろあまり上手だとかえって、母親に編ませたのではないか、などと風評が立つこともあったようだ。

冬子もほかの女子に倣って純白のひざかけを作り、愛用していたことは知っていた。教室で使用する姿なら僕だって、ともすれば彼氏だった晴彦以上に見慣れているはずだ。ただし、いま僕のいる場所からひざかけまでは高さにしておよそ二階分の開きがあるので、ひと目で見分けるのは困難だった。

「よくわかったね。見慣れてるとはいえ」

僕が言うと、晴彦は肩をすくめる。

「見つけたのは、三階にいたときだからな」

なるほど。それならいまよりずっと近かったから、見分けるのもたやすかったわけだ。そして、直後に僕らの追いかけっこが始まったのである。

「でも……言っちゃ何だけど、手編みのひざかけなんてどれも似たり寄ったりで、そうそう区別なんてつかないよな。白に限ったって、使っている女子は少なくなかったと思うし」

その言葉に、晴彦は呆《あき》れたように鼻を鳴らした。

「オマエ、どこに目ついてんだよ。あの赤い斑点を見れば一目瞭然《りょうぜん》だろ。それとも、夕食の時間に起きたことをもう忘れちまったのか」

恥ずかしながら、それでやっと得心がいった。いつものような観察者ぶりを発揮できていないのは、冬子の身に起きたことで胸を痛めるあまり、冷静さを欠いてしまっているからだろう。

――意識は数時間前、夕食の香ばしい匂いが充満するホールへと飛ぶ。

夕食は結婚披露宴のように、七、八人ずつ円卓に振り分けられて着席する形式だった。その振り分けというのが、スキー研修の際に各インストラクターの受け持つ班に則《のっと》っているので、しぜん男女は別の円卓となっていた。僕はクラスメイトの男子としゃべりながら、豪華な食事に舌鼓を打ち、愉快なひとときを過ごしていた。

その食事も、終わりに近づいたころである。突如、背後で奇声が上がったのだ。

「きゃあっ！」

反射的に振り返ると、同じクラスの女子の円卓だった。奇声の主は紗知らしく、ひと目でそれとわかるほどに青ざめている。

彼女の視線の先には、冬子がいた。そのときはまだ、ほかの生徒と同様にジャージ姿で、こちらに背を向けて紗知の隣の席に座っていた。その横顔から、困惑しつつも紗知をなだめているのが見て取れた。

「グラスを倒してしまったみたいだな」

僕の横にいる男子が、声を落として教えてくれた。彼のほうに肩を寄せると、騒ぎの全容が視野に収まった。円卓の上で倒れたグラスから、赤くどろりとした液体が流れ出している。ウーロン茶やジンジャーエールなど、何種類かの飲み物が用意されている中で、紗知はトマトジュースを選んだらしい。

勢いよく広がったトマトジュースは円卓の端からこぼれ落ち、冬子のジャージと、ひざかけとを汚していた。ホールはじゅうぶんに暖かく、ひざかけを必要とする室温ではなかったが、このときも女子の多くは両脚にひざかけを載せていた。

会食の席で誰かがグラスを倒すことなどべつだんめずらしくもない。ただ傍目には、冬子の手編みのひざかけが白く、紗知のこぼした飲み物が赤かったことが、事態をいっそう深刻にしているように映った——そうだ、このときに僕は、雪原のごとき白に落とされたトマトを目撃していたのである。

「ごめんね、冬子ちゃん。どうしよう」

いまにも泣き出しそうな紗知に、冬子は手を振って答える。

「いいよいいよ、気にしないで」

「でも、ひざかけが……」

「ちょっと、部屋に戻って洗ってくるね」

冬子は席を立つと、手伝うことを申し出た紗知を手のひらで穏やかに押しとどめ、ホールの扉のほうへ向かった。途中、クラスの担任に何かを告げていたが、事態を把握していたからだろう、担任は鷹揚《おうよう》にうなずいたのみだった。

冬子がホールの外に出ていくのを待って、肩を落とした紗知をまわりの数名がなぐさめた。スタッフがテーブルと床をきれいにし、冬子が再び姿を現すころには、テーブルクロスのわずかな痕跡《こんせき》を除けば何事もなかったかのような落ち着きを取り戻していた。

制服に着替えて戻ってきた冬子に、紗知が腰を少し浮かせて訊ねた。

「ひざかけ、大丈夫だった?」

冬子は椅子に腰を下ろしながら、

「毛糸がジュースを吸っていなかったから、洗ったらきれいに落ちたよ」いまにして思えば、これは冬子の優しい嘘だったわけである。「ただ、部屋の中に干す場所がなかったから、廊下に干してきちゃった」

同室に寝泊まりする四人もの濡《ぬ》れたスキーウェアを干すために、ドアやソファーの背もたれや何かの出っぱりなど、ありとあらゆる場所が使われている冬子の部屋の現状は容易に想像できた。僕のところもそうだったからだ。

ジャージは紺色で汚れも目立たないので軽く拭《ふ》いただけ、という冬子の説明を受けて、紗知は心から安堵《あんど》したようだった。けれども背後から聞こえていた冬子の声が、いつもよりほんの少し硬く感じられたのは、僕の気のせいではなかったと思う。

——思い返すと、冬子にとってはずいぶん災難続きの夜である。それとも、単なる災難でくくってはいけないのだろうか？

「……制服に着替えていなければ、冬子がケガをすることもなかったんだよな。ジャージなら、すねは露出していなかったんだから」

僕のその発言は、半分は独り言だったが、晴彦はただちに反応した。

「オマエ、まさか……冬子が制服に着替えたのも、誰かが仕組んだことだったとか言い出すんじゃないだろうな」

返事をしないまま、僕はあらためてメリーゴーランドの屋根を見下ろす。仮に冬子が廊下に干したというひざかけがあそこまで落ちてしまったんだとしたら、ひざかけが干されていたのは三階ないし四階の、この廊下の手すりということになる。二階では角度が足りないし、たくさんの人が出入りするホールのそばに干したとも思えない。三階の客室に宿泊しているのは教師のみだと聞いている。わざわざ遠くの廊下へ干しにいくのも不自然だから、冬子の部屋はおそらくここから近いな——そんなことを考えながら、僕は廊下を見渡した。客室のある階だからだろうか、ところどころ手すりに沿うように、二階にはなかった腰までの高さの台が据えられ、白い花を生けた花瓶が置かれている。客室の扉は反対側の壁に、等間隔に並んでいた。

　そろそろ冬子からも話を聞きたいが、いくら彼女の部屋がここから近いと言っても、候補となる扉は見たところ六枚ほどある。修学旅行最後の夜だ。下手にノックをして、室内にいるかもしれない女子に妙な勘違いをされても気まずい。さてどうしたものかと腕組みをした、そのときだった。

「——あっ」

　目の前の扉が、ガチャリと音を立てて開いた。そして何とも具合のいいことに、中から出てくるなり驚いた声を発したのは、冬子に連れ添って部屋へ戻ったはずの紗知だったのだ。

「ちょうどよかったよ。紗知、ちょっと訊きたいことが——」

「どうしてあんたがここにいるの」

　ところが紗知は僕を無視して、隣の晴彦に詰め寄った。小柄で声が高く、普段はかわいらしい女の子というイメージの強い彼女だが、いまは野球部で鍛えた晴彦の体をも突き飛ばさんばかりの迫力を放っている。思いがけず向けられた敵意に、晴彦もたじたじになっていた。

「どうしてって、たまたま通りかかったようなもんだよ」

「嘘おっしゃい。どうせ、ここが冬子ちゃんの部屋だと知ってて、点数稼ぎのためにお見舞いにでも来たんでしょう」

やはり、冬子の部屋はここにあったようだ。それにしても紗知は晴彦に手厳しい。浮気の噂が広まってからというもの、晴彦は少なからぬ女子からこうした扱いを受けているようだ。

「点数稼ぎなんてするもんか。おれはもう、冬子のことはあきらめたんだ」

「へぇ、じゃあ悲しんでる冬子ちゃんを笑いにきたわけ？　ていうか、グラスを落とした犯人はあんただったりして」

この言葉に、晴彦はひどくショックを受けたようだった。明らかにムッとしているのに、泣き出しそうでもある表情を浮かべて、彼は紗知に反論した。

「そんなことするもんか。おれはまだ、冬子のことが好きなのに」

——冬子のことが好きなのに。

知らず僕はその台詞《せりふ》を、頭の中で反芻《はんすう》していた。交際していたという事実だけで、こんなにもあっさり好きだと口にしてしまえるものなのか。僕にとってはそれが、このうえなく難しいことのように思われるのに。

しかし晴彦の反論は、当の紗知にはまったく響かなかったようだ。彼女は晴彦を追い払うように、しっしと手を振った。

「自分が浮気したくせに、どの口が言うんだか。用がないなら帰って、あんたの顔なんか見たら冬子ちゃん、ますます気分悪くなっちゃう」

晴彦は唇をとがらせたが、それ以上は何も言い返さなかった。ただ立ち去ろうとした刹那《せつな》、僕に小声でささやいたことには、

「犯人、必ず見つけ出してくれよな」

浮気にどんな事情やいきさつがあったかは知らない。けれども僕は、彼がまだ冬子を好きだと言ったのはたぶん本心なのだろう、と思った。

「――で、夏樹くん、あたしに何か用？　さっき、訊きたいことがあるって言いかけたよね」

蛍光灯がぱっと明るくなるように、紗知は見慣れた笑顔を作って僕に向ける。

「あぁ、冬子からも直接話を聞きたいと思って。彼女の部屋がどこかを教えてもらおうと思ったんだ。ここだって言ったよな」

開いたままの扉を指差しながら、室内に足を踏み入れようとした僕を、紗知が慌てて引き止めた。

「だめだよ、女子の部屋に入るなんて」

言われてみれば、である。とはいえ冬子は脚をケガしているのだから、話が聞ける場所まで連れ出すのも気が引ける。

「冬子の様子はどうなんだ。出歩けないほどひどいのか」

「うぅん。傷は浅かったみたいで、もう出血も止まってる。落ち着いてるよ。冬子ちゃんってオトナだよね、あたしならもっと取り乱してたと思う」

だろうな、と僕も思った。グラスを倒したことからもわかるように、彼女にはそそっかしいところがあるのだ。

「その前にね、あたしからも夏樹くんに伝えたいことがあって。探しにいくところだったんだ」

「伝えたいこと？」

紗知はこくんとうなずいた。ふたつ結びにした髪が跳ねる。

「冬子ちゃんが、あんなところに立ってた理由なんだけどね。夏樹くん、何か聞いてる？」

「下にいたやつらが、冬子は人待ち顔だったって話してたけど……」

そう言えば、冬子が誰かと一緒にいたようなことを証言した生徒はいなかった。紗知もまた、冬子と行動をともにしていてあの場に居合わせたわけではなさそうだ。

「そう。冬子ちゃんは何者かに呼び出されて、あそこに立ってたみたいなんだよ。つまり、冬子ちゃんを呼び出した人間こそが、グラスを落とした犯人だってこと！」

紗知は勢い込んで言う。犯人は、自由時間になると冬子をメリーゴーランドの裏に呼び出し、自分は二階もしくは三階の廊下へ行く。そして、立っている冬子の頭上目がけてグラスを落とす。なるほど、筋は通っているが——。

「そういうことなら冬子は、初めから誰が犯人かを知っていたんじゃないか」

「それがね、冬子ちゃん、いまでも誰から呼び出されたのかわかっていないみたいなの。と言うのも、手紙で呼び出されたからなんだって」

「——手紙？」

思わず声が上ずってしまった。紗知はジャージのポケットに手を突っ込み、一枚のメモ用紙を取り出す。

「冬子ちゃんの部屋のゴミ箱に捨てられていたのを、あたしが見つけたんだ。何でも、知らぬ間にジャージのポケットに入れられてて、制服に着替えたときに気づいたんだって。ほら、あたしがトマトジュースこぼしちゃったから」

僕はメモ用紙を受け取る。短い文章がボールペンによって書かれているが、トマトジュースで文字がにじんでところどころ読めなくなっている。文面は以下のようだった。

〈自由時間に　　　ら、メリー　　　ランドの奥　　　まで来てほしい〉

「……冬子はこの手紙にしたがって、メリーゴーランドの裏手に立っていた、と言ったんだな？」

いま一度問いただすと、紗知はそうだよ、と首肯した。

「何でこんな手紙の言うとおりにしたのか、あたしも気になったから訊いてみたの。そしたら冬子ちゃん、誰かがサプライズでお祝いしようとしてくれてるのかなって思ったんだって」

「お祝いって、何の」

「聞いてない？　冬子ちゃん、姪《めい》っ子が生まれたんだよ」

初耳だった。この歳でもう、彼女は叔母《おば》になったのか。

「関西で暮らしてる一番上のお姉ちゃんが、昨日子供を産んだんだって。冬子ちゃん、よっぽどうれしかったんだろうね。携帯電話に届いた赤ちゃんの画像を、いろんな女子に見せて回ってたよ。それで手紙を見たときも、お祝いなら警戒するのは野暮だと思っちゃったって」

それでこんな目に遭ったんだから、わたしも浮かれすぎだったかな。そう、冬子が紗知に話している場面がありありと浮かぶようだった。

聞くべきことはすべて聞いたようだ。僕は室内に視線をくれながら、あらためて紗知に頼んだ。

「冬子をここへ呼んでくれないか。話がある」

「もしかして……犯人、わかったの？」

口の端を軽く持ち上げることで応じると、紗知はぴょんぴょんと飛び跳ねながら室内へ戻り、体の片側を支えるようにして冬子を連れてきた。冬子の顔色は優れなかったが、立っているのもつらいというほど痛みがひどいわけではなさそうだった。

「聞こえてたんだろ。いまの会話、全部」

顔を見るなり、僕はそう言った。冬子は返事をする代わりに、紗知に向き直り、にこりと微笑む。

「ごめん、紗知。ちょっと外してくれるかな」

「えっ。でも、あたしだって冬子ちゃんをこんな目に遭わせた犯人を知りたい――」

「お願い」

冬子の有無を言わせぬ口調に、紗知は少しだけ傷ついたような表情を浮かべた。が、一瞬ののちにはまるで興味もなさそうな素振りで、僕らに背を向けて去っていく。毛布で覆いきれずはみ出した指先のようなその部分こそが、きっと彼女の本性なのだろうと僕は感じた。冷淡だと言いたいのではない。ただ、失敗したら青ざめるのも、浮気をした男をなじるのも、あるいはケガをした友人を心配するのも、相手のためじゃなくそんな自分が好きでやっているに過ぎないのだろうな、と。

冬子と二人、廊下に残される。何から話すべきか、と頭で考えはするけれど結局、口を衝《つ》いて出たのは結論とも言うべき一言だった。

「気づかなかったことにするだけでよかったんじゃないのか」

僕はこぶしを強く握りしめた。メモ用紙が潰《つぶ》れ、ぐしゃりと乾いた音を立てた。

「こんなもの、見て見ぬふりをするのはわけもなかったはずだろ。どうしてここまでする必要があったんだ」

冬子はうつむき、震える声でささやいた。

「……ごめん」

彼女は認めた。今回の騒ぎが、彼女の自作自演であったことを。

発端は、夕食の席で彼女が紗知にトマトジュースをこぼされたことだった。それ自体は単なる事故だったが、部屋に戻ってジャージを拭くなどしているときに、彼女はポケットに入れられていたこの手紙の存在に気づいた。そして、今回の騒ぎを捻出《ねんしゅつ》し、実行に移したのである。

「振り返ってみて、おかしいなと思ったんだよ。冬子、あのとき紗知に『ジャージは軽く拭いただけ』って言ったよな。なのにどうして、わざわざ制服に着替えてきたんだろうって。ひょっとすると、あれはのちにグラスの破片でケガをしたように見せかけるためだったんじゃないか——そう考えたとき、僕には一連の出来事が、すべて冬子の仕組んだことだったとしか思えなくなったんだ」

着替えのあとで戻ってきた冬子の声が硬かったのは、紗知にひざかけを汚されたことを気にしていたからじゃない。あのときすでに、グラスは来たる落下の瞬間に向けて廊下にセットされていたのである。

まず、洗った手編みのひざかけをほどいて、じゅうぶんな長さになったところで毛糸を切る。毛糸の片側でひざかけの残りの部分を縛り、濡れたことによる重みを利用してひざかけを、投げ縄の要領で四階の廊下から投擲《とうてき》し、メリーゴーランドの屋根とつながれたワイヤーに毛糸を何周か巻きつける。このとき毛糸を巻きつける向きは、メリーゴーランドの回転方向と同じにしておくのが確実だろう。

そのままひざかけをメリーゴーランドの屋根の上に落としたら、長く余らせた毛糸の途中に、部屋から持ち出したグラスの口よりも大きな輪っかを作る。そして毛糸の余らせた部分とともに手すりの外側、奥行き五センチのスペースに置き、輪の中にグラスを伏せておく。最後に、それを花瓶を載せた棚の陰に隠しつつ、糸の端を棚の脚にくくりつければ準備は完了である。

自由時間になれば、生徒たちが勝手にメリーゴーランドを動かしてくれる。濡れて滑りにくくなったひざかけごと屋根が回転すると、毛糸はしだいにワイヤーに巻き取られていき、やがて輪っかが引っ張られることによりグラスが自動で落下する。それまでに冬子は手すりの真下へ行き、直撃を避けられるあたりに立てばいい。

——誰かを待っているみたいだったよ。あたりをきょろきょろ見回してたから。

眼鏡をかけた男子生徒の証言を思い出す。あれは、誰かを待っていたのではなかった。本当は、グラスの落下による被害を受けかねない位置まで人が近づいてこないよう見張っていたのだ。

グラスが落下するまでのあいだ、二、三階の廊下からは毛糸が見えていたことになるが、色が白だったということもあり、ワイヤーにうまく巻きつけてあればさほど目立ちはしなかっただろう。また、グラスに毛糸を結びつけるのではなく輪っかにして引っか

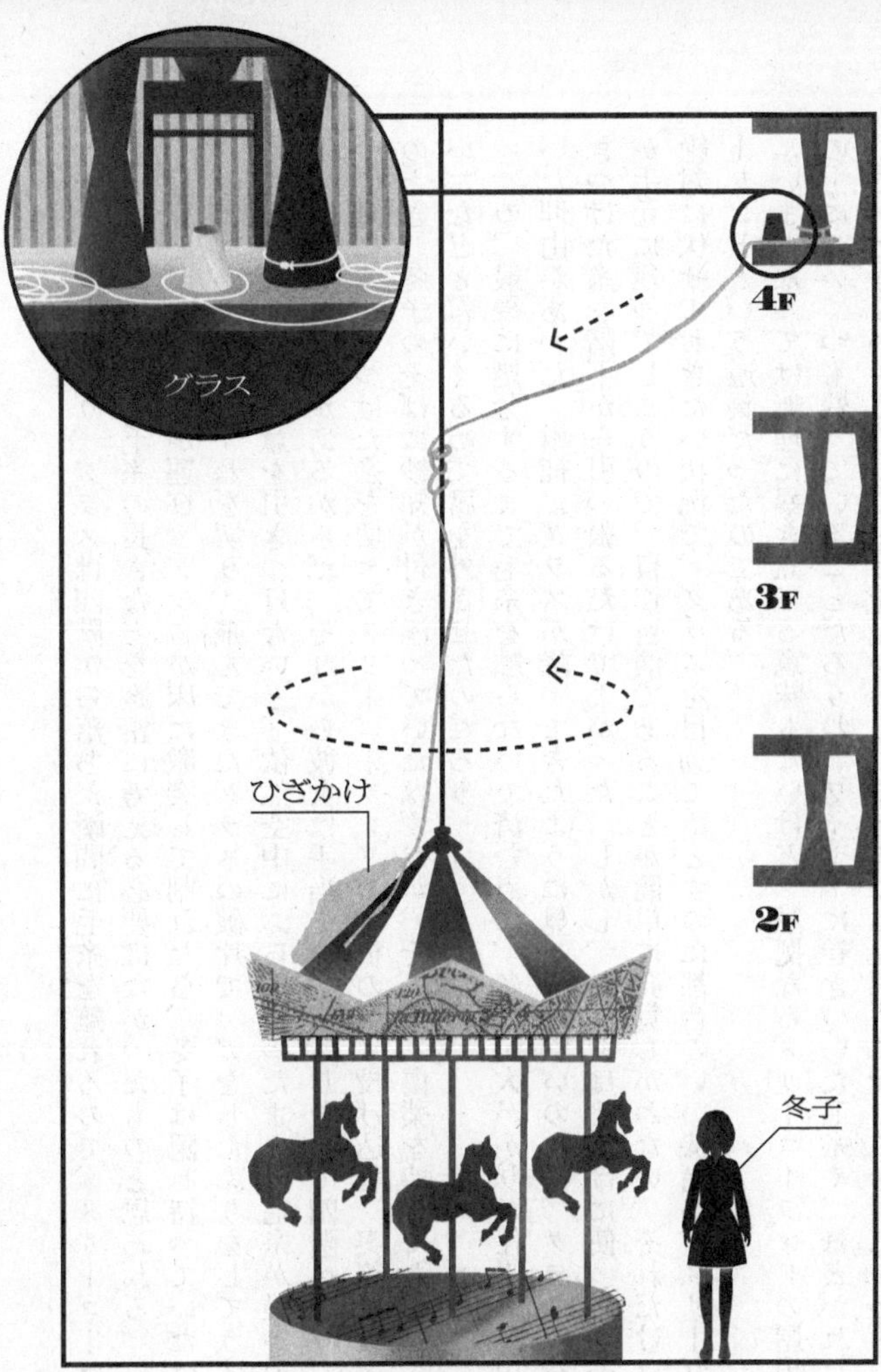
グラス
4F
3F
2F
ひざかけ
冬子

けておくことにより、グラスは四階から落ちた瞬間に毛糸を離れるので、メリーゴーランドの屋根の高さや毛糸の長さなどを厳密に考える必要はなかったものと思われる。

計算どおりにことが運び、グラスが床に激突して割れたら、冬子は隠し持っていたはさみか何かで素早くすねを切り、飛んできたグラスの破片でケガをしたふりをしてうずくまる。そうして注意を引きつけないと、依然空中にぶら下がったままの毛糸が誰かの目に留まるおそれがあるからだ。それから彼女は手当てをするふりをして四階へ戻り、台の脚にくくりつけた糸を切ってメリーゴーランドの屋根の上に投げ込む。実際にはこのとき、冬子のそばに紗知が付き添っていたはずだが、そこは「傷薬を持ってきてほしい」などと言いくるめて席を外させたのだろう。

この、最後に処分するまで毛糸を触らないで済む点に、冬子が大がかりな仕掛けを用いた理由があった。単純にグラスが降ってきたように見せかけたいのなら、グラスに巻きつけた糸を階下から引っ張るだけでよかった。しかし、それでは仕掛けに使った毛糸が手元に残ってしまうので、自作自演であることが簡単に発覚しかねない。それだけは絶対に伏せておきたい状況で、グラスを自動で落とすのに都合のいい機構が、メリーゴーランドという遊具だったのである。

「いまとなっては無理に暴き立てる意味もないけど、証拠ならメリーゴーランドの屋根の上に、いくつも残っていることだろうね。ワイヤーに巻きついた毛糸や、ほどかれたひざかけなんかがさ。ひざかけを見つけられたときには《廊下に干しておいたのが落ちた》とでも説明するつもりだったのかもしれないけど、どのみち冬子にはすべての仕掛けの回収なんてできたはずもないんだからな」

すでに罪を認めている冬子を、さらに僕は淡々と追いつめる。彼女はかろうじて聞き取れるくらいの声量で言った。

「手紙を捨てたのは失敗だったな。身に着けておこうかとも考えたんだけど、ジュースで汚してしまっていたし、まさかゴミ箱から拾い上げられるなんて思わないから。部屋を出ていく紗知を止めようとはしたんだけどね、ドアの外に夏樹がいた時点で、手遅れだなって観念したよ」

——冬子が制服に着替えたことに違和感を覚えた段階で、僕は彼女を疑っていた。しかし、それを確信に変えたのは、紗知が見せてくれたあの手紙だった。

文字が欠けていたのは偶然ではない。冬子は手紙を捨てる前に、ジャージを拭いたタオルなどを使って意図的に文面を改竄《かいざん》していたのだ。おそらくはグラスの仕掛けがうまく作動せず、かつ手紙の差出人から指定の場所に来なかったことをとがめられた場合に備え、手紙が汚れてしまったせいで場所を勘違いした、という言い訳を用意しておいたのだろう。

僕はこの手紙の、元の文面を知っている。冬子が手を加えなければ、そこには次の言葉が記されていた。

〈自由時間になったら、メリーゴーランドの奥のレストランまで来てほしい〉

なぜ僕が、元の文面を知っているのかは言うまでもあるまい――この手紙の差出人は、ほかでもない僕自身だったからである。

メモ用紙は客室に備えつけのものを使った。書き終えた手紙は夕食の席に持参し、さりげなく冬子に近づいて、自由時間までに気づいてくれることを祈りつつ彼女のポケットにこっそり忍ばせた。冬子が落とすなどして手紙が誰かの目に触れたときのことを考えて、自分の名前は書かずにおいた。彼女は僕の筆跡を見慣れているはずなので、名前がなくても伝わるだろうと思った。

事実、彼女は手紙の差出人が僕であることを察した。そればかりでなく、呼び出しに応じた先に待ち受ける出来事についても見当をつけた――そして、避けたいと思った。自分の意思で行かないのではなく、不測の事態に巻き込まれたことにして、呼び出し自体をうやむやにしたいと考えた。それこそが、冬子が今回の騒ぎを作り上げた動機だったのだ。

犯人探しを始めた当初、僕は自分とは別に、自由時間に冬子と待ち合わせをした人物がいる可能性を考えていた。僕が呼び出したのはあくまでもレストランで、メリーゴーランドの裏手ではなかったからだ。それで、間が悪いと思った。冬子がほかの人と待ち合わせをしているときに呼び出そうとしてしまうなんて、と自分の間の悪さを嘆いたのだ。

とまれ、冬子がほかの人との待ち合わせに出向いた結果、グラスの落下による被害を受けたのならば、待ち合わせ場所を指定した相手こそが犯人と見るのが道理だ。ところが冬子は、たまたま僕の手紙を発見した紗知に対し、その手紙にしたがってメリーゴーランドの裏手に立っていた、と説明した。ならば、彼女の待ち合わせの相手は犯人ではない僕だということになる。しかも冬子は、手紙の文面から《レストラン》の部分を削除してしまうという、明らかに作為のある細工を施していた。ここに至り、僕は今回の騒ぎが冬子の自作自演であったという確信を得たのである。

グラスの仕掛けが作動しなかった場合に備えて、手紙の内容を改竄したことはすでに触れた。この点、待ち合わせ場所をメリーゴーランドの《奥》すなわち裏手に変更したことは、ある面では気が利いていた。レストランに向かう途中でメリーゴーランドの前を通ることになる僕からも見えない位置であり、実際に通りかかったときも、すでに人だかりができていなければ冬子がいることには気づかなかったに違いないからだ。

しかし、仕掛けが想定どおりに作動した場合について、冬子は考えが足りなかった。架空の犯人をでっち上げるには、僕とは別に、冬子をあそこに呼び出した人物がいることにしなければいけなかったのだ。あるいは紗知に手紙を拾われなければ、そのように証言したのかもしれないが、いずれにしてもわざわざ細工した手紙を捨てているあたりに彼女の迷いが見て取れる。

急ごしらえの作戦にしてはずいぶんうまくやったものだと感服さえするし、紗知に手紙を拾われるというトラブルに際しても、よくお祝いなどという都合のいい言い訳をとっさにひねり出せたなと思う――だが、僕を欺こうというのなら、徹底して欺きとおしてほしかった。

「――自由時間はもうすぐ終わりだぞ。消灯するから全員部屋に戻れ」

階下から教師の大きな声が響いてくる。生徒たちの動きがにわかに慌ただしくなり、四百名以上を収容しているわりには不気味なほど静かだった四階の廊下にも、人の気配が近づいてくる。そうして修学旅行最後の夜は更けていく。生徒の誰もが胸に抱える、名残惜しさや寂しさ、解放感や安堵が、渾然《こんぜん》一体となってホテルじゅうに充満する。

修学旅行最後の夜に、人けのない場所に異性を呼び出す目的などひとつしかない。その点では、冬子は正しかった。

僕は今夜、冬子に恋の告白をしようとしていた。冬子はそれを嫌がりながら、嫌がっていることを僕に悟られまいとした。煮詰めてしまえばたったそれだけのために、彼女はこんな騒ぎを起こしたのだ。大がかりであるだけでなく、大事な手編みのひざかけを犠牲にし、すねに傷を負うことさえいとわず、少なからぬ生徒の注目を浴びてまでもグラスを四階から落としてみせた。そして、折しも通りかかった僕に、ささやいたのだ。最後のキセツしといてね、と。犯人を探してね、どこにもいやしない犯人を探しながら、最後の夜の時間切れを迎えてね、と。

僕はまんまとそれに乗っかり、彼女の思惑にしてやられるところだった。そのために彼女がなしたことの重大さは、彼女が僕の告白を聞くのすらも嫌がった、その気持ちの強さと同等なのだ。そこまでして、彼女は僕を拒絶したのである。

「気づかなかったことにするだけでよかったんじゃないのか」

この会話の最初にも放った台詞を、僕は再度、冬子に投げつけた。

出会ったころから冬子に惹《ひ》かれていながら、僕はまだ一度も彼女に思いの丈を打ち明けたことがなかった。まるで牽制《けんせい》するかのように、彼女が僕にしばしば恋愛相談を持ちかけてきたからである。そうして先延ばしにするたび、正直な気持ちを伝えることの難しさに、ひとり打ちひしがれてきた。

だがこの日が近づくにつれ、僕はついに絶好の機会がめぐってきたのだと考えるようになった。修学旅行最後の特別な夜、しかも冬子は恋人と別れたばかりだ。今度こそ打ち明けるべきときがきたのだと、僕は繰り返し自分に言い聞かせ、いざとなって決意が鈍ることのないようこの日に向けてじっくり気持ちを高めてきた。

なのに、この仕打ちはどうだろう。あんまりじゃないか。これならまだ、手紙なんて見て見ぬふりをされたほうがマシだった。冬子の思惑をすべて見破ってしまったばっかりに、僕は彼女の残酷なほどに頑なな拒絶を、正面からまともに受け止める羽目になったのである。

冬子はしばしうなだれたあとで、ふっと息を洩《も》らした。こんな状況で、彼女は微笑みさえしたのだ。

「たぶん、話してもわかってもらえないんじゃないかな」

どうしてここまでする必要があったのか——夏樹には、わかってもらえないんじゃないかな。

そのとおりだ。僕はきっと、冬子が何を言おうと理解できないだろう。出会ったころから二年近くにもわたり、僕が溜《た》め込んできた想いを、彼女が決して理解できないのと同じように。ほんの一端でも理解していたとしたら、冬子がこんな仕打ちに及べるはずはなかったのだから。

沈黙は長く続かなかった。バタバタと飛び跳ねているような、いちだんとせわしない足音が近寄ってくるのが聞こえたからだ。

「夏樹くんに冬子ちゃん、まだ二人で話してたんだ！　で、犯人はわかったの」

紗知は戻ってくるなり、僕に訊ねてきた。僕は彼女に向き直ると、精いっぱいの笑みを作って答える。

「犯人なんていなかったよ。ただの事故だった」

「……え、事故？　そんなはずないじゃん」

「冬子がひざかけを干すときに、喉《のど》が渇いたとかで部屋のグラスを持っていたみたいでさ。それを廊下の手すりのそばに置いたきり忘れてしまってたのが、振動か何かで落っこちたらしい。嘘だと思うなら部屋の中を見てみな、グラスが一個減ってるから。まったく、人騒がせなやつだよな」

な、冬子。僕はそう言って彼女に同意を求めた。戸惑いながらも冬子は瞬時に口を合わせるしかないと悟ったようで、そうなんだよね、と舌を出していた。さすがの紗知も腑《ふ》に落ちていない様子ではあったが、反駁《はんばく》のしようがないと思ったのか、つまらなそうに《ふぅん》とつぶやいただけだった。

それから修学旅行が終わるまでに、僕は犯人探しに協力してくれた生徒を含む何人かに同じ虚偽の説明をすることとなった。ほとんどの生徒は紗知と似たり寄ったりの反応だったが、冬子の性格をよく知る晴彦だけは何かしら察するところがあったらしく、無言でただ憐《あわ》れむような目を僕に向けてきたのが印象的だった。

こうして僕は、この想いを決して冬子に打ち明けまいと誓ったのだった。

決別してもおかしくなかった。こちらが望めばそうすることもできただろう。けれども僕は、それはある種の意地だったと思うが、冬子とはあくまでも友達でいることを選んだ。修学旅行から帰り、日常が戻るころには、僕の冬子への接し方は以前と何ら変わりないものとなっていた。不自然なほどの変化のなさに初めはかえって戸惑っていた冬子も、数日も経つとすっかり忘れたみたいに元の態度を取り戻した。僕らはくだらないことを言って笑い合い、奇妙なことが起きればキセツにも挑んだ。

だがそれは正直、僕にとってつらい毎日でもあった。好きな人のすぐそばにいながら想いを打ち明けることさえ許されないのは、沈黙か吐露かの選択を認められない点で拷問にも似ていた。だから高校を卒業したのちは、連絡を取ろうともしなかったのだ。──けれども修学旅行の夜はもう、七年近い歳月の向こうにかすんでいる。再び交流を持つようになった僕らが、ほろ苦い十代の記憶にいつまでも拘泥《こうでい》し続ける必要はあるのだろうか。そのような考えから僕は、再会より今日に至るまでのあいだに、進んでかつての誓いを破ろうとしたこともあった。

そしてこのたび、僕はあらためて、メリーゴーランドのある場所に冬子を呼び出した。言えずにいたことを打ち明けるために。すべてに決着をつけるために。

今度こそ、時間切れを迎えるわけにはいかないのだ。

3

「そう言えば、神戸でも一緒にドライブしたね」

レンタカーの助手席で冬子が言い、屈託なく笑う。前方を走るセダンの反射する日光がまぶしく、僕は目を細めながら、二月だったな、と答えた。

「まだ、半年ちょっとにしかならないんだな。遠い昔の出来事みたいだ」

「会うのはあれ以来だもんね」

彼女の言葉に、はっとさせられた。メールや電話やビデオ通話で幾度となくやりとりをし、夏には冬子の自宅を訪れさえしたけれど、直接顔を合わせるのは二月以来なのか。ホームセンターで電話をした日から、一週間近くが過ぎていた。僕はすでに引っ越しを済ませ、福岡から大阪に移り住んでいた。新居はいまだ物資に乏しく、何とか生活ができる程度だ。それでも仕事は間もなく始まるし、舞い上がった砂ぼこりが地面に積もるようにして、暮らしもじきに落ち着くだろう。

冬子とは予定をすり合わせてみたところ、両者そろって昼間に時間を取れそうなのが一日に限定されており、トントン拍子に話が進んだ。双方の自宅からアクセスのいい駅に集合し、近くで車を借りて目的地へ向かうことになった。

当日は気持ちのいい秋日和だった。ただ平日にしては道が混み、出発したときには高かった陽も、着くころには傾きかかっているように感じた。つるべ落としとはよく言ったものである。

「はぁー着いたー！」

駐車場の端に車をとめて降りると、冬子がぐっと両腕を突き上げた。紺と緑のネルシャツに、からし色のマキシスカートを合わせている。ビデオ通話では気づかなかったが、前に会ったときに比べてずいぶん髪が長くなったようだ。

僕も彼女にならい、一時間以上も車中に押し込められていた体を解放した。上半身の伸縮にともなって、肺の中も都会の混濁を逃れた清々しい空気に入れ替わるようである。

「営業を開始したのは半世紀も前らしいんだ。それにしては褪せた感じもしないよな」

レンガ建ての洋館を象《かたど》った正門の前に立つと、僕はデジタル一眼レフカメラを構えつつ、冬子に説明した。春に姉と能古島に出かけてからというもの、折に触れ写真撮影に行きたがる姉に付き合ううち、ついに自分もカメラを購入してしまった。今日の行き先をこの遊園地に設定した理由についても、写真を撮りたいのだと冬子には話してあった。

後ろに手を組み、冬子は正門にゆっくり近づいた。振り返った彼女の顔が、意図せずレンズに収まった。

「うーん、でもやっぱりよく見ると古いよ。その半世紀のあいだに、関東や大阪に全国からお客さんを集める巨大テーマパークが開業したわけだし、これだと寂れちゃうのも仕方ないのかもね」

あたりには人けもなく静かだ。ポップな音楽のひとつも流れていないのが不気味にすら感じられる。近年はごく一部のテーマパークによる独り勝ちのような状態が続き、昔ながらの遊園地の多くは苦戦を強いられていると聞いたことがある。ここもまた、例外ではいられなかったということか。僕はカメラを首から下げ、冬子に続いて薄く開いた正門をすり抜けた。

園内に足を踏み入れた僕らが最初に立ったのは、花壇を中央に据えた見晴らしのいい広場だった。右手にはイベントホールもあるが、相変わらず人っこひとり見当たらない。

「何だか、人間だけが消し飛ぶ魔法でもかけられたみたい」

冬子のつぶやいた言葉が、さまざまな想像をかき立てた。

ひとまず奥へと進む。そこはレストランや売店といった看板を掲げたカラフルな建物の並ぶ通りになっていた。メルヘンの世界のような趣の豊かさは修学旅行で訪れたホテルを軽くしのぐが、あいにく手入れは行き届いておらず、ところどころ雑草が伸びているのが気にかかる。ここではリュックサックを背負った、若そうな茶髪の男とすれ違った。自分のことを棚に上げ、物好きを見るような目をこちらに向けていた。

通りを過ぎた先に、大きな城がそびえていた。この遊園地の象徴的な建物であり、ここが園の中心でもあるようだ。そばに立って見上げると尖塔《せんとう》は首が痛くなるくらいに高く、カメラのファインダー越しに写真の構図を定めるにも苦労するほどの巨大建築ではあるが、パステルカラーを基調とした塗装や細部にこだわらないのっぺりとしたデザインが、どうしても子供騙しに感じられてしまう。内部も人が入れる構造にはなっておらず、かろうじてトンネルのようになった一本の通路を抜けられる程度だ。

「あっ見て見て。ジェットコースターがあるよ」

冬子が城のことはそっちのけでジェットコースターに食いついたので、何とはなしに右方向へ——ほぼ正円形の園内の、六時の位置より反時計回りに進むことになった。

ジェットコースターは木製で、宙返りなどの派手なアクションこそないが、規模はかなりのものだった。レールの下に隙間なく敷かれた骨組みは耐久性を高めるためだろうけれど、むしろ建設途中の足場を連想させてながめるだけで身がすくむ。

すると冬子が僕の顔をのぞき込み、目をすがめて訊いた。

「夏樹、ひょっとしてこういうのダメなタイプ？」

何と答えたものか迷ったが、

「……高所恐怖症じゃないんだけどな。あの、重力に反してふわっとなる感じが苦手で」

結局は正直になった僕に、冬子は露骨にがっかりしてみせた。

「わたしは乗ってみたかったけどな。残念」

情けなさに肩をすぼめつつ、逃げるように彼女の前を歩く。

ゲームコーナーにバスケットボールのフリースローがあった。〈五投中三投以上成功で景品！〉との掲示があったが、僕は二投、冬子は一投しかリングに入れることができなかった。三投に届かなかったことより、僕に負けたことを冬子はたいそう悔しがっていた。

ティーカップには乗ってみた。真ん中のハンドルを回すとカップが回転したので、調子に乗って回しすぎ、あとで軽く酔ったのを隠すのに苦労した。冬子はけろっとしていたので、本当にジェットコースターなどの絶叫マシンも平気なのだろう。

気まぐれに遊んでいるうちに、僕らは園内を半周していた。ちょうど十二時の位置に到着したところで、冬子がふいにこちらに顔を向けて言った。

「メリーゴーランドがあるよ！」

その声色に少しも濁ったところがなかったので、驚いてしまった。しかし冷静に考えて、高校の修学旅行は七年も前のことなのだ。当時は双方に見えないしこりを残したとしても、月日の経過とともに忘れるのが自然で、いまなお憶《おぼ》えている僕のほうこそ陰湿に過ぎるのかもしれない。

さすがに屋外式とあって、サイズは七年前に見たものとは比べものにならない。二階建てではないが、直径は倍では利かないだろう。ただ、馬や馬車などの座席部分こそそれなりに凝った造りではあるものの、全体的には白い壁面に鏡やむき出しの豆電球を多くちりばめただけの安易な装飾で、どうしてもチープだという印象を拭《ぬぐ》えない。北海道の山奥のホテルに設置され、無料で何度でも乗ることができたあのメリーゴーランドが、いかに丁寧に作り込まれた代物であったかを思い知らされた。

「ねぇ、乗ってみようよ」

冬子は提案し、返事も待たずに止まったままのメリーゴーランドへと歩み寄る。あとに続きながら、僕はその背に訊ねた。

「好きなのか、メリーゴーランド」

「子供のころは好きだったなぁ」

懐かしい童謡を口ずさむように、彼女は答えた。

「お姉ちゃんたちと乗ってさ、ぐるぐる回ってると、何秒かおきにお父さんやお母さんが柵《さく》の向こうに立ってるのが見えるの。こっちに手を振っててね、なぜだかそれがちょっぴり恥ずかしくて、でもうれしくて、夢中で手を振り返したっけ」

「冬子にも、無邪気なころがあったんだな」

ひやかすと、彼女は頰を膨らませて振り向いた。

「そうだよ。わたしだって、昔はかわいかったんだから」

それから再びメリーゴーランドのほうを向いた彼女を、僕の両足は追うことをやめていた。

メリーゴーランドに乗って手を振る少女だった時代の冬子を、僕は知らない。それでも出会ったころの彼女は、一緒にいるだけで楽しく、満たされた気分になれるほど素敵だった。そしてこの歳になって再会した彼女も、当時とまったく変わることなく——。

七年前にもそうしたように、僕は決意が鈍ることのないよう、今日に向けてじっくり気持ちを高めてきたつもりだ。なのにほんの少し油断するだけで、たちまち気持ちが揺らいでしまいそうになる。許されないことだ。この決意は先送りにすべきでない。何のために彼女をメリーゴーランドのある場所に呼び出したのか、時間切れを迎えることなく決着をつけたいのなら、いましかないのだ。

「冬子——」

名前を呼んだ僕の声はしかし、吹き過ぎた秋の風にさらわれてしまいそうなほどに頼りなく、彼女は降り始めの雨を気のせいかと確かめるときのような仕草で、わずかにあごを持ち上げただけだった。

そして、両手を口元に当てたのだ。

「嘘みたい……」

「どうかしたのか？」

おかしな反応を見せた彼女に並び、問う。彼女は少し先を指差して言った。

「見て、あそこ」

メリーゴーランドの床は地面からわずかに高く、そのせいでほかの馬などの陰になっていたのだろう。首を伸ばすと僕にも、彼女の驚きの理由がわかった。

向こう側の馬に、小さな女の子がひとり、またがっているのが見えた。

まるで魂を抜かれたみたいに、馬はぴくりとも動かない。その上で虚空の一点を見つめる少女は、本来なら遊園地にもっともふさわしい存在であるはずなのに、このうえなく異様に感じられた。

「子供のころにメリーゴーランドに乗った話をしたら、本当に子供がいたものだから。わたし、まるで昔の自分が目の前に現れたみたいな、変な気分になっちゃった」

それで《嘘みたい》、か。こういう場合にもドッペルゲンガーと言ったりするのだろうか、などと一瞬考えたが、そもそもあの女の子は冬子とは別に実在する人間である。

「迷子かしら。まわりに誰もいないみたい」

「さぁ……まさか、ひとりで来たってことはないと思うけど」

どちらからともなく、僕らはメリーゴーランドの外側に設けられた柵に沿って歩き、女の子のほうに近づく。途中にある、係員が遊具の操作をするための小屋は空で、僕はふと今年の夏に訪れた、地元の寂れた遊園地のことを思い出した。あの日も平日の昼間で、客のみならず係員も少なく、誰もいない遊具のそばに行って乗りたそうにしていると、気づいた係員が飛んできて動かしてくれるといったありさまだった。

女の子から一番近い柵のそばに立っても、あたりに大人の影は見当たらなかった。冬子は柵に身を乗り出し、大声で話しかける。

「お嬢ちゃん、そこで何してるの？」

女の子はそれで初めて僕らに気づいたというように、ぎくしゃくと振り向いた。緩く波がかった髪が、肩から落ちてさらりと流れた。

「ママと来て、はぐれちゃったの」

「平日の昼間に母親と二人で、か……」

僕は意外な心地がしたが、冬子は何を言うの、と一蹴《いっしゅう》する。

「そういう母子もいるでしょう、ここは遊園地なんだから。――お嬢ちゃん、お名前は？」

「エリナ」

「歳はいくつかな」

「六歳。小学一年生」

「今日は学校、お休み？」

「うん。運動会の振り替え休日なの」

答えながらも、彼女は馬から降りようとしない。

「どうする？」

両手を腰に当てて問う僕に、冬子は冷ややかな目を向けた。

「ほうっておけないでしょう。一緒にお母さんを捜してあげようよ」

近くに園内のマップを載せた看板があった。現在地の印は正円形の遊園地の十二時の位置、マップの中ではもっとも上にある。最下部が正門、中央がさっき見てきた城だ。

「効率よく捜す方法を考えよう。僕らのいる地点から時計回りに、大きなアトラクションに注目して見ていくと、次のようになる」

僕はマップを指差しながら、冬子に説明する。最低限、この遊園地のことは事前に調べておいたので、主だったアトラクションの内容は頭に入っていた。

「まずは二時の位置、あそこに見えているボブスレー。ロープウェイで小山に登り、そこから一気に下りるアトラクションだ。次に四時がさっき見た木製ジェットコースター、六時が正門のある広場。さらに八時が、巨大なスライダーのあるプール。十時の位置には、ジャングルを流れる川を下るという設定のクルーズがある。そしてメリーゴーランド、これで一周というわけだ」

冬子はふむふむとうなずいている。

「つまり、この遊園地はいま挙げたアトラクションや広場によって六つのエリアに分けられる。僕らはまだ園内を半周したに過ぎないが、見てのとおりひどく静かだったから、各エリアの真ん中あたりを通りながら大声を張り上げれば、そのエリア内くらいには響き渡ってくれると思う。エリナちゃんのお母さんがいずれかのエリアにいるのは間違いないから、園内を一周するまでには見つかるはずだ」

「でも、もしお母さんがアトラクションの内部や、建物の中にでもいたら？　よほど近くで呼ばない限り、声は届かないと思うよ」

冬子の懸念に対し、僕はその心配はいらない、と述べた。

「わが子をほったらかして、母親がアトラクションや建物に入ると思うか？　百歩譲ってトイレくらいなら、外の声はじゅうぶん聞こえるはずだよ。何より、はぐれたのならお母さんもいまごろ、顔を青くしてエリナちゃんを捜しているはずなんだ」

それで納得がいったのだろう、冬子は特に何も言い返してこなかった。僕らは看板を離れ、エリナちゃんのほうに向き直る。

「行こう、エリナちゃん。ママを捜そう」

冬子の呼びかけに、エリナちゃんは素直に応じた。馬から両足をそろえて飛び降りる際に、クリーム色のドレスみたいなワンピースがふわりと揺れた。

とりあえず、時計回りに一周してみることにした。エリナちゃんと冬子が手をつなぎ、三歩ほど遅れて僕が続く。横に並ぶよりはこのほうが、何かを見逃したり聞き逃したりするおそれも少ないはずだ。

「ママー！」

「エリナちゃんのお母さーん！」

二人が代わる代わる大声を上げ、僕は衣擦《きぬず》れひとつ聞き洩らさぬよう、その後ろでしっかりと耳を澄ませ——。

「……ちょっと、夏樹」

「ん？」

「真面目に捜してよ！　大声を張り上げるという方法を提案したのはあなたなのに、何でずっと黙ってるの！」

振り返った冬子に、すごい剣幕で怒られてしまった。その後も《ひどいねーあのお兄ちゃん》などとエリナちゃんと言い合っている。こっちにだって、あまり近くで同時に叫んでもかき消し合うだけだとか、二人が疲れたころにがんばろうとか、いろいろ考えがあるのだ。悔しかったので、僕は冬子の背中に向けてあっかんべーをしておいた。

園内を半周して広場に差しかかっても、母親らしき人の姿は見当たらず、声なども聞かれなかった。エリナちゃんは少し疲れてしまったようで、数分前から叫ぶのをやめている——などと観察していたら、彼女は意地になって声を張り上げ続ける冬子に、何の脈絡もなくこんなことを訊ねていた。

「冬子お姉ちゃんたちは、恋人どうしなの？」

「エリナちゃんのおかあ——」

冬子がわかりやすく固まった。そのさまをながめながら、僕はこみ上げる笑いを抑えられない。

「ち、違うの。いい、エリナちゃん、わたしたちはただのお友達なんだからね」

冷や汗の浮かんだ顔をエリナちゃんに近づけ、冬子が必死で説いているので、僕はニヤリとしながら言い足した。

「まだ、ね。いまのところは」

《はぁー》と奇声を上げ、冬子が僕の二の腕をはたいた。

残る半周を歩くときには、カメラを持った白人男性とすれ違った。こちらに向けて無造作にシャッターを切りながら言うことには、

「―――――?」

英語はてんでだめな僕である。さっぱり聞き取れなかったが、留学経験のある冬子は愛想よく返事をしている。

「何を訊かれたんだ?」

小声で確認すると、冬子は僕とエリナちゃんの顔を順に見てから答える。

「親子で来たのか、って」

いろいろと、彼の目には奇異に映ったのだろう。たとえば年齢ひとつ取っても、エリナちゃんが生まれたころ僕らはまだ高校生だ。親子として成立しない年齢ではないが、日本人は概して外国人に若く見られやすいとも聞く。子供が子供を連れて歩いているように見えたのだとしても不思議ではない。

「で、冬子は何て答えたんだ」

「正直に、迷子だって話したよ」

「なら、ついでだからエリナちゃんの母親らしき人を見なかったか、訊いてみたらどうだ」

「え？　あぁ、それもそうだね」

そこまで頭が回らなかったのか、冬子は一瞬だけ虚を衝かれたようになったが、すぐに男性のもとへ駆け寄って何事かを質問していた。続く男性の、首を横に振る仕草が何を意味しているのかは、英語のわからない僕でも理解できた。

結局、園内を一周してメリーゴーランドへ戻ってくるまでに、女性とはただのひとりも行き合わなかった。母を呼ぶ声が母に届きもしなければ、子を呼ぶ声が子に届くこともなかった。

「おかしいな……一周もするうちには、どこかで再会できるはずだと思ってたんだけど」

僕は腕組みをしてうなる。足元に生えた、くすんだ色の雑草の隙間からは、コオロギの鳴き声が聞こえていた。追い求める存在に出会うまで、我々も鳴き続けるしかないのか。

「ママ、どこへ行っちゃったのかな」

エリナちゃんのつぶやきにも弱気が混じる。気丈さを保ってはいるが、まだ六歳だ、いつ泣き出したりしてもおかしくない。そうなると、こちらもつらい。

だから、たとえ無理に取りつくろったのだとしても、冬子が明るく振る舞ってくれたことに僕はいくらか救われた。

「エリナちゃんを捜しているママが、わたしたちと同じ速さで、同じ方向に回っちゃったのかもよ。だったら一周しても出会わないということはありうるでしょう」

冬子の言うとおりだ。多分に希望的ではあるが、可能性としてはゼロじゃない。

「二手に分かれよう」

確実に母親を捜し出すために、僕はさらなる提案をした。

「これから僕は反時計回りに、クルーズのほうへ向かう。冬子とエリナちゃんはもう一度、ボブスレーのほうへ向かってくれ。さっきと同様に声を張り上げ続ければ、広場のあたりで僕らが合流するまでには、間違いなく母親に出会えるはずだ」

そして僕はエリナちゃんに目線の高さを合わせ、できる限り優しく聞こえるように言った。

「疲れちゃったかもしれないけど、もうひとがんばりだから。できるよな」

エリナちゃんは曲げた指でまぶたをこすり、こくんとうなずいた。

「じゃあ、決まりね。夏樹、今度はちゃんと真面目にやってよ」

冬子が念を押したのも、おどけの一種なのだろう。僕はわかったわかったと雑にあしらい、二人を見送った。手をつないだ二人がボブスレーのほうに姿を消しても、声はこちらまで届いていた。隣のエリアまで聞こえるくらいなのだ。やはり、同じエリアにいて聞こえないということは考えにくい。

僕はきびすを返し、ここぞとばかりに温存していた体力を使ってエリナちゃんの母親を呼んだ。ひとりで人けのない園内を歩いていると、唐突に冬子の口にした《人間だけが消し飛ぶ魔法》というフレーズが耳の奥で甦《よみがえ》った。このまま広場にたどり着いても、母親はおろか、冬子たちとも二度と会えなくなってしまっているのではないか。そんな、馬鹿げていると思うのに恐ろしくも感じられる妄想を、振り払いたくて繰り返し、会ったこともない女性を呼び続けた。

クルーズを過ぎ、プールを過ぎる。悪い予感が高まるが、それでも園の半分だ。先に出発した冬子たちが広場にも僕より早く到着するはずだが、むろん途中で母親と再会していればその限りではない。だから僕は、むしろ広場に冬子たちがいないことを祈った、が――。

「……いなかった、みたいだね」

花壇の前でエリナちゃんとともに、くたびれた様子で座り込んでいた冬子は、僕の姿を認めるとその顔にいっそう疲労の色を加えた。

「そんな馬鹿な。ちゃんと捜したのか」

信じがたい事態に、つい口がすべった。冬子はすっくと立ち上がり、頬を紅潮させて言い返す。

「捜したよ。喉が痛くなるまで叫び続けて、だけどどこからも返事はなかった」

「そうか……こっちも同じだ。ちゃんとエリナちゃんの名前を含めて呼んだけど、とうとう見つからなかった」

エリナちゃんは拾ったらしい木の枝で、足元を這《は》うダンゴムシを突っついている。せっかくダンゴムシが丸まっても楽しんでいる風ではなく、むしろ心底つまらなそうにしている。近くで大人二人が交わす会話に関心を示す素振りもない。

幼いのに哀愁あるその姿を何とはなしに見つめた、そんなときだった——まるで鍵《かぎ》のかかった扉がこちらに向けて蹴破《けやぶ》られるのを目撃するように、ある言葉が突然、大きな衝撃をともなって脳裡《のうり》に現れたのは。

それまでも女の子の心情に鑑《かんが》み、キセツだ何だと軽率なことは言い出さなかった。けれどもこのとき僕の思い浮かべた言葉は、格段に事態を深刻化させかねない響きを帯びていた。口にすることさえはばかられ、思わず冬子と視線をかよわせたとき、瞬時に僕は、彼女もまた同じことを考えずにいられなかったようだと悟った。

エリナちゃんには決して聞こえないように、冬子は彼女に背を向ける。そして棘《とげ》だらけの実を吐き出すように、痛みをともないながらそれでも言うしかない言葉を、僕の頭にもあるそれを、震える声で縁取った。

「まさか……捨て子、じゃないよね？」

4

——平日の昼間に、人けのない遊園地に置き去りにされた女の子。

「いや、それは最悪の想像だ。可能性はまだほかにもある」

絞り出した言葉は、自分自身に言い聞かせているようでもあった。

「たとえばお母さんが意識を失っているとかで、こちらの声が聞こえていないのかもしれない。あるいは古くなった建物に事故が起きて、どこかに閉じ込められているのかも……」

そこで僕は口をつぐんだ。いずれにしても状況が深刻であることに変わりはないし、万が一にもそのとおりならもはや僕らの手に負える話ではない。

二人の沈黙は数分にも及んだ。ただただ虫の声と、エリナちゃんの手すさびのざらりとした音が耳を打つばかりであった。その間にも僕はいくつかの、これから取るべき行動を真剣に吟味し、あくまでもひとつの結論として、次の台詞を放った。

「……警察を呼ぶか」

「ダメだよ！　そんなことしたら——」

それは《警察》というものものしい単語に対する、アレルギーに近い反応だったと思う。そんなことしたら、に続く冬子の危惧は僕にも理解できたが、どちらにしてもそれを僕が聞くことはなかった。彼女の出した大声に、エリナちゃんが顔を上げてしまったからだ。

「ママ、アタシを置いていっちゃったの？」

乾いた土を撫《な》でるような、色も温度もないその声に、僕は一瞬にして先の提案の延長を決めた。エリナちゃんは幼いが、断じて赤ん坊ではない。泣いても喚《わめ》いてもどうにもならない場合があることを理解できる年頃に達している。泣く余裕があるうちはまだいい、しかしこの態度を見るに、彼女の精神的な限界は近い。

「まさか。そのうち見つかるよ。ママのほうこそ迷子なんだ。だから、それまでお兄ちゃんたちと遊んでいよう」

僕はエリナちゃんに微笑みかけた。そして、不安そうにしている冬子に耳打ちする。

「いまはエリナちゃんの気持ちの安定を最優先する。僕らが気弱な態度を見せてはいけない。あくまでも、楽しそうに振る舞うんだ」

「だけど、それじゃ根本的な解決には……」

「冬子とエリナちゃんが遊んでるすきに、僕は引き続き母親を捜すよ。エリナちゃんにけどられないよう、それとなく、ね」

いつの間にか、僕らの影は広場の赤茶けた地面に長く伸びていた。正門の脇にある、営業時間の案内の掲示——《十時より十七時まで》とある——に目をやりながら、僕は冬子に訊ねる。

「何時までここにいられる？」

「そうだね、いまが夕方の四時だから……大阪まで戻ることを考えると、あと一時間ってとこかな。夕食の約束が入ってるの」

僕はうなずいた。冬子とは元々、夜には別れる予定になっていた。

「毎日十七時に、警備員がきちんと園内を見回っているらしい。その時刻をタイムリミットと考えて、それまでに母親が見つからなければ、警察に相談しよう」

硬い表情で、冬子も同意のうなずきを返した。

「じゃあ、行こっか、エリナちゃん！」

冬子が明るく誘うと、エリナちゃんは手にしていた枝を放り出して、跳ねるように立ち上がった。「うん！」

その笑顔を見て、緊張はわずかに緩んだ。大丈夫だ、楽しいことさえあれば、彼女はまだしばらく元気でいられる。

まずは近くのゲームコーナーに向かう。フリースローの隣には輪投げがあった。エリナちゃんが一投ごとにきゃあきゃあとはしゃぐあいだ、僕は物陰の多いコーナー一帯を歩き回る。だが、母親らしき人物は見かけなかった。

《夏季限定》と銘打たれたプールは完全に封鎖されていた。スライダーのほかに流れるプールや造波プールもあったようで、何とも遊びがいがありそうだ。営業しているころに来られなかったことを、エリナちゃんはしきりに残念がっていた。

陽が傾くにつれあたりは涼しさを増しつつあったので、下手なことをして濡れたりしてはいけないと思い、クルーズは外からながめるだけにした。ジャングルを再現した木々のあいだに動物の模型が見え隠れしていて、僕は束の間、目的をも見失いワクワクしてしまった。

母親は依然、見つからない。そのうちに僕らはまたしても、元いた場所へと戻ってきた。

「冬子お姉ちゃん、あれ乗ろうよ！」

エリナちゃんが冬子の手を引っ張り、メリーゴーランドのほうへ向かおうとする。そのさまを、僕は状況も忘れて微笑ましく見守った。ひとりきりのときにも彼女は、馬にまたがっていたのだ。よほどお気に入りらしい——。

ふと、何かが引っかかった。

それは、欠けた爪がテーブルクロスの繊維に絡まったという程度の、軽く手を振りさえすれば追い払うことができるくらいの、ごくささやかな引っかかりでしかなかった。よくよく目を凝らさなければ景色と同化してしまうほど色の薄いそれを、僕はきわめて慎重に、けれども確実に、手繰り寄せていく。

——冬子お姉ちゃん、あれ乗ろうよ。

そして、掌中に収めた。この引っかかりの正体を。

ちょっと引っかかっただけだと思っていた爪は最終的に、上に載った食器ごとテーブルクロスを——あるいは、テーブルそのものさえもひっくり返してしまったようだった。

それほどの転回を、僕は自身の洞察の中に見たのだ。

「冬子——」

数時間前にそうしたのと同じように、僕はメリーゴーランドへと歩む彼女の背に向けて、名を呼びかけた。胸いっぱいに溜め込んだ空気で、声帯を震わせて。今度は決して、秋の風なんかにさらわれてしまわぬように。

エリナちゃんと手をつないだままで、冬子は立ち止まり、振り返った。言葉を続けようとして息を吸い込んだ肺に、夕暮れどきの匂いが染み込んだ。

「大事な話があるんだ」

冬子はあからさまにうろたえた。だがそれは、僕の真意を誤解したからだろう。

「エリナちゃんもいるのに、いきなりそんな……」

「むしろ都合がいいさ」

一歩、二歩、僕は二人との距離を詰める。そして口をきゅっと結んだエリナちゃんに視線を落とし、告げた。

「なぜなら僕は、これから彼女の消えた母親のことをキセツしてやろうと考えているんだ」

不謹慎だと思っていたので、そのフレーズはこれまで口に出さずにいた。

だけど、そうじゃなかった。初めから、これはキセツに値する事象だったのだ。

絶句している冬子をよそに、僕はエリナちゃんの前に屈み込む。

「エリナちゃん」

確証はないが、確信はあった。だから僕は、子供の口を借りて真相を引きずり出すことにした。卑怯《ひきよう》なのは否めないが、その点では敵も負けず劣らずなのだ。

「エリナちゃんは今日、お母さんと二人でこの遊園地に来たんだよね」

「うん」怯《おび》えの気配が見て取れるものの、エリナちゃんははっきり答えた。この子はいい子だ。そして賢い。

「そのお母さんってさ——もしかして、冬子のお姉さんじゃないのかな」

するとエリナちゃんは困ったように冬子を見上げた。その反応自体、認めたも同然だった。エリナちゃんは、まぎれもなく冬子の姪なのだ。

わかってみれば、あまりにも馬鹿馬鹿しい。僕はメリーゴーランドのある場所に冬子を連れ出し、七年前の修学旅行の夜に、今日を重ね合わせようとした。冬子は七年前のことを忘れるどころか、僕のその目的にも最初から心当たりがあった。そして、やはり七年前と同じように、騒ぎをでっち上げて時間切れを狙った。僕が言えずにいたことを、今日もまた打ち明けさせまいとしたのだ。

エリナちゃんは言わば、その目論見に巻き込まれたに過ぎない。僕の決意を邪魔するためにどうするのがいいか、冬子は考えて、迷子の母親を捜すふりをすることを思いついた。そのためには当然、子供が必要だ。そこで彼女は姉に相談し、エリナちゃんを借りることにした。メリーゴーランドの馬に座らされながら、エリナちゃんは母親からよくよく言い聞かされたはずだ——今日は迷子のふりをするのよ、と。冬子とは赤の他人ということにしておくの、と。小学一年生にもなれば、そのくらいの知恵は備わっている。

屈んだままで、僕は冬子に聞かせるように言う。

「こんなことに付き合わされて、エリナちゃんには同情を禁じえないよ。意味不明な指示をちゃんと守れるほどいい子で、しかもつい先刻まで僕の目を欺き続けてみせたほどに賢かった。冬子の演技もなかなかのものだったけど、エリナちゃんの今日の名優ぶりときたら、僕は脱帽するしかないね」

もっともエリナちゃんがまいっている様子だったのは演技ではなく、むろん母親が見つからない寂しさのせいでもなく、狙いも終わりも見えない迷子ごっこに実際疲弊していたからだと思う。それでもエリナちゃんが賢いことに変わりはないし、そのぶんだけ冬子の罪は重い。

「だけど、そうは言ってもエリナちゃんは子供だ。たったひとつ、ミスを犯していたことに、僕はずっとあとになって気づいた」

——冬子お姉ちゃん、あれ乗ろうよ。

あの台詞を耳にしたとき、覚えた引っかかり。

それは、エリナちゃんが冬子の名前を知っていた、ということだった。

「もちろんそのときまでに何度か、僕はエリナちゃんの前で冬子の名を口にしている。だけどもう一度、それもずっと早くに、エリナちゃんは冬子の名前を呼んでいたんだ」

——冬子お姉ちゃんたちは、恋人どうしなの？

その質問に、冬子は明らかに動揺し、僕は半分冗談半分本気で《まだ》と答えた。おそらく冬子は姪に協力を仰ぎながら、込み入った事情までも理解させるのは難しいと考え、僕らの関係性を伝えてはいなかった。一方、エリナちゃんは伏せられた事実に対し純粋な興味を抱いてしまった。それこそが冬子にとっては計算外だったのであり、だから彼女は動揺した。そして、僕はその瞬間に引っかかりを覚えなくてはならなかったのだ。

僕が先ほど、迷子のふりをするよう言われたことを《意味不明な指示》と表現した理由もここにある。エリナちゃんは指示の内容こそ理解できたものの、なぜそんなことをしなければならないのかという説明を受けてはいなかった。彼女にしてみれば、そんな中途半端な状態ではますます疲れるばかりだっただろうし、それで一度のミスしか犯さなかったというのは驚嘆すべきことである。

ただしエリナちゃんと出会う直前に、僕は一度、冬子の名を呼んでいる。が、それが離れていたエリナちゃんにまで届いたとは思えない。そして以降、先の質問を受けるまでのあいだに、僕は冬子の名を一度も口にしていないのである。

「ところで、冬子と面識があったからと言って、即座に姪っ子だと見るのは無理がある。

この点、僕には確証がなかったから、エリナちゃん本人に訊いてみることにしたんだ」

なぜ僕が、エリナちゃんが冬子の姪であると考えたのか——それもやはり、七年前のことが頭にあったからだ。

紗知によれば冬子はあの修学旅行中に、叔母になったのだそうである。それを教えてくれたときの台詞が、次のようなものだった。

——関西で暮らしてる一番上のお姉ちゃんが、昨日子供を産んだんだって。

修学旅行は七年前の冬だから、その子は現在六歳、小学一年生にまで成長していることになる。さらに当時、姉夫妻は関西にいたのだという。確実ではないものの、七年前に関西で暮らしていた一家が現在も関西にいる可能性は、決して低くないだろう。これらの事実を単なる偶然で片付けるよりは、冬子が今日の迷子騒ぎを画策するにあたって背中を押す要素になったととらえるほうが、僕にとっては説得力があるように思われたのだ。

「それでもエリナちゃんは、自分の母親と冬子が姉妹なのではという僕の問いに、簡単にうなずきはしなかった。本当に賢い子だよ。あの反応を見てしまっては、冬子ももう、このうえ言い逃れをしてエリナちゃんを苦しめる気にはなれなかったんじゃないか」

冬子は何も言わず、目を伏せている。

僕が語るのを聞くあいだ、エリナちゃんは叱られたみたいにしゅんとしていた。さっき僕が、《ミス》という表現を用いたからかもしれない。しかし、エリナちゃんのおかげで僕は冬子の企《たくら》みを見抜くことができたのだし、冬子の要求は元々六歳の女の子には無茶だったのだ。エリナちゃんが責められたと感じるようなことがあってはならない。

僕はエリナちゃんの、柔らかな髪を撫でながら言った。

「よくがんばったね。お兄ちゃん、すっかり騙されちゃったよ。寂しかったろう、でももうすぐママが迎えに来てくれるからね」

その言葉を受けて、冬子が携帯電話で連絡を取り始めた。どうせどこかに隠れるか逃げるかしていた冬子の姉が、頃合いを見計らって正門にでも迎えに来る手はずになっていたのだろう。正門で母子の再会を見届ければ、自然と僕らも帰る流れになる。わざわざメリーゴーランドまで戻ろうとは、さすがに言い出せなかったはずだ。

要するに、今日この園にエリナちゃんが呼ばれた理由はただ一点、メリーゴーランドの周辺で僕と冬子が二人きりになることがないようにするためであった。それさえ防げれば、夏樹から告白を受けることはない——そう、冬子は考えたのだ。

「アタシ、やっぱりもう一回メリーゴーランドに乗りたいなぁ」

まさか気を利かせたわけでもあるまいが、エリナちゃんは出し抜けにそう言うと、メリーゴーランドに向かって駆け出してしまった。立ち上がり、見送りながら僕はつぶやく。

「いるわけなかったんだよ。こんな遊園地に、迷子なんて」

そうだね、と冬子は同調する。それが僕には、心を削ってできたかけらを吐き出したように聞こえた。そうすることで、僕に詫《わ》びているのかもしれないと思った。

「夏樹は初めから……あの子を見た瞬間から、奇妙だなって感じてたの？　だから母親を捜すときにも手を抜いたり、あえて警察なんて単語を持ち出したりしたの？」

「いいや。迷子だと思い込まされていたさ。振り返れば、確かに違和感はあったけど」

——平日の昼間に母親と二人で、こんなところへ来るなんて。

冬子がひとつ、深呼吸をした。すとんと肩を落とす仕草に、心情が込められている気がした。

「それじゃ、途中まではうまくいってたんだ。でも結局、夏樹には敵《かな》わないってことかな。たった一度、エリナちゃんがわたしの名前を呼んだというだけのことから、最終的に彼女がわたしの姪っ子であることまで見抜いてしまうなんて、もはや優れた観察者のレベルを大きく超えているもの。わたし、これでも今日のことは、一所懸命考えたんだけどな」

「冬子が僕より劣ってるとか、僕が極端に鋭いだとか、今回はそういう問題ではないと思う。方法が間違ってたんだよ。根本から間違ってた。迷子なんて存在を、でっち上げるべきではなかったんだ。だって——」

僕は両腕を思いきり広げた。秋の夕陽の淡い光が静かに降り注ぐ、広大な遊園地のすべてを、この胸にしかと抱き込むように。

「ここはもう何年も前に営業を停止した、廃遊園地なのだから」

5

奈良県内某所に、その廃遊園地はある。

一九六〇年代初頭に国内テーマパークの先駆け的存在として開園し、最盛期には年間百六十万人もの来園者を数えた。しかし、やがて関東や大阪など各地により近代的なテーマパークが開業すると、入場者数は減少の一途をたどるようになり、ついには経営難に陥って閉園に追い込まれた。跡地利用についてはいくつかの案が浮上し、売却も検討されたがさまざまな障害からいずれも暗礁に乗り上げ、その処遇は現在も決まっていない。かつては子供たちの、いや大人をも含めた人々の夢の国であったそこは、いまやきちんとした手入れもされることのないまま、茫漠《ぼうばく》たる廃墟《はいきょ》と化している。

言うまでもなく本来は立ち入り禁止であり、僕らのやっていることは不法侵入だ。だから警察という単語に冬子が拒絶を示したとき、僕は冬子が、罪に問われることを危惧しているものととらえたのだ。ただこの廃遊園地の、不気味だがもの悲しい雰囲気がインターネット上などで話題になったこともあり、侵入者はあとを絶たないらしい。僕らが今日すれ違った若者や白人男性もそうであろう。実際に僕も事前の調査で、正門が壊れていていつでも薄く開いていることや、毎日十七時に警備員が見回りにくることなど、安全に見物するためのいくつかの情報を入手済みであった。

廃遊園地なので当然ながら、放送などを使って迷子の母親を呼び出すことはできなかった。そして余談だが、今日僕らが遊んだいくつかのアトラクション――ティーカップのハンドル、フリースロー、輪投げなど――はすべて、電気がなくても遊べるものばかりである。

それが小学生の女の子にとっては、飼い犬が餌を前にしておあずけを食らうようなもので、さぞかし不満だったことと思う。

「これ、ちゃんと回ってくれたらよかったのになぁ」

エリナちゃんはぼやいて、またがった馬をガタガタと揺らした。

誘われたように、僕らはメリーゴーランドへ歩み寄る。昼間の陽光の下ではチープに感じられた装飾も、夕暮れの中では不思議と映えて見える。これで電球が光ればさぞ美しかっただろうな、と思った。

僕は柵の外で立ち止まったが、冬子はメリーゴーランドに上がってエリナちゃんの隣の馬に腰を下ろした。互いに顔を向けて笑う叔母と姪を見ていると、ある画が唐突に僕の脳裡に浮かんだ。

「いいこと思いついた。二人とも、しばらくそうやって楽しそうにしててくれ」

言いながら僕はカメラを構える。そして、きょとんとしている二人の全身が多少の余裕をもってファインダーに入るように、馬や馬車を収めつつも屋根や柵までが入ってしまわないように高さやズームを調整すると、動画撮影モードに切り替えた。さらに、携帯電話でいかにもそれっぽい、陽気でノスタルジックな音楽を探し当てて鳴らす。

「行くぞ！」

掛け声とともに、僕はカメラの視点をなるたけずらさないようにしながら、メリーゴーランドの柵に沿って早足で移動し始めた。横歩きになるので何度かバランスを崩しそうになりながら、それでも一周するころにはコツをつかんでなめらかに動けるようになる。

冬子たちのところへ戻ってきたとき、すでに二人はこちらの意図を察し、さもメリーゴーランドが回っているかのように笑顔で馬を上下に揺らしていた。もちろん僕はそこで足を止めない。彼女たちを置き去りにしてもう一周、さらにもう一周。

結局、五周したところで僕は、体力の限界を感じて止まった。

「もう、いい、だろう」

息が上がっている僕のもとに、エリナちゃんと冬子が馬から飛び降りて駆け寄る。なおも肩で息をしながら、僕はカメラを操作して小さなモニターを全員に見えるようにし、たったいま撮影した動画を再生した。

――かろうじて聞き取れる音楽。それよりも大きな僕の足音と呼吸、正弦波のようにぶれる視点。駆けめぐる馬たち、そして忘れたころにやってくる、喜色満面のエリナちゃんと冬子。

最後まで再生された動画が自動で静止すると僕は、んん、とうなってから言った。

「微妙、だな」

「だね。もう少し、それらしく映るかと思ってたんだけど」

辛辣《しんらつ》に同意する冬子とは対照的に、エリナちゃんは優しい。

「でも、ちゃんとメリーゴーランドが動いてるように見えなくもないよ。ほら、遠くを見るようにして、ぼうっとながめれば」

「エリナちゃん、そりゃ何も見えてないのと同じだよ」

ひとしきり三人で笑い合っていたら、遠くで声がした。

「エリナ――」

「ママ！」

あたりはすでに、暗くなり始めている。それでもエリナちゃんはひと目で母親を見分けたようだ。夕暮れの中にぼんやりと浮かぶ女性のもとへ走っていくと、そのまま腰にしがみついた。

それから女性は僕の姿を認め、会釈するように頭を下げた。表情まではうかがえない距離があったが、見えたってどうせ僕は彼女の――由梨絵という人の顔を知らない。仮にこれが、迷子と母親の数時間ぶりの再会という設定のままだったなら、僕は別れるまで彼女が冬子の姉だと気づきはしなかっただろう。

名前や存在に関してはこれまで何度となく話に出ていただけに、実物を前にするとかえって幻のようだった。あの人が、冬子の姉なのだ。こちらまで来ないのは、今日の目論見が失敗に終わったことも含め、冬子から何もかも聞いているために、僕に対して申し訳が立たないと感じているからに違いない。

赦《ゆる》しを込めて会釈を返すと、母子は手をつないで僕らに背を向け、帰り始めた。その光景を、何とはなしに見つめていたら、冬子がメリーゴーランドに向き直り、しみじみと口にした。

「たくさんの季節があったね」

季節と、僕らの仲だけで通用するキセツとは、イントネーションが違う。それでも僕は一応、「キセツ？」と確認したが、冬子は首を横に振った。

「季節だよ。夏樹と出会って、もう八年が過ぎたっけ。そのあいだにもたくさんの季節がめぐったなって。まるでメリーゴーランドみたいだなって、ふと思ったの」

ともに過ごした季節。離れて過ごした季節。ことに今年は冬に始まり、四季が変わるごとにいくつかの、印象的な出来事を冬子と共有してきた。冬を乗せた馬が現れては去り、春を乗せた馬が来ては行き、そうして夏、秋と過ぎ、いつしかまた同じ季節がやってくる。それはまるで、メリーゴーランドのように――。

「季節はうつる、か」

傍で聞けば滑稽《こっけい》なほどに感傷的な僕の台詞も、いまの二人にはさらなる感傷を植えつけるだけだった。冬子は少しだけ咳《せ》き込むと、吹き過ぎた秋の風にさらわれそうなほどに頼りない声で告げた。

「ごめん」

謝れば済むと思っているわけではないだろう。だが、彼女はその言葉の持つ残酷な響きに、きっと気づいていない。僕は自嘲《じちょう》気味に、ふんと笑った。

「まったく同じだな。七年前と」

冬子はばつが悪そうにしていたが、それでも控えめに笑い返した。

「そうだね。ギリギリで全部ばれちゃうところまで、気味が悪いくらい同じ」

「どうしてここまでする？　遊園地と聞いた時点で嫌な予感がしたなら、断ればよかったじゃないか」

けれどもここでは、冬子はきっぱりと否定した。

「夏樹の話を聞いてしまうことを、わたしは避けたかった。でも、避けたいと思っているのを知られることも避けたかったの。そのためには、こうするしかなかった」

「………」

「ワガママなんだよ。最低だって思ってる。だけどね──」

もういいよ。確かに冬子の唇がそうこぼしたのを、僕の耳はすくい上げた。

「聞くよ。だって、夏樹がここまでして伝えようとしてくれたことだもん。ちゃんと聞かなきゃだめだよ。じゃなきゃわたし、自分のことどんどん嫌いになってく──」

そこで冬子は口をつぐむと、悲鳴にも似た言葉の剣先を鞘《さや》に収め、強いて笑みを浮かべたのだった。

「だから、聞かせて。夏樹が今日、わたしに伝えようとしていたこと」

今日のすべてはそのためにあったのだし、だからこそ僕はこの瞬間に向けて、気持ちを高めてきたつもりだった。必ず正直に打ち明けるのだと。今度こそ、時間切れは許されないのだと。

だが——。

「いや、いい。よしとくよ」

喉まで出かかった決意は、口から転がり出たときにはすでに、正反対の形をなしていた。

「ここまで苦しめておいて、心から申し訳ないと思う。でも今日はもう、やめた」

冬子がそうであるように、僕だって本当は、この関係が壊れてしまうことに強く怯えている。秘めたままでいられるのなら、そっとしておきたいとさえ願っているのだ。

結局のところ、それは僕が臆病《おくびょう》のささやきに耳を貸し、来たるべきときを先送りにしたに過ぎない。だが、冬子はほっとしたようだった。

「……そっか。わかった。無理に聞き出すこともないもんね」

それには答えずに、僕はメリーゴーランドから離れ、歩き始める。

「夕食の約束ってのは、さっきのお姉さんたちと、だよな」

「よくわかったね。こっちで会うことは当分ないだろうから」

並んで歩く冬子に、僕はなるべく冷淡に聞こえないように言った。

「お姉さんたちも車で来てるんだろうから、一緒に帰れよ。このあと別々に戻って、またどこかで落ち合うのも面倒だろうし」

「えっ。でも、レンタカーも返さないと……」

「いいよ、僕がやっておくから。それに、こっちも夜は外食の予定があるんだ」

食い下がらなかったのは、僕に対する気遣いが半分、自分のためがもう半分だったに違いない。このまま二人で車に乗り込めば、どうしたって帰り道は息が詰まる。

「じゃあ、そうするね。夏樹とはここで」

僕の前に進み出てくるりとこっちを向くと、冬子は笑い、手を振った。僕はそれに微笑を返す。

「ありがとう。楽しかったよ」

「こちらこそ。廃遊園地を見て回るなんて貴重で、すごく楽しかった」

それから冬子は僕を置いて、正門の方角へ駆けていった。姉たちに追いつくため、という建前の行動ならばきわめて自然である。彼女の姿が見えなくなるまで、僕はその場に立ち尽くしていた。いまさら人の気配に驚いたみたいに、カラスの群れが冬子のたどった道の脇からいっせいに飛び立った。

夕暮れは便利だ。笑顔の端や隙間に洩れ出た、本心を隠してくれる。

一度も振り返ることのなかった冬子の背中を見つめながら、僕は自分の母親のことを思い出していた。選ばなかったほうのゴミ箱に未練を抱いて売り場を振り返る、母の姿を。

冬子を先に帰らせたのは、これがもし逆なら僕もやっぱり母と同じように、冬子を振り返ったであろうことがわかっていたからだった。選ばないことに決めて、頭ではそう理解して、それでも未練がましく後ろを振り返ってしまうだろう。そして、おそらくはそっちこそが本心なのだ。自覚させられると余計に、つらい。

心のどこかにはまだ、あきらめきれない自分がいる。これからもずっと冬子と一緒にいられたら、と。だけど、そんな未来はありえない。どれだけすぐ近くにいたって、冬子の気持ちが僕に向くことは絶対にないから。それは今日の出来事からも明らかだ。

どんなに楽しく時を過ごしてみたって、僕らが現在立っているのはしょせん、廃遊園地なのだ——終わりを迎えてしまった夢の、残骸《ざんがい》だけが横たわる国なのである。

駐車場まで戻ってみても、冬子の姉が乗ってきたらしき車はもうどこにも見当たらなかった。立ち去り際にもう一度、僕はカメラを遊園地に向けてシャッターを切ったが、光量が足りずにぼやけてしまい、ほとんど何も写ってはくれなかった。それはまるで、夢の国で起きたことのすべてが、夢であったと証明しているかのようだった。

その日、僕がメリーゴーランドの前で冬子に何を打ち明けようとしていたのか——僕の口から、彼女に語られることはなかった。

最終話　冬――季節はうつる、メリーゴーランドのように

1

――そして、冬。

夜の公園はひっそりと静まり返っていた。人けはなく、周囲に建つアパートの窓から洩《も》れる明かりはこちらを冷ややかに見下ろす眼光のようだ。

まだ、それらが残らず消えてしまうほど深い時間帯ではない。ならば公園から人を遠ざけているのは、何よりも年の瀬の街を襲う容赦のない寒さであろう。さっき見た天気予報では、年齢不詳の女性の気象予報士が、明日にかけて急激に冷え込むことを告げていた。

腰を下ろした木製のベンチは冷たかったが、体が小刻みに震えているのがそのせいなのかはわからなかった。コートのポケットに入れっぱなしにしていた手には、これからの時間で唯一必要となるはずの、携帯電話がしかと握りしめられていた。

この瞬間を、ずいぶん先送りしてきた。だけどもう、ここらが限界だろう。

今宵《こよい》こそ、僕は決着をつけるのだ。あまりにも長いあいだ連れ添い、引きずってきた、自分自身の感情に。未練がましくとどまり続けた不相応の青春に、避けては通れない別れを突きつけるのだ。

携帯電話の画面に目的の連絡先を表示するところまではスムーズに進んだ。それから二度ほど発信ボタンを押し損ねたのは、指先がかじかんでいるからだと思うことにした。三度目では操作を誤ることなく、耳に当てた受話口からは発信音が聞こえてきた。鼓動が早まる。電話を持つ右手が揺れている。唇からこぼれる吐息が、頭上の電灯に照らされて青白く光った。実物を見たことはないが、僕はそれを魂みたいだと思った。

急に電話をかけたからだろう、相手が出るまでには少し間があった。それでも僕の中で急速に膨らむ臆病《おくびょう》が、仕切り直そうかと右手に指令を下す前に、発信音はやんだ。

「——もしもし、夏樹？」

およそ三ヶ月ぶりに聞く、冬子の声だった。

その声はいつもどおり澄んでいたけれど、あたかもこれから僕がする話を予期しているかのように、普段の陽気さが感じられないのは不思議なことだった。まるで何かに怯《おび》えているような。昏《くら》い穴の奥深くを、おそるおそるのぞき込もうとするような。

「ごめんな、夜分にいきなり。いま、大丈夫？」

「うん、自分の部屋だから大丈夫だけど……夏樹、また外にいるんだね。急に電話をかけてくるときは、いつもそう」

夏に大阪で、冬子に電話をかけたときのことを思い返しているのだろう。公園の脇を通り過ぎた自動車の走行音が、電話越しに彼女に届いたところまで同じだ。寒くないの、と気遣う彼女の言葉を、僕はありがたく思いつつも受け流した。

「ちょっと、時間もらえるかな。どうしても、伝えたいことがあって」

すると、彼女は浅いため息をついた。

「もしかして、メリーゴーランドの前で言いそびれたこと？」

べつだん驚きはしなかった。これだけもったいぶったのだから、向こうにしてみれば容易に察せられもしようというものだ。いや、第一声の様子から推し量るに、こんな時間に僕から電話がかかってきたというだけで、冬子は何かしら勘づいていたのだろう。

「そのとおりだよ。今日こそは、逃げないで聞いてほしい」

彼女を羽交い締めにするつもりで、僕は言った。けれども声に力はこもらず、ほとんど消え入るようになってしまった。

冬子は逃げ出したりしなかった。僕を両手で突き飛ばし、そのまま自分の耳をふさぐこともできたのに、彼女は僕よりも固いのではと思えるほどの覚悟を投げ返した。

「わかったよ。ちゃんと聞くから」

安心するよりも先に、少しがっかりしてしまった自分を、僕はひそかに嘲笑《あざわら》った。

舞台は調った。とはいえ、いざそのときを迎えてみると、いったい何から話したらいいのかわからない。用意してきた言葉は山ほどあったはずなのに、そんなものは何の役にも立たず、まるで降り始めの雪のように、つかんだと思った瞬間にはもう溶けてなくなっているのだった。

電話の向こうで、冬子は急《せ》かさずに沈黙を守っている。けれども焦れば焦るほど、僕の声帯は機能を取り戻さない。大好きだったはずの歌をまったく思い出せなかったときの、奇妙でもどかしいあの気分とよく似ていた。

結局のところ、僕は用意してきた言葉を発したのではなかったと思う。ただこれ以上の沈黙は耐えがたく、とにかく何かを言わなければという気持ちが勝った。とりあえず川上から漕《こ》ぎ出せば、いずれは目指す川下に流れ着くだろうという期待もあった。

「あのさ、僕——」

「待って」

ところが、である。冬子は狙い澄ましたみたいに、僕の言葉をさえぎったのだ。間髪を容《い》れず押しとどめた。もう怖《お》じ気づいたのか、さっきの覚悟はどこへ行ったのかと、柄にもなく、舌打ちが出そうになった。やっとの思いで絞り出した声を、冬子は間髪を容れず押しとどめた。

僕は自身の情けない逡巡《しゅんじゅん》を棚に上げ、彼女を責めたい心境だったのだ。

だが、続く彼女の台詞《せりふ》はまるで思いもよらないものだった。

「その話、わたしにキセッさせてくれないかな」

一瞬、僕は冬子が冗談を言っているのかと思った。重苦しい空気に息が詰まり、つい軽口を叩《たた》いたのかと。けれども彼女の声色は真剣で、茶化しているようには聞こえない。

「キセッって……僕がこれからする話の内容を見抜く、ということか」

「うん。違ってたらごめん。でもわたし、知ってるような気がするんだ。夏樹が今夜、何をわたしに打ち明けようとして電話をくれたのかを」

「正しかったとしても、だよ。どのみち僕がするはずの話を、冬子が言い当てて何になる」

「いいじゃない、何にもならなくても。これまでいろんなキセツを経験してきたけど、たいてい夏樹が説明をつけるばかりで、わたしはあまり活躍できなかった。こんなときくらい、花を持たせてくれたっていいでしょう」

冬子がムキになるので、僕は目下の状況も忘れ、噴き出してしまった。そうなるともう、彼女の要求を拒むだけの強情さは僕にない。自分の言葉でちゃんと伝えたかったのはやまやまだが、いっこうにそれを成しえなかったこちらに非があるのも明らかだった。

「わかったよ。それじゃ、遠慮なくキセツしてくれ」

僕が軽い気持ちでうながすと、冬子はひとつ、咳払《せきばら》いをした。

そしてそれは、これから始まる冬子の長い話の号砲だった。彼女の最初の一言こそ僕を羽交い締めにして逃さず、絶句したきり僕は、彼女のキセツにただただ聞き入ることになったのである。

「夏樹さ——結婚、するんでしょう」

2

——わたし、ずっと勘違いしてたみたい。

夏樹がかつてわたしを好きだったこと、それは間違ってないでしょう？　高校の修学旅行のとき、わたしを誰も来ないレストランに呼び出したのは、告白するためだったはずだよね。あの晩わたしがひどいことをしたにもかかわらず、夏樹はそれからも変わらず友達でいてくれて、わたしはもちろんうれしかったけど、同時に何かいびつなものを感じてもいた。何となく、夏樹は無理してるんじゃないかって思ってたんだ。

去年の夏樹の誕生日、わたしのほうから連絡を取ってみたのも、そのことがずっと引っかかっていたからだと思う。あのころ感じたしこりを取り去っておきたかったっていうかさ。いまなら何の障害もなく、純粋な友達に戻れる気がしてたんだよね。

だけど実際はどうかな。わたしたち、結局いびつなままだったんじゃないのかな。あえて無邪気に振る舞って、何とか修復できないかってわたしなりにがんばってみたりもしたけど、余計にこんがらがっていくようで。やっぱり夏樹は修学旅行での一件を気にしているのかなって、そう考えるわたしのほうこそ、あの夜の出来事にいつまでもとらわれ続けてた。

だから九月、廃遊園地に誘われたときも、メリーゴーランドのある場所で夏樹は今度こそわたしに告白するつもりなんじゃないかって思ったの。それが嫌で、二人の関係がますますいびつになってしまうのが怖くて、わたしはこっそり妨害しようとした。——振り返っても、ひどい勘違いだったよね。

あの日、わたし最後にはあきらめて、ワガママな自分にうんざりして、夏樹の話を聞く覚悟ができてた。言ったでしょう、聞かせてって。なのに夏樹は、《よしとくよ》って答えた。

　正直に言うとね、その瞬間はほっとしたんだ。でもあとになって、どうして夏樹はあのとき口を閉ざしてしまったんだろうって思った。そして秋が終わり、冬になるころに気づいたの。もしかして、わたしはとんでもない勘違いをしていたんじゃないかってことに。

　真実を教えてくれたのは、この一年間の思い出だった。夏樹と交わしたさまざまな言葉、あるいはいくつかのキセツをめぐるやりとり。そうした何気ない記憶の断片が、夏樹がこれまでわたしに隠してきた、わたしの知らない夏樹の姿を浮き彫りにしてくれたんだ。

　まずは二月、冬のこと。

　神戸で見かけた男女の行動についてキセツしたとき、夏樹は不自然な嘘をついたよね。異なる真相に思い至っていたのに、それを伏せたままでわたしに、《男性が遠方から恋い慕う女性に会いにきた》という偽りの説明を披露したんだ。

　どうしてそんなことをしたのか。考えられるのは、夏樹の嘘における男性の行動が、実際には、男性とは別の誰かの行動を説明するものであった、ということ。

　単純な話だよね。あれはほかでもない、夏樹――あなたの行動だったんだ。

　あの日、ふさわしいタイミングを見計らって夏樹は、昼間のキセツが嘘であったと白状するとともに、遠方から恋い慕う女性に会いにきたのはあの男性ではなく自分だった、と明かすつもりだった。そうするとわたしは当然、恋い慕う相手というのがわたし自身であることを知る。つまり、あの嘘は恋の告白をするためのちょっとした演出だったんだ。

奇妙な出来事に遭遇したのが偶然であった以上、あの嘘は単なる思いつきに過ぎなかったんだよね。ただ、夏樹は過去にもわたしに告白しようとしながら、わたしの妨害に遭って断念したことがある。たぶん、思いがけない方法で告白することにより、わたしに妨害されるのを防ぎたいという意識がはたらいた結果だったんじゃないかな。

ところが、摩耶山頂ではわたしが先手を打って、前の彼氏とよりを戻したことを話してしまった。……ごめんね、あのとき話した復縁の理由は偽りのない心情だったけど、夏樹と会う直前になって復縁したのは、そのほうがわたしたちの関係を明確にできると考えたことも大きな理由のひとつなの。さっきも話したとおり、わたしは夏樹とは純粋な友達でいたかった。だから、万が一夏樹がわたしと友達以上の関係になることを望んでいそうなときには、その余地がないことを示せるよう、準備をしておきたかったんだ。それがあの、復縁という判断につながったの。

ともあれ、わたしに復縁を知らされた夏樹は、計画どおりに告白するわけにはいかなくなった。そこで急遽《きゅうきょ》、昼間の嘘の理由に触れることなく、キセツをやり直す方向で話を展開した。その鋭い考察に感心するあまり、わたしは夏樹のついた嘘について追及するのを忘れてしまった。当座をしのぎたいという夏樹の思惑に、見事にはまっちゃったわけ。

——と、ここまでは実のところ、春が来るまでには気づいていた話なの。でも、夏樹が隠していたもうひとつの事実に思い当たるには、再び冬がめぐってくるのをまたなければならなかった。

結論から言うと、二月に夏樹が関西へ来たのは、わたしに会うことだけが目的ではなかったんだ。それがあの日、福岡ではなく奈良から神戸へやってきたこととつながる。わざわざ仕事を休んでまで月曜日を指定してきたこと、振り返ってやっぱり変だなと思ったんだよね。夏樹の言ったとおり、わたしだけでなくほかの誰かとも会う予定だったとしても、土曜日と日曜日を都合よく割り当てればよかったでしょう。

そうしなかったのは、奈良で会ったという大学のクラスメイトに、そのあと神戸でわたしと会うことを知られたくなかったから。つまり夏樹が奈良で会っていたのは、わざわざ福岡から来た以上は週末を丸々一緒に過ごすのが自然で、でなければ用件を話さずには済まないような相手だった。

そんな条件に当てはまりそうなのは、恋人以外に考えられないよね。

夏樹はあのとき、《昨晩までクラスメイトのところに泊めてもらった》と話していたね。せっかく奈良まで来たんだからできるだけ長く一緒にいたい、とでも主張することで、日曜の夜をも恋人の家で過ごしたんでしょう。明けの月曜日、夏樹は有給休暇を取っていたけれど、恋人には出勤などの予定があったので、朝には自然に別れることができた。福岡に帰るはずの夏樹が見当違いな方角に向かう電車に乗るところを、駅で見送る時間の余裕さえ、恋人にはなかったのでしょうね。

そういや夏樹はあの日荷物が少なかった理由を、わたしに怪しまれないようクラスメイトの部屋に置いてきたと説明したけど、考えてみればそれもちょっと引っかかるよね。また来るからということで荷物を置いておけるほど頻繁に奈良を訪れているのだとしたら、相手を単なるクラスメイトと見るよりは、恋人と考えたほうがしっくりくるかな。

このように、夏樹の言動をつぶさに見ていけば、確証とは言えないまでもそれに近いものは得られると思うの。わたしと神戸で会う直前の週末を、夏樹は奈良に住む恋人と過ごしていながら、恋人にはわたしの存在を、わたしには恋人の存在をそれぞれ隠していた。

ところでわたしは一度、夏樹の会いにきた《恋い慕う女性》というのが、本当はわたしではなくその恋人のことだったのではないかと考えたの。だけど、これは明確に否定されるよね。なぜならそのとおりだったとしたら、嘘をついた理由をわたしに明かすのに何の支障もなかったわけだから。そこに言及していない以上、夏樹はあくまでも《わたしに会いにきた》と伝えるためにあの嘘をついたんだ。

したがって、夏樹は当時まだ恋人と結婚する意思を固めてはおらず、わたしとの関係の進展もあきらめてはいなかった。そんな心境にありながら双方にいい顔をしようとしていたわけだから、はっきり言って感心はしないよね。でも、元はと言えば友達に戻りたいという一心で夏樹を神戸に呼びつけたのはわたしのほうだし、わたしも復縁という手段を用いて保身を図っていたのだから、夏樹を責めることはできないと思う。夏樹の恋人に対しては、申し訳なかったと感じてもいるよ。

ただ……わたしと会うことを恋人に隠していたのは、当然ながら夏樹が恋人と別れたくなかったからだよね。わたしとうまくいったら別れるつもりだったのかもしれないけどさ、それにしたって先に恋人と別れようとはしなかったんでしょう。

本当はその、恋人と別れたくないという気持ちこそが本心だったんじゃないのかな。わたしとのことは、まさしく勘違いみたいなものでさ。

あとに続く三つの季節における夏樹の変化を追うにつれ、それは疑いのないことだと思うの。

次、季節が変わって春。

いろいろあって彼氏と別れることになったわたしに、夏樹は花の画像を送ってくれた。《先週末、外を歩いているときに》見つけたという、淡い桃色の花の画像を。

わたしが花の名前を訊ねたにもかかわらず、夏樹は教えてくれなかったけど、気になったから調べてみたの。あれ、月見草っていうんだね。聞いたことはあったけど、わたし、花にはちっとも詳しくないからわからなかったよ。

どうやって調べたと思う？　図書館に行って、花の図鑑のページを一枚ずつめくって探したんだ。時間がかかったぶん、同じ花の写真を目にしたときは達成感があったな。でね、写真の下にはもちろん月見草の説明が記載されてたんだけど、それによると花期は六月から九月ごろとされ、歳時記では晩夏の季語にも指定されている、とのことだった。

——おかしいよね。だって夏樹が月見草の画像を送ってくれたのは、四月末のことだよ。《先週末、外を歩いているときに》たまたま見つけて、撮影できるような花じゃないんだ。

となるとあの画像は、どこからか調達してきたとしか思えない。わざわざそんなことをしたわけについては、すぐに見当がついたよ。

夏樹は月見草の画像に、あるメッセージを込めていたんだ。ちょうど、神戸で夏樹がついた嘘にメッセージが込められていたのと同じようにね。

春にわたしたちが体験したキセツといえば、最後に問題になったのは花言葉だったよね。わたし、これもちゃんと調べてみたよ。

月見草の花言葉には、《無言の恋》というのがあるんだってね。

これもきっと夏樹なりの、わたしに対する感情の吐露なのだろうなって思った。友達だから打ち明けられない、その意味での《無言》なんだろうって。だからわたしは気づかなかったふりをして、その後もいままでどおり夏樹と接し続けたんだ。

――でもこの冬になってから考えてみると、メッセージの真意もまた少し違って見える。

夏樹が無言を保っているのは、単に友達だからというだけではなかった。夏樹自身に恋人がいたことが、何より大きな理由となっていたんだ。

二月にはわたしへの告白を試みていながら、四月に彼氏と別れたわたしに対しては、月見草の画像を送るにとどめた夏樹。してみると、春ごろにはすでに、夏樹の気持ちは恋人との結婚に傾いていたんじゃないのかな。あえて《無言の恋》なんて花言葉を選んだのは、このまま無言でいようという決心の表れでもあったんだろうと思う。

勝手な想像だったかもしれないけど、そんなに外れてはいないよね。なぜなら夏にはもう、夏樹は結婚に向けて動き出していたのだから。


夏。パソコンの画面越しにではあったけれど、二人でいろんな話をしたね。

なのに、わたしが住んでいた大阪のアパートへ来たとき、夏樹は部屋の窓に絵を貼ると、顔も見せずに帰ったんだったよね。まさかそんなことのためだけに、大阪に来るとは思えない。言うまでもなく、ほかに用事があって大阪にいたんだ。

ところで夏樹、そのひと月ほど前にエピクスで通話したとき、聖奈に会ったと話していたよね。あれが週末の、しかも昼間のことだったそうだから、夏樹は聖奈の勤めている旅行代理店に行ったんじゃないのかな。聖奈は職業柄、週末も働いていることが多いし、夜ならともかく、二人が昼から会うほど親しいという話も聞かないしね。

勤務中の聖奈のもとを訪ねる理由と言えばもちろん、割引制度を適用してもらえる家族旅行の申し込みだよね。そのひと月後には大阪を訪れているわけだから、これらを結びつけたとしても強引ということはないと思う。夏樹ひとりの旅行でも割引は適用されるけど、それだけのためにわざわざ聖奈に相談するかは疑問だし、わたしの自宅に絵を届けたあとで慌てて帰っているところを見ても、同伴者がいたのは確からしいから、大阪へは家族で来ていたんでしょう。

この、家族で大阪へ来たという点。さらに恋人が奈良にいる点、そして時間を少し進めて、秋には大阪への異動が決まっている点。以上を総合した結果、わたしは、夏に下期での大阪への異動が濃厚となったことを機に、夏樹が恋人との関係を一歩前進させた、すなわち婚約したうえで同居を始めたのではないか、という考えに行き着いたの。そうなるために、おそらくは春ごろから異動願を提出していたんじゃないか、ってね。

同居を始めるにあたっては、筋を通しておくべき事柄があるよね。これが大阪への家族旅行という形を取ったのなら、夏樹があの日、大阪を訪れていた用事として考えられるのは——両家の顔合わせ、だったんじゃないのかな。

わたしが住んでいた部屋の窓から見えていた高級ホテル、エンパイアホテルは、そうした行事の会場にはおあつらえ向きだった。二月に新神戸駅で聞いた話によれば、夏樹の恋人の実家も奈良県内にあるそうだから、福岡で暮らす一家との会合に大阪のホテルを指定するのは何ら不自然ではないよね。そうして夏樹は聖奈とも相談しつつ、自身の希望によって会場をエンパイアホテルに定めた——むろん、わたしの自宅にあの花火の絵を届けるために。

夜の九時過ぎであったことから考えて、顔合わせの会食中もしくはその後の歓談中などに、夏樹はトイレにでも行くふりをして席を外し、そのままホテルを抜け出した。あそこからわたしの住んでいたアパートへは、徒歩でも大して時間がかからない。急げば顔合わせの出席者から不審に思われることなく、ホテルに戻ることができたんじゃないかな。

さて、両家の顔合わせを無事に済ませた今年の夏、いよいよ夏樹の結婚は確定的になった。そして、夏樹はそのことをわたしに伝えなくてはと考えた。それがあの、廃遊園地での一件につながっていく。

秋。わたしはひどい勘違いをしていたの。

メリーゴーランドのある場所にわたしを連れていくと言うからには、高校の修学旅行のときと同様、夏樹はわたしに何かを打ち明けようとしているに違いない。ここまでは、合っていた。

だけど、シチュエーションが同じだから話の内容もそうだろうという、わたしの結論はあまりに短絡的だった。夏樹はそこで、恋人との結婚を報告するつもりだったんだ。

それを、わたしは妨害したんだね。いたいけな姪《めい》に、意味のない負担をかけてまで。わたし、なんて馬鹿だったんだろう。

ひょっとしたら夏樹は告白とは違う話をしようとしていたんじゃないか、という考えが脳裡《のうり》をよぎったのは、この冬を迎えてからだった。最初は信じられなかったけど、いざそう仮定してみると、この一年のうちにわたしが疑問を覚えたあらゆる出来事に、きちんと説明がつく気がしたの。

わたし、夏樹にちゃんと謝らなきゃと思ってた。廃遊園地でも謝ったけど、それとはまったく別の理由で、ね。でも、夏樹が打ち明けるのをやめたと宣言した話を、わたしのほうから無理に聞き出すのも違うかなって。それでとうとう、今日まで連絡も取れずにいたんだ。

だからさっき、夏樹から電話がかかってきたのを確認したときは、わたし、やっとその日が来たんだなって思ったよ。夏樹が打ち明けることにしたのなら、わたしが言い当てたってかまわないでしょう。――夏樹、本当にごめんなさい。せっかくわたしにおめでたい報告をしようとしてくれていたのに、妨害なんかしたりして。

この電話が、ほかの用件だなんて可能性はこれっぽっちも考慮しなかったよ。だって、もうすぐ今年が終わるんだもの。もし、わたしが夏樹の隠しごとに一切勘づいていなかったとしたら、わたしはまた夏樹に連絡を取っていたと思うから。年末年始は帰省するのって、時間があるなら会おうって。

そうなる前に、夏樹は結婚することをわたしに話しておきたかったんだよね。この一年間の出来事を、一時の気の迷いとして今年の中だけで完結させられるように。そうしてわたしとは、もう会わなくて済むように。

だから今夜、恋人の——奥さんのいない場所から、わたしに電話をかけてきたんだね。

どう、夏樹。わたし、何か間違ってる？

いつもなら、そろそろ夏樹が笑い飛ばしてくれるころだよね。自信だけは一丁前だな、とか何とか言ってさ。

もしかしたらわたし、そうなることを期待していたのかもしれない。そのほうがまだしも、夏樹とは友達のままでいられそうだもの。

……だけど、いまだに何も言わないところを見ると、わたしのキセツは正しかったみたいだね。

夏樹はたぶん、自分が隠してきたことをわたしに見抜かれていたなんて、ゆめにも思っていなかったでしょう。

でもね、わたしだってちゃんとキセツ、できるんだよ。一所懸命観察して、奇妙な出来事に説明をつけられるんだよ。

何しろ夏樹と出会った日からいままで、たくさんのことを一緒にキセツしてきたんだから……。

3

初めこそ驚きながらも僕は、冬子の《結婚》という発言を、単なるフロックのようなものととらえていた。キセツに際して過度にロマンを求めたがる冬子の傾向が、ここに来て奇跡を引き起こしたのだろう、と。たとえば目をつぶって何十回も振ったバットが、たまたま一回だけボールに当たって、それがホームランになったとでもいうような。

しかし、それは完全なる僕の見くびりだった。冬子はこの一年のあいだに僕が、意図するとしないとにかかわらずちりばめてきたさまざまな手がかりを元に、あくまでも正当な方法でキセツしたのだった。僕がたどった感情の軌跡を——長きにわたる恋をあきらめ、ほかの女性と結婚することにした、そこに至るまでの心の揺れ動きをすべて、丁寧な観察に基づいて導き出してみせたのだ。

「冬子の言うとおりだよ」

長い沈黙のあとで久々に発した声が、風邪でも引いたかのようにかすれてしまったのは、冷たい夜気のせいではなかったかもしれない。

「結婚するんだ。春には式を挙げる予定になってる」

意外なことに、冬子は型どおりの祝福さえ口にしなかった。代わりに、彼女はこんな話を始めた。

「……メリーゴーランドみたいだって言ったでしょう」

めぐる季節のことだ。廃遊園地のメリーゴーランドの前で、冬子は確かにそんなことを口にした。

「あのとき夏樹、《季節はうつる》ってつぶやいたよね。わたし、てっきりわたしたちが二人一緒に、そのメリーゴーランドに乗っているんだと思ってた。そうして移り変わる季節を、ともに過ごしてきたんだなって。――でもね、季節がメリーゴーランドの馬だとしたら、わたしたちは隣り合って乗れるはずがない。だって《冬》のわたしと《夏》のあなたとでは、乗るべき馬は真裏にいるんだもの」

――冬と夏は元々、寄り添って生きられない宿命だった。

「でね、わたし、あとで思ったの。どうして気づかなかったんだろうって。廃遊園地でこの話をしたのは、夏樹がメリーゴーランドをカメラで撮影した直後だったのに。――わたしにとって季節とは、《移る》ものだった。自分がその馬にまたがって、くるくる回るものだった。だけど夏樹は、そんなわたしを柵《さく》の外から見つめていたんだね。いつだって、夏樹は徹底して観察者だった。夏樹にとって、季節はその目に《映る》ものだったんだ。もちろん柵の外に立つ夏樹の横には、最愛の人がいた」

やめてくれ、と叫びそうになる。最愛なんて言葉はふさわしくない。冬子にいまもひとつ間違っている点があるとすれば、そこだ。僕は柵の外で並んで立つその人の手を振り切って、何度も冬子のいるメリーゴーランドに乗り込もうとしていた。

「……冬子が許してくれたなら、いつだって隣の馬に乗ったさ。あまりにも頑《かたく》なに拒むから、僕はそのメリーゴーランドに乗るのをあきらめたんだ」

そんな権利はないと知りながら、僕は冬子を責めるような言葉を吐いてしまう。メリーゴーランドのある場所に誘い出したことについて、冬子は先ほど、修学旅行の晩と今年の秋とで僕がしようとしていた話の内容は違っていたと語った。けれども僕にしてみれば、ひとつの恋に決着をつけるという意味で、二人が一緒にメリーゴーランドに乗れるのかを明確にするという意味で、目的は同一だったとさえ言えるのだ。

僕の言葉などまるで聞こえなかったかのように、冬子の話はまた別の方向へ飛ぶ。だが、聞いているとてんで脈絡がないように感じられるのも、彼女の中ではきちんと秩序立っていたのだろう。

「わたしが夏樹の告白を妨害しようとしていたことを知ったとき、夏樹はこうも言ったよね。どうしてここまでするのか、って」

記憶にある。廃遊園地でも、七年前も同じことを口にした。

「胸が痛まなかったわけじゃなかった。言い訳がましく聞こえるだろうけど、わたし、自分のこと最低だと思ってたよ。だから修学旅行の夜、自分のすねを切ったの。それが自分にふさわしい罰だと、真相を知れば夏樹が被るに違いない痛みの、代わりだと考えて」

冬子の白い肌ににじむ血を、僕はいまでもよく憶《おぼ》えている。けれども僕はそれを、冬子が目的を達するために施した派手な演出に過ぎないと断じて、深く考えることもしなかった。きわめて当然の事実はそのとき、思考からすっかり抜け落ちていた。自分の肌を切ることに、痛みがともなわないわけはないのだ。

「廃遊園地でのことはね、姉の協力を得るため、事前に洗いざらい事情を打ち明けたんだ。そのことでわたしが、どれだけ姉から強く非難されたと思う？　大切な友達が好意を抱いてくれて、勇気を奮ってそれを伝えようとしてくれているのに、聞かずにごまかそうなんて真似は卑怯《ひきょう》だって、それはもうこっぴどく罵《ののし》られたよ。それでも頭を下げ続けて、どうにか協力を取りつけたの」

それもまた、想像だにしないことだった。姉妹の共犯めいた仲というものについて考えるとき、僕の頭には、おもしろ半分で協力を受諾する姉の姿しか思い浮かばなかったのだ。

「わかってたよ、人から言われなくたって。自分がどれだけ最低な振る舞いに及んでいたのかってことくらい。ただ、それでもわたしは、夏樹との関係を壊したくなかった。ずっと友達でいたかったから」

友達でしか、いられなかったから。僕の気持ちをどうしても受け入れられないことを、冬子は自分でよく理解していたから。

「修学旅行の夜に生まれたしこりなんてものは取り除いてさ、いつかみたいに夏樹とまたキセツだなんだって言い合いながら、楽しく過ごせたらいいなって夢見てた。そのためになら、自分のことを嫌いになってもかまわないって思えたくらい……でも、だめね。どんなに自分を嫌いになっても、そうまでして大切な友達とお別れせずにいたいと願っても、結局わたしはわたしとは別れられないんだもの。いつかはこうして、別れのときが来るはずだったんだ。自分とは別れられない、でも夏樹とは別れたくない――そんなのは、ワガママだったんだよ」

冬子はふっと息を洩らした。それは微笑むようだったのに、とても悲しい響きを秘めていた。

公園のそばを、ふたつの人影が通りかかる。すらりと背の高いほうが男性で、歩幅の小さいほうが女性だろう。この寒さの中を、家路を急ぐ風でもなく、ゆっくりと過ぎる時間を愛《め》でているように見えた。

「どうしたら、冬子は僕のことを好きになってくれたんだろうか」

小さくなる人影をながめていたら、そんなくだらない言葉が思わず口を衝《つ》いて出た。

「冬子も知っているように、僕はこれまでたくさんの奇妙な出来事に出会い、その多くを観察者に徹することによってキセツしてきた。なのに、冬子と出会って間もないころより抱いてきたその問いに対する答えだけが、どうしても見えてはくれなかったんだ」

「どうしたら、なんて言わないで」

返ってきた冬子の声は、非常に穏やかなようにも、悲鳴を上げているようにも聞こえた。

「夏樹はそのままでいいんだよ。誰かを好きになるのに理由があるの？　同じことでしょう。誰かを好きになれないことにも、理由なんてないの」

　それは残酷だが、どこまでも真実だった。僕がキセツできたと信じ込んでいる数々の出来事にしたって、解明できたのはあくまでも表面的な部分でしかなく、その奥に潜む人の心理については想像の域を出ないものが少なくなかった。人の心に説明をつけられると考えること自体が、途方もない思い上がりだったのだ。

　僕はふと、冬子も僕を好きになろうとしてくれたことがあったのかな、と思った。けれどもどうしたって無理だったから、好きになれないことに理由がないのも身に沁《し》みて理解していたのではないか、と。

　むろんそれは、この期に及んで救いを求めたい僕の、往生際の悪い願望に過ぎないのかもしれない。だが、いまだけでも僕は、そう信じていたかった。

「僕たちもう、友達でもいられなくなるんだろうか」

　後ろ髪を引かれる思いで、僕は口にする。あらためて悩むまでもなく、冬子は明確な答えを得ていた。

「それは、誰よりも夏樹自身がよくわかっているはずでしょう」

　そうだ。冬子と友達でいる限り、心のどこかで僕は、彼女と一緒にメリーゴーランドに乗れる日を待ち続けてしまうだろう。ほかに愛すべき人と出会い、結婚し、何ら不足のない生活を送ったとしても、その想いはきっと病魔のように胸の奥に巣くって消失しない。わかっているから今宵、決着をつけることにしたのだ。

今日を限りに、冬子とは友達でいるのをやめる。たとえば同窓会や何かで顔を合わせることも、それでも僕らはただのクラスメイトとして、それ以上の感情を一切持ち込むことなく接するだろう。いっそ不自然なくらいによそよそしく、他人行儀で相対するだろう。

「じゃあ、最後にひとつだけ、言わせてほしい」

終わりのときが近づいてくる。予感ではなく、実感として迫ってくる。感情の昂《たかぶ》りを抑えつつ請うと、冬子は淡雪のような柔らかさでそれを包み込んだ。

「いいよ。何でも聞くよ」

その刹那《せつな》、体じゅうを駆けめぐる、出会いから今日に至るまでの記憶——この光景がしばしば走馬灯に喩《たと》えられるのは、季節をメリーゴーランドの馬に見立てた僕らと同じ印象を抱いた人が、かつてこの国のどこかにいたからかもしれない。

深く息を吸い込むと、その中にすべての思い出が搦め捕られるような気がした。僕は次の一言によってそれを、体外に吐き出そうとしていた。

「好きだったよ。ずっと、冬子のことが好きだった」

とうに伝わっていたはずのことだった。それでも、せめて一度だけでもちゃんと言葉にしておきたかった。自分自身の感情のために。長いあいだ連れ添った心の一部を、みずからの手で弔ってやるために。

たったこれだけのことを打ち明けるのに、八年もの歳月がかかってしまったのだ。

「ありがとう。こんなわたしのことを、好きになってくれて」

最後に聞いた冬子の声は、いままでに聞いたことのない音色を奏でていた。まだ僕の知らない冬子がいるんだな、ということに、未練を感じられるくらいの間はあった。ほどなくして、はらわたを引きちぎるようなおぞましい音が鳴り、——そして、電話は切れた。

さようなら、冬子。

僕の大好きだった人。

エピローグ

頬に冷たい感触を覚えた。空を仰ぐと、ちらちらと細雪《ささめゆき》が降っていた。

しばらくのあいだ、僕は何も考えられなかった。頭の中は重たい雲を詰め込んだような一面の灰色で、体は凍えるほどに寒かったけれど、身動きひとつ取ればすべてが夢だったと暴かれてしまいそうな気がして、ベンチから立ち上がることもできなかった。

過ぎた時間はとても長かったようにも、ほんの数分だったようにも感じられた。ふいに、近くで人の動く気配を感じて僕は我に返った。

地面の砂を踏みしめる、靴の音がした。電話を始めたころならば、単なる通行人と考えて気にも留めなかったかもしれない。だが、あれからいくらか夜は更け、死角から人が近寄るならば警戒すべき時間帯になっている。

反射的に、僕は顔を音のしたほうへ向けた。電灯の明かりを正面に受け、足音の主が夜の隙間に浮かび上がった。

「……亜季」

僕はただ、名前を呼ぶことしかできなかった。

亜季は困惑をその顔にたたえ、僕の声に返事をすることもなく、耐え忍ぶようにわが身を抱いて立っていた。

――亜季は、僕の恋人だ。まだ籍を入れていないから、婚約者ということになる。

出会いは京都の大学で、入学と同時にクラスメイトとなった彼女から、好意を持たれたことが交際のきっかけとなった。高校の卒業から日が浅く、断ち切りたいと思いながらも依然として破れた恋を引きずっていた僕は、その時点で何ら特別な感情を抱いていなかったにもかかわらず、亜季の求めに応じて付き合うことにした。恋人ができ、彼女のことを好きになれれば、もはや連絡を取ってもいない人のことなど忘れられるのではないかと期待したからだ。

動機は不純でも、判断は間違っていなかったと思う。亜季と楽しい時間を過ごすうち、僕は彼女のことが本当に好きになったし、その間は別の女性に対する感情が頭をもたげることもなかった。好きでなくなったというよりも、心の奥で冬眠させることで香りすら立ち込めないようにできたと表現したほうが正しい。それからも亜季とはケンカをすることさえあまりなく、そろって大学を卒業した折には、就職先の関係で福岡と奈良の遠距離恋愛に移行したものの、別れ話は一度も出なかった。

そのころまでは、何ひとつ問題もなく順調だった――だが、冬眠と呼ぶからには雪解けがあるのだ。

大学を出た年の夏、誕生日を迎えた僕のもとに一通のメールが届いた。それさえなければ僕から連絡を取ることもなかっただろうに、メールは僕らをあっという間に再会へと導き、せっかく冬眠させていた感情をいともたやすく呼び覚ましてしまった。破れた恋に、勝手に継ぎを当ててしまったのだ。

今年の初めの時点で、僕の気持ちはその人のほうに傾いていた。決して短くない月日をともに過ごした亜季との別れさえ、確かに選択肢のひとつとしてあった。ならば神戸へ行く前に、亜季に別れを告げるのが筋だったとは思う。が、結局言い出すことのないまま、その足で別の女性に会いにいったのだから、つくづく僕は卑怯《ひきょう》者である。

とはいえ神戸の地に立った僕が思い知らされたのは、何があっても彼女が僕を受け入れてくれることはない、という厳しい現実だった。破れた恋に継ぎを当てたところで、破れていることに変わりはないのだ。未練はあったものの、さすがに僕は、その感情に耳を貸すのはいまなお不毛であると悟らざるを得なかった。

同じころ、離れて暮らす寂しさに耐えかねた亜季が、結婚の二文字をちらつかせるようになっていた。それまでが学校で毎日顔を合わせるような生活だったので、一年間の遠距離恋愛に早くも音を上げていたのだ。そんな彼女の意を酌んで、僕は会社に関西への異動願を提出した。実現したあかつきには結婚しようと亜季と誓い合っていたのだが、思いのほかそれはすんなり聞き入れられ、今年の夏には下期での異動が決定的になったので、僕らは正式に婚約する運びとなった。

まずは両家の顔合わせに先んじて、それぞれの両親に挨拶《あいさつ》を済ませた。七月の電話の中でも話していたとおり、亜季は時間を作って福岡に来てくれた。地元の寂れた遊園地を訪れたというのは、このときのことだ。両親に亜季を紹介し終えると、特にやることもなくなってしまったので、亜季と二人、ほんの暇潰《ひまつぶ》しのつもりで行ってみたまでである。

続いて八月に、大阪で両家の顔合わせをおこなった。高校のクラスメイトであった聖奈にホテルの予約の手配を頼んだ際、宿泊客リストに名を記したのは、両親と姉と僕、そして亜季である。亜季はほかの家族と奈良に帰るという選択肢もあったのだが、せっかく僕が来ているというので、大阪の新居を探すために翌日まで一緒に過ごすこととなっていた。一方、僕の妹――名を秋絵《あきえ》という――は大阪の大学にかよっており、独り暮らしをしているのでホテルに泊まる必要がなかった。

それから僕は引っ越しの準備などに追われ、秋には正式に大阪への異動が言い渡された。そして下期の業務が開始となる直前の九月末、最後の機会になると見込んで、ある人と廃遊園地に出かけた。彼女との関係について問う少女に《まだ、いまのところは友達》と教えたのは、僕の計画ではその日のうちに、結婚の報告をすることで彼女と友達でなくなるはずだったからである。ちなみにその日は平日で、亜季は勤めに出ており、夜は二人で外食をする予定になっていた。

現在、僕はこの公園からほど近い集合住宅に、亜季と二人で暮らしている。生活は慌ただしくも充実し、来たる結婚に向けて障害はなかった――ただひとつ、年が明けるまでにある人に結婚の報告をしなければならない、という点を除いては。それも今日、つい先刻にようやく果たされたわけである。

——最愛、と呼ぶにはためらいがあった。

だが、それでも僕は亜季のことを愛しているし、結婚という決断にも後悔は微塵《みじん》もない。最上の選択だったとさえ思っている。

なぜなら僕の世界からひとりの女性が立ち去ったいま、亜季は間違いなく、僕にとって最愛の人なのだから。

「……お風呂《ふろ》に入ったんじゃなかったのか」

亜季が何も言わないでいるので、僕はため息に混ぜて訊《たず》ねた。

家を出る前、亜季が風呂に入ろうとしたタイミングを見計らって僕は、ちょっとコンビニに行ってくる、と言い置いたのだった。亜季は長風呂が習慣で、いつもなら一時間は上がってこないから、時間はじゅうぶんあるはずだった。僕が夜のコンビニへ出かけることもまた、取り立ててめずらしくはなかった。

目を伏せた亜季は僕に答えを返すというより、足元に言葉をぼとぼと落としているようだった。

「夏くん、どこか思いつめたようだったから。心配になって、あとをつけてきちゃった」

「それじゃ……全部、聞いてたんだな」

「相手の声までは、さすがに聞き取れなかったけどね」

公共交通機関内で誰かが電話をしている際に周囲がいら立つのは、会話の半分しか聞こえず全容が把握できないからだ、という説を耳にしたことがある。しかしこの場合は、その半分すなわち僕の言葉だけで致命傷たりうるように思われた。文脈がわからずとも絶対的に取り返しのつかない言葉を、僕はいくつも口にしていた。

うなだれる僕の隣に、亜季がそっと腰を下ろした。触れるほど近くはなく、他人に見えるほど遠くはないくらいの距離が空いていた。

「……ごめん」

絞り出せたのは結局、そんな言葉だった。

「赦《ゆる》してほしくて謝ってるわけじゃない。ただ、心の底から申し訳ないと思ってる」

「そうだね。これまでのことが何もかも、ハリボテだったってばらされたみたいな気分」

亜季が浮かべた笑みは、おそらく自嘲《じちょう》の類《たぐい》だったのだろう。

「でもね、実を言うとあんまり驚かなかったな。むしろ、そのことに自分でもびっくりしたよ」

どうして、と訊ねたい気持ちはあった。だがそれは、この場にふさわしい質問だとは思えなかった。

「これからどうするかは、すべて亜季の判断にしたがう。僕には何を望む権利もない」

「夏くん、いつもそうだったよね。何かと言うと、亜季の好きなようにしなよって」

そうだっただろうか。記憶にぼんやり霞《かすみ》がかかって、うまく思い出せなかった。

「夏くんがこっちを見ていないこと、あたしずっと気づいてた。初めはあたしのほうから好きになったんだから、無理もないのかなって。だけど、そのうちには嫌でも思い知らされたよ。きっと夏くんの本当の望みはあたしといる世界の外側にあって、だからこの世界の内側に身を置く限り、あえて訴えたくなるほどの望みもないんだろうなってこと」

考えたこともなかった。それだけに亜季の告白は、僕の胸に刺さった。

どうしても欲しいものがひとつあるとき、そのほかのものしか手に入らないのならどれだって同じだと思った経験はある。少なくとも亜季と過ごした幾年かにおいて、常に僕がそんな風に感じていたわけじゃない。だが、あらためて指摘されると僕は、自分の感情に自信が持てなくなるのだった。

「だけどあたし、それでもいつか夏くんにこっちを見てもらいたくて、自分なりにがんばってきたつもり。そして結婚が決まったとき、ようやくあたしの望みが通じたんだなってほっとした。叶《かな》わぬ恋なんてないんだって、いい気になってた」

でも、それはあたしの勘違いだったんだね。亜季の言葉に、僕は心の中で半分だけうなずいた。叶わぬ恋は間違いなくこの世に存在している。それだけは、誰にも否定されたくなかった。

ふぅ、と息をつき、亜季は夜空を見上げる。先ほどよりも、景色に占める雪片の割合が大きくなっていた。

「……メリーゴーランド、か」

亜季がぽつりと洩《も》らしたそのフレーズに、僕は思わず彼女に向き直った。電灯の淡い光に、彼女の横顔がほの白く照らされていた。

「夏くんさ、電話の中で、メリーゴーランドの話をしてたよね。電話の相手とは、一緒に乗りたくても乗れなかったんだというようなことを」

――あまりにも頑《かたく》なに拒むから、僕はそのメリーゴーランドに乗るのをあきらめたんだ。

「そのメリーゴーランドというのが、一種の比喩《ひゆ》だってことは聞いてて何となくわかったよ。でもさ、夏くんはあたしと一緒にメリーゴーランドに乗っていたわけでもないよね。あたしといる世界の内側に、夏くんの望みはなかったのだから」

この世界の内側に身を置きながら、絶えず外側の世界を見ていたのだから。

「これからどうするか、なんてそんなの、すぐには決められないよ。人生を左右する選択だもの。――ただ、これだけは確かめておきたいと思ったんだけどね」

亜季も、こちらを振り向いた。長い髪が揺れたはずみで、毛先に引っかかっていた雪の結晶がはらりと落ちた。

「夏くん――あなたいったい、どのメリーゴーランドに乗っていたの？」

そうか。

僕もまた、ひどい勘違いをしていたのだ。好きな人と一緒に乗れないのなら、別の人と一緒に乗るしかないと思っていた。そうしてくるくる回りながら、ともに季節を過ごしていくのだと。

だけど僕は、いまも誰かと同じメリーゴーランドに乗ってなどいなかった。ここでも僕は、柵《さく》の外からながめているだけだった。結局のところ、僕はどこまでも観察者でしかなかったのだ。

いつか、ある人が言った。悔いのない人生を送ることが、家族への一番の恩返しだと。

僕も彼女の考えを見習い、悔いのない人生を送りたいと願った。長いあいだ連れ添った心の一部を切り離し、弔ったうえで結婚に臨むということは、そのためにどうしても必要な儀式だった。そして儀式を終えた今宵《こよい》、僕は一切の悔いを払って、心置きなく結婚へと進めるはずだった。だが――。

絶対に、知られてはいけなかったのだ。本当はほかのメリーゴーランドに乗ることを望んでいた、なんて。

最後の最後でしくじって、そんな望みを知られてしまったいま、僕の中には新たな、激烈な悔いが生まれてしまっているのだ。

何が最上の選択だ。正当化したいだけの理屈を吐いて、何も知らされずにいた人の純真を踏みにじっていただけじゃないか。たとえごくわずかな時間でも、望むメリーゴーランドに乗ることを許されたなら、いまでも僕は、自分や相手の状況などこれっぽっちも斟酌《しんしゃく》せずに乗り込むだろう。浮気をした人と何が違う。これのどこが、現時点での《最愛》だというのだ。

自身への呪詛《じゅそ》は次々に転がり出る。結婚を考え始めたころより折に触れ感じてきた、いまの僕を作ってくれた家族に対する感謝の念への裏切りにもなると知っていて、なおも僕は自分を嫌うことを止められない。自分の望みのことばかり考えて、ある人を苦しめ、また別の人を傷つけ、どんなに最低で、どんなに卑劣だったかをいまさらのように自覚して。それでも僕は、自分とは決して別れられない。たとえ、どんなに嫌いになっても——。

降る雪はしだいに激しさを増す。それでも地面に落ちた雪はまだ、積もることなく溶けてしまう。そして恋だと信じていた僕の心の一部も、醜さやみじめさ、情けなさやけがらわしさに姿を変えて、ぽろぽろと崩れ落ちていく。このまま体ごと、大嫌いな自分がすっかり消えてしまうのならいい。そう、本気で望んだ。いまの僕にとってはそれこそが、何よりの望みなのだった。

寒さで意識が朦朧《もうろう》としてくる。雪片に視界をさえぎられ、隣に座っていたはずの人さえはるか彼方《かなた》にぼやけて見える。僕はベンチから立ち上がり、慌てて彼女のもとへ駆け寄ろうとした。様々なことを冷静に観察してきた目が、当事者としての立場を思い知らされたとたん、何も映さなくなってしまう。そこで待っててくれ。外側の世界へ行かないでくれ。きみの問いに対する答えを示すため、いますぐそっちへ向かうから——。

けれどもそこに到達する前に、僕は世界を見失ってしまった。

いつの間にか住宅街は消え、僕ひとり暗がりの中に立ち、跳ねる馬や豪華な馬車に囲まれて呆然《ぼうぜん》としている。陽気な音楽ときらびやかな電飾に知覚を刺激され、もはや現実と幻想の区別さえつかない。

気づけば視界はクリアになっていた。おそるおそる、自分の立ち位置を確認する。

——壊れたメリーゴーランドの上から、僕は世界を見渡していた。

それは溶けた僕自身によって電気系統が破壊され、夜の中にどす黒くたたずんでいた。まわりには無数のメリーゴーランドが、あるいはひとり、あるいは二人以上を乗せてくるくる回っている。

近くのメリーゴーランドでは、馬にまたがった人がこちらに手を振っていた。懐かしいその姿に僕は、一緒に乗りたいと思ったけれど、もはや溶けてしまって動けず、手を振り返すことさえかなわない。やがては彼女も僕に興味を失って、また回ることに没頭し始めた。電飾が、彼女の跳ねる姿を照らし出す。

僕はその楽しげな様子を、ただじっと見つめていた。

いつまでも、いつまでもこの目に映していたのだった。

あとがき

本作が日の目を見るに至った経緯について書き留めておくために、初めてあとがきの筆を執っています。

本作は第三十一回横溝正史ミステリ大賞に応募した原稿を加筆・修正したものです。応募原稿の執筆は二〇一〇年の夏でした。わずか三ヶ月後に迫った賞の締切に間に合わせるため、二章分のアイデアしかない状態で見切り発車しつつ並行して残りの章のアイデアを練るという、いまでは考えられないような乱暴な執筆でしたが、まるで何かに取り憑《つ》かれたように短期間で一気呵《か》成《せい》に仕上げたことが功を奏したのか、書き上げた瞬間は「たとえ選考を通過しなくてもこの作品を書いてよかった」と思えるくらいの満足を味わうことができました。そしてその実感を裏付けするように、本作は結果として最終選考にまで駒を進めました。

初めての最終選考に舞い上がった僕は、本作でのデビューを夢見るあまり、すでに次の作品の執筆に取りかかっていたものの、まったく身が入っていませんでした。そうして最終選考当日を迎えましたが、結果は落選。落胆の中で僕は、執筆中の作品は次回の同賞に応募するか、といったんは考えました。しかし翌朝になると、「同賞に応募するのであれば、受賞は最速でも一年後」という単純な事実にあらためて恐ろしくなり、そこからひと月かけて死にもの狂いで作品を書き上げ、他賞に応募したのです。作家になることが決まったのは、そのときの作品です。そして第一作の刊行と同じ年の暮れ、横溝正史ミステリ大賞を主催する角川書店（現・KADOKAWA）から、「本作を刊行しませんか」というご連絡が届いたのでした。

その後、連載という形で改稿が進められましたが、何年も前に書かれた自分の作品を直す工程はやはり一筋縄ではいかず、結果的にほぼ全面改稿することになりました。作品の質が向上したことは確信しておりますが、その一方で、昔のような無鉄砲な情熱に頼らないことをどこか寂しく思う気持ちもあります。

それでも本作を世に送り出せてよかったと、いまでは強く思っています。そのような機会をくださったKADOKAWA並びに担当編集者さま、そして何よりも本作を手に取ってくださった読者の皆さまに、心より感謝申し上げます。

いかなる印象であれ、読まれた方の記憶に残るような作品になっていれば幸いです。

最後に、本作の登場人物のモデルとなることを快諾してくれた友人へ。

あなたの理解と応援がなければ、作家としての現在の僕は存在し得なかったでしょう。本当にありがとう。どうぞ、末永くお幸せに。

二〇一五年六月　岡崎琢磨

解説

杉江松恋

言葉はいつも不完全なものだから、思いがすべて目の前のあの人に届くわけではない。

その一言を口にしなくても、時間は安穏と過ぎていく。

二人の間に流れる空気を和やかにできるなら、沈黙がすべてに勝ることだってある。

そんな便利な道具が「キセツ」だった。

〈僕〉こと夏樹《なつき》と冬子《ふゆこ》の二人が共有する、とてもとても便利な道具だ。

「キセツ」とは「奇説」、つまり、日常の中にひょっこりと顔を出した奇妙な出来事に、説明をつけることなのである。最初の「キセツ」は彼らの入学式当日に行われた。冬子はその日の朝、厄介事に巻き込まれていた。制服のスカートが急に短くなっていたのである。きちんと採寸してあつらえたはずなのに、校則違反と言われかねない丈になってしまっている。困り果てた彼女が偶然相談した相手が夏樹だった。ほんの気まぐれで彼はある一言を口にする。

「奇妙な出来事には、説明をつけてやらないとな」

それが彼らにとって、幾つもの季節を巡る長い長い旅の始まりになるとも知らずに。

岡崎琢磨《おかざきたくま》『季節はうつる、メリーゴーランドのように』は、電子雑誌「小説屋sari-sari」二〇一四年四、六、八月号、および二〇一五年二、四月号で配信され、加筆修正の上二〇一五年七月三十一日にKADOKAWAより単行本が刊行された。デビュー以来ずっと文庫形式で作品を発表してきた作者にとって、初の四六判の著書である。

　本書はプロローグとエピローグで挟まれた全五話から成っている。冬の物語から始まって、冬に終わる。四季の移り変わりが物語に織り込まれているのである。時間の要素ではもう一つ工夫があり、夏樹と冬子が初めて出会ってから八年後、つまり大学を出て社会人として新たな一歩を踏み出しつつある時期から、過去を振り返るような形で話は進んでいく。福岡の高校を卒業した二人は別々の大学に進み、以降は再会することもなかった。それが八年目の冬、すでに就職し社会人一年生として過ごしていた夏樹と、留学のために卒業が遅れた冬子の間に小さな縁が生まれ、二人は再び連絡を取り合って会うようになるのだ。そこで旧交を温めるのに便利なのが「キセツ」だった。高校時代の彼らは「キセツ」によって特別なつながりを持っていたのだ。

　高校時代に行った「キセツ」を回想しつつ、現在進行形の今、見聞きした奇妙な出来事にやはり説明をつける、という形で五つの話は進んでいく。大小二つの謎がくっついた、ひょうたんのような形なのである。それを串刺《くしざ》しにしているのは、過去の記憶だ。彼らの交際が絶えた原因は高校時代に起きたある出来事であるということが第一話でそれとなく示される。そこで何があったかということが読者の心を捉《とら》える牽引《けんいん》装置として働くのだ。その構造が、連作形式にたまらない緊張感を与えている。

舞台装置で効力を発揮しているのは時間の要素だけではない。地元福岡の事業所に配属された夏樹と、神戸《こうべ》の大学を出て大阪で新入社員として暮らし始めた冬子の間には無視できない距離がある。ごくたまに顔を合わせる以外、やりとりは電話やメールといった手段に頼ることになるのだ。二人の間に成立しているのが単なる友人関係ではないとすれば、これは遠距離恋愛をモチーフの一つとする連作ということになるだろう。

現在と過去の交錯、登場人物と一緒に事態を見守る読者にとって気になって仕方ない過去の呼び声、そして厳然と二人の間に存在する距離と、絶妙な構成と設定を用いた作品だ。さらに、岡崎のファンにとってはもう一つ重要な事実がある。本書は、すべての岡崎作品の基準点といっていい一作なのである。

岡崎琢磨は一九八六年、福岡県に生まれた。高校卒業後は京都大学法学部に進んでいる。京都大学には綾辻行人《あやつじゆきと》をはじめ、多くのミステリー作家を輩出した推理小説研究会があるが、在学中の岡崎は小説執筆には関心がなく、バンド活動に打ち込んでいた。プロを目指していたのである。しかし就職活動時期にバンドは休止状態に追い込まれてしまう。一般企業に就職するつもりがまったくなかった岡崎は卒業後、福岡で家業を手伝って暮らすようになる。父方の実家はお寺だったのである。先輩作家では水上勉《みずかみつとむ》が十代の頃に臨済宗の寺院で僧侶《そうりょ》の食事を司《つかさど》る典座《てんぞ》の下働きを務めており、連城三紀彦《れんじょうみきひこ》も実家が浄土真宗の寺であった。つまり寺と縁の深い者は他にもいるのだが、モラトリアムの延長として寺男になった例というのは、ミステリー作家では岡崎が初めてなのではないだろうか。

しばらくは寺を手伝いながら諦《あきら》めきれない夢を追い続けていた岡崎だったが、やがて壁にぶつかる。当たり前のことだが、寺では音楽演奏が歓迎されないのである。それが小説執筆を始める一因となった。静寂を保ちつつ、一人でできる創作活動だからだ。たとえば岡崎の実家が町工場のようなところであったならば、運命は変わっていたのかもしれない。

二〇〇九年三月に大学を卒業した岡崎は、その年の暮れにはすでに執筆を開始していた。普通の会社員になるつもりはないが、音楽で食っていくという選択肢も消えた。そんな岡崎にとってはプロの小説家になることだけが、唯一の生きる道だったのだ。二〇一〇年に複数の賞に応募、長篇はまったく駄目だったが短篇賞では一次、二次と予選を通過できた。そこで得た手応《てごた》えを元に二ヶ月半という短期間で書き上げ、第三十一回横《よこ》溝正史《みぞせいし》ミステリ大賞に応募したのが本書の原型作品だったのである。残念ながら受賞は逃したが、初めて最終候補に残った。ちなみにこのときの受賞作はその後も青春ミステリーの分野で活躍することになる長沢樹《ながさわいつき》の『消失グラデーション』（現・角川文庫）である。

岡崎のプロデビュー作は、翌二〇一一年の第十回「このミステリーがすごい！」大賞の最終候補作となった「また会えたなら、あなたの淹れた珈琲を」である。これも賞は逸したが（受賞は法坂一広《ほうさかいっこう》『弁護士探偵物語　天使の分け前』と友井羊《ともいひつじ》『僕はお父さんを訴えます』）、〈隠し玉〉として他の数作と共に文庫オリジナルで刊行されることになる。これが編集部の思惑を超えたヒットとなり、同作に始まる『珈琲店タレーランの事件簿』連作は二〇一七年までに五冊を数える人気シリーズに成長した（以上、すべて宝島社文庫）。その影響か、同賞では受賞作以外に〈隠し玉〉作品が刊行されることが慣例となり、現在に至っている。『タレーラン』の成功は、文庫オリジナルの連作短篇集という鉱脈の存在を出版社に気づかせることになり、現在は各レーベルで同様の試みが行われている。つまり、二〇一〇年代のミステリー界において一つの流れを作り上げた影響力の強い作品なのだ。岡崎自身も『タレーラン』連作と並行して二〇一六年に『道然寺さんの双子探偵』（朝日文庫）、『新米ベルガールの事件録　チェックインは謎のにおい』（幻冬舎文庫）と、二冊の文庫オリジナル作品を発表している。前者は岡崎と同じ寺暮らしを送る双子の中学生、後者は新規開業したリゾートホテルに配属されたそそっかしい職員を探偵役に配した連作集である。実は、そうした活躍の根底にあるのが『季節はうつる、メリーゴーランドのように』というデビュー前に書かれた作品だった。

岡崎は本書を、横溝正史ミステリ大賞応募原稿から連載用に仕立て直した際、大きな改変を行っている。原型作品を書いたとき、岡崎はまだ何事を為《な》したわけでもない、大学生とそう変わりない存在だった。だからこそ年齢の近い夏樹と冬子の心情に寄り添いやすかったのである。しかし、プロ作家として経験を積んだ後ではそうした気安さ、同世代で盛り上がっているような内輪感が浮き上がったものに見えたのだろう。その時点での言葉で全体を改稿し、さらに応募時には何気なく入れていたようなコミカルなやりとり、小説を軽く見せるための浮きのようなものをほとんど取り去った。結果として、現在と過去との対比がより明確に示されることになり、一つの主題が厳然として読者に突き付けられることになったのである。すなわち、過ぎ去った時間は決して戻らないということだ。

この不可逆性、および物語内に読者を滞在させて、疑似的に人生を体験させることへの志向が岡崎作品には潜在している。人生は一度きりのものであり、だからこそ過去を振り向けば悔恨の感情が湧いてくることがあるのだ。すでに取り返しのつかなくなった過去を、いかに重く、胸を刺すものとして叙述するか。未読の方のために詳述は避けるが、本書の各話を貫くものとして試みられているある趣向は、そうした語りの形式への挑戦として行われている。物語を読み終えた者に、自分の人生でそれが起きたら、と思わせてしまうような衝撃を与える。あるいはどんな人も実人生では決して体験しえないような驚きを味わわせる。そうした、小説だからできることを実現するために、この作者は研鑽《けんさん》を重ねているのである。

『タレーラン』という代表作もあるためか、岡崎はいわゆる〈日常の謎〉の作家と見なされることが多い。〈日常の謎〉というと安穏とした世界観を連想される方もあると思うが、視点を変えてみれば、どんな日常にも謎が、それこそ「キセツ」を必要とするような特異点が忍び寄る可能性があるということでもある。そうした〈日常〉がいかに不安定で、言葉にして記憶に定着させなければどんどん風化していってしまうということをこの作品は読者に語り掛けてくる。決して止めることのできない時の流れの残酷さと共に。

本書は二〇一五年七月に小社より刊行された単行本を加筆・修正の上、文庫化したものです。

この作品はフィクションです。実在の人物、団体等とは一切関係ありません。

また第四話の執筆にあたっては、日本国内に実在したある遊園地をモデルにしておりますが、作中に登場する遊園地はあくまで架空のものです。作中に記された情報は実在した遊園地と一切関係がないこと、また廃遊園地等への不法侵入を容認する意図が著者にないことを、読者および関係者の皆さまにはご理解いただければ幸いです。

季《き》節《せつ》はうつる、メリーゴーランドのように

岡崎琢磨《おかざきたくま》

平成29年 9月25日　初版発行
令和6年 4月30日　4版発行

発行者●山下直久

発行●株式会社KADOKAWA
〒102-8177　東京都千代田区富士見2-13-3
電話　0570-002-301（ナビダイヤル）

角川文庫 20547

印刷所●株式会社KADOKAWA
製本所●株式会社KADOKAWA

表紙画●和田三造

ISBN978-4-04-105836-7　C0193

角川文庫発刊に際して

角川源義

第二次世界大戦の敗北は、軍事力の敗北であった以上に、私たちの若い文化力の敗退であった。私たちの文化が戦争に対して如何に無力であり、単なるあだ花に過ぎなかったかを、私たちは身を以て体験し痛感した。西洋近代文化の摂取にとって、明治以後八十年の歳月は決して短かすぎたとは言えない。にもかかわらず、近代文化の伝統を確立し、自由な批判と柔軟な良識に富む文化層として自らを形成することに私たちは失敗して来た。そしてこれは、各層への文化の普及滲透を任務とする出版人の責任でもあった。

一九四五年以来、私たちは再び振出しに戻り、第一歩から踏み出すことを余儀なくされた。これは大きな不幸ではあるが、反面、これまでの混沌・未熟・歪曲の中にあった我が国の文化に秩序と確たる基礎を齎らすためには絶好の機会でもある。角川書店は、このような祖国の文化的危機にあたり、微力をも顧みず再建の礎石たるべき抱負と決意とをもって出発したが、ここに創立以来の念願を果すべく角川文庫を発刊する。これまで刊行されたあらゆる全集叢書文庫類の長所と短所とを検討し、古今東西の不朽の典籍を、良心的編集のもとに、廉価に、そして書架にふさわしい美本として、多くのひとびとに提供しようとする。しかし私たちは徒らに百科全書的な知識のジレッタントを作ることを目的とせず、あくまで祖国の文化に秩序と再建への道を示し、この文庫を角川書店の栄ある事業として、今後永久に継続発展せしめ、学芸と教養との殿堂として大成せんことを期したい。多くの読書子の愛情ある忠言と支持とによって、この希望と抱負とを完遂せしめられんことを願う。

一九四九年五月三日

猫と幽霊と日曜日の革命

サクラダリセット1

河野 裕

時間を巻き戻す少年と少女の青春

見聞きしたことを絶対に忘れない能力を持つ高校生・浅井ケイ。世界を三日巻き戻す能力・リセットを持つ少女・春埼美空《はるきみそら》。ふたりが力を合わせれば、過去をやり直し、現在《いま》を変えることができる。しかし二年前にリセットが原因で、ひとりの少女が命を落としていた。時間を巻き戻し、人々の悲しみを取り除くふたりの奉仕活動は、少女への贖罪《しょくざい》なのか？　不可思議が日常となった能力者の街・咲良田《さくらだ》に生きる少年と少女の奇跡の物語。

角川文庫のキャラクター文芸

ISBN 978-4-04-104188-8

櫻子さんの足下には死体が埋まっている

太田紫織

骨と真実を愛するお嬢様の傑作謎解き

北海道、旭川。平凡な高校生の僕は、レトロなお屋敷に住む美人なお嬢様、櫻子さんと知り合いだ。けれど彼女には、理解出来ない嗜好《しこう》がある。なんと彼女は「三度の飯より骨が好き」。骨を組み立てる標本士である一方、彼女は殺人事件の謎を解く、検死官の役をもこなす。そこに「死」がある限り、謎を解かずにいられない。そして僕は、今日も彼女に振り回されて……。エンタメ界期待の新人が放つ、最強キャラ×ライトミステリ！

角川文庫のキャラクター文芸

ISBN 978-4-04-100695-5

朧月《おぼろづき》市役所妖怪課

河童コロッケ

青柳碧人

社会人一年目、最初の仕事は“妖怪”でした

この朧月《おぼろづき》市は、妖怪たちを封じ込めるために作られた自治体なんだよ——亡き父の遺志を受け継ぎ、晴れて公務員となった宵原秀也《よいはらしゅうや》は、困惑した。朧月市役所妖怪課。秀也が身を置くことになったその部署は、町中に現れる妖怪と市民との間のトラブル処理が仕事だというが……⁉　公務員は夢を見る仕事……戸惑いながらも決意を新たにした秀也の、額に汗する奉仕の日々が始まった！　笑顔と涙、恋と葛藤の青春妖怪お仕事エンタテインメント！

角川文庫のキャラクター文芸

ISBN 978-4-04-101275-8